CAPSCOVIL

Buch

Virtuelle Realität im Geografie-Unterricht
Roboter, die die Weltherrschaft anstreben
Elektronische Viren im Angriff auf das tägliche Leben
Medizintechnik, die für rassistische Klassentrennung sorgt
Spiele, die sich mit der Realität vermengen
Hundeastronaut im fernen Weltall
Computer als Lehrer und allwissende Schulen
Zeitreisen und Erfinderneid

Wehe, wenn sie freigelassen - die kreativen Gedanken.
Kurze, fiktive Geschichten geben einen kleinen Einblick, womit sich junge Menschen von heute beschäftigten und was sie bewegt. Wodurch wird ihre Sicht auf die Technik beeinflußt? Welche Chancen oder Risiken malt sich ihre Phantasie für die Zukunft aus?

Autoren

Die BuchBande - Band I ist eine Sammlung von neunundzwanzig kurzen Geschichten rund um Technik, geschrieben von Schülern aus dem südlichen Landkreis Ebersberg.

Die BuchBande

Band I

Ebersberger Kleeblatt Geschichten

Technikphantasien von Schülern

Capscovil Verlag

Deutsche Taschenbuchausgabe 2024
Copyright © 2011, Capscovil
ISBN 978-3-942358-04-0
Umschlaggestaltung: MusiDesign
Umschlagmotiv: Capscovil
Verlag: Capscovil Verlag, Am Schmiedberg 16b, DE-85625 Glonn
Kontakt: produktsicherheit@capscovil.com
Druck und Bindung: Libri Plureos GmbH, DE-22763 Hamburg

www.capscovil.com

www.diebuchbande.de

„Ein Gelehrter in seinem Laboratorium ist nicht nur ein Techniker; er steht auch vor den Naturgesetzen wie ein Kind vor der Märchenwelt.”

Marie Curie

„Ein Mangel an Phantasie bedeutet den Tod der Wissenschaft.“

Johannes Kepler

Inhaltsverzeichnis

Vorwort

Welche Technik fasziniert die Jungend von heute? Wie beeinflusst sie ihr Denken?

Junge Menschen wachsen umgeben von Technik auf. Mobile IT-Technologien wie Smartphones, Netbooks und iPads, Computerspiele, soziale Netzwerke und autonome Geräte auf der einen Seite, neue Entwicklungen in der Medizintechnik und Bio- oder Nanotechnologie auf der anderen Seite - vieles davon ist ganz natürlich für sie und gehört inzwischen zum Alltag.

Interessant ist dabei jedoch, wie die Geräte oder Technologien wahrgenommen werden, welchen Einfluss sie auf die Gedanken der jungen Menschen haben und welche Wertigkeit ihnen für die Zukunft beigemessen wird.

Daher haben wir das Konzept *Die BuchBande – Junges Wissen schafft Geschichte* ins Leben gerufen, bei dem jugendliche Schüler Geschichten schreiben, die sich um Technik, Technologien oder Wissenschaft drehen. Passend zur Kernausrichtung unseres Verlags.

Das Pilotprojekt wurde im Herbst 2010 im Landkreis Ebersberg gestartet. Im Rahmen eines Schreibwettbewerbs winkten ein eBook-Reader als 1. Preis und weitere technische Wunschobjekte als Zusatzpreise, gestiftet von begeisterten Sponsoren.
Da wir der Kreativität der jungen Schreiber so wenig Grenzen wie möglich setzen wollten, wurden nur Kriterien wie Format, Umfang und Schriftgröße definiert. Die Art der Geschichte war frei wählbar. Krimi, Märchen oder sachliche Erörterung – alles war erlaubt, solange Technik die Hauptrolle spielte.

Die Resonanz war überwältigend, denn die Schüler sind heutzutage neben Schul- und Hausaufgaben auch in vielen Nebenfächern und Zusatzkursen eingespannt. Insgesamt erreichten uns neunundvierzig Geschichten. An dieser Stelle noch einmal ausdrücklich unser Dank an alle für ihr Engagement!

Die Auswahl der Geschichten, welche die Kriterien des Schreibwettbewerbs erfüllten, war beileibe keine einfache Aufgabe. Tagelang wurde intern diskutiert und abgewägt. Bei einigen war die Entscheidung sofort klar. Kopieren und Abschreiben waren eindeutige k.o.-Kriterien, genauso wie der fehlende Bezug zur Technik. Es genügte nicht, nur den Begriff „Technik" oder ein damit im Zusammenhang stehendes Wort zu verwenden. Bei anderen wiederum musste beurteilt werden, wie viel eigene Ideen in der Geschichte steckten, wie hoch der Anteil bereits vorhandener Themen im Vergleich dazu war.

Herausgekommen ist nun eine Anthologie verschiedenster Ideen und Technikphantasien. Ein guter Mix, wie wir finden. Die Rehenfolge im Abdruck der Geschichten ist frei gewählt worden.

Besonders erfreut waren wir auch über die Zusammensetzung der unabhängigen Jury für die Prämierung der drei Gewinnergeschichten. Sie setzte sich aus der Inhaberin unsers lokalen Buchgeschäfts, dem Glonner Bürgermeister und ehemaligem Lehrer sowie einem Vertreter des VDI (Verein deutscher Ingenieure) aus dem Bereich „Jugend und Technik" zusammen. Barbara Kreutzer, Martin Esterl und Christian Körger deckten somit alle involvierten Bereiche – Bücher, Schule und Technik – ab. Die Gewinner waren zum Zeitpunkt des Buchdrucks dem Verlag noch nicht bekannt, können aber über unsere Homepage eingesehen werden.

Neben den zu gewinnenden Sachwerten stand die Idee im Vordergrund, soziales Engagement bei jungen Menschen zu fördern.

Ein Projekt aus dem Landkreis begegnete uns per Zufall und fand sofort unsere Zustimmung. Es ist das „Ebersberger Kleeblatt" - ein ganzheitliches Nachsorgekonzept für Brustkrebspatientinnen der Kreisklinik Ebersberg.

Zentraler Ansatzpunkt hierbei ist die Lebensqualität der Patientin und deren Familie, da aus Studien und der Arbeit mit Patientinnen bekannt ist, dass bei einer Krebserkrankung stets das ganze Familiensystem betroffen ist. Gesprächskreis, psychosoziale Betreuung, Kunsttheraphie für die betroffenen Frauen und ein Kunstworkshop für Kinder der Patientinnen bilden die vier Säulen des Nachsorgekonzepts, welches mit Gewinnen aus dem Taschenbuchverkauf unterstützt wird.

Ganz besonders freuen wir uns auch, dass das Cover-Bild aus dem Kunstworkshop der Kinder stammt. Wir konnten es während einer Vernissage der jungen Künstler ersteigern - auch hier ging der Betrag zugunsten des Nachsorgeprojekts. Somit schließt sich der Kreis.

Die BuchBande steht nicht nur für eine Gruppe junger Autoren oder eine Reihe von Büchern, die sich dem gleichen Thema widmen werden. *Die BuchBande* spannt auch das sprichwörtliche Band zwischen Menschen.

Nun wünsche ich Ihnen viel Spaß beim Lesen – Tauchen Sie ein in die Technikphantasien der jungen Autoren!

Ihre Britta Muzyk - Capscovil Verlag, Glonn

Gefangen von Robotern

Theresa Steiner - 7. Klasse

Blinzelnd erwachte Mia. Ihr Schädel brummte, ihre Glieder schmerzten. Was war nur passiert? Mia erinnerte sich vage an die Party von Sarah. Sie hatten das Schuljahresende gefeiert. Und sie erinnerte sich daran, dass sie zusammen mit Sarah und ein paar Jungs die Roboter beleidigt hatte, aber sie war betrunken gewesen.

In jedem Haushalt gab es ein „Mädchen für alles". Seit 15 Jahren wurde dieses „Amt" von selbstdenkenden Robotern bekleidet. Früher hatten sich nur reiche Leute Roboter leisten können, aber heute hatte nahezu jeder einen. Diese, mit künstlicher Intelligenz ausgestatteten Maschinen hatten eine Akkulaufzeit von zehn Stunden. Den Akku konnte man in der Mikrowelle aufladen.

Damit sie wussten was zu tun war, musste man den Robotern die Tagesaufgabe nur in einem Computerprogramm eingeben. Dieses war mit dem Internet und darüber wiederum mit dem Roboter verbunden. Selbstverständlich konnten sie auch reden! Bei Sarah wurden die Roboter als Kellner und Diener eingesetzt.

Aber was war danach passiert? War sie nach Hause gegangen oder noch bei Sarah geblieben? Sie überlegte fieberhaft. Erst jetzt bemerkte Mia, dass sie ihre Arme und Beine nicht bewegen konnte. Erstmals sah sie sich um. Oder auch nicht, den wo auch immer sie sich befand, war es stockduster. An ihren Handgelenken spürte sie außerdem kratzige Hanfseile.

„Na super!", wollte Mia sagen, aber alles was aus ihrem Mund drang, war etwas in der Art wie „Hm hmpf!"

Sie war also gefesselt und geknebelt! Aber warum? Plötzlich öffnete sich vor Mia eine Tür und das Licht wurde angeschaltet. In der Tür erkannte Mia nach einem ersten Moment der Blendung den Umriss eines Roboters. Zögernd näherte er sich.

„Ja Meister!", sagte er laut. „Sie sind noch hier. Kommen sie her!"

„Sehr gut, 405!", hörte Mia eine weitere blecherne Stimme. Vorsichtig, sodass die sich nun über etwas Unverständliches unterhaltenden Roboter es nicht mitbekamen, drehte Mia den Kopf.

Dieser 405 hatte doch gesagt „sie sind noch hier".

Plural, also mussten noch mehr Leute bei ihr sein. Und richtig! Neben sich erkannte Mia Sarah und Julius, einen Jungen, mit dem sie gestern die Roboter beleidigt hatte! Schief hingen sie ebenfalls gefesselt auf unbequem aussehenden Stühlen. Mia schloss ihre Augen aber schnell wieder, denn die beiden Roboter kamen zu ihr herüber. Indes überlegte sie, warum sie hier eingeschlossen waren. Aber diese Frage wurde ihr von 405 beantwortet.

„Es war eine gute Idee, die Menschen auf dieser Party stellvertretend für die gesamte Menschheit gefangen zu nehmen!", sagte er.

„Nun sind die Tage der Beleidigung und Erniedrigung gezählt!"

„Aha!", dachte Mia. „Sie wollen sich also rächen!"

Es hatte zwar früher schon einmal Fälle gegeben, in denen Roboter die Herrschaft übernehmen wollten, aber man hatte sie meistens besiegt, indem man ihnen die Schaltkreise entfernt oder sie nicht mehr an Mikrowellen hatte kommen lassen. Und ein zweiter Gedanke schoss ihr in den Kopf: „Oh nein!"

Ihre Nase kitzelte, und plötzlich musste sie niesen. Sofort drehten die Roboter sich um und eilten zu ihr. Sie betrachteten Mia aus ihren bedrohlich rot glühenden Augen.

„Hi!", wollte sie schuldbewusst sagen, doch sie vergaß den Knebel in ihrem Mund und deshalb hörte es sich eher so an, als würde sie ersticken.

„Schaff sie in das Anhörungszimmer!", sagte der Roboter, der von 405 „Meister" genannt wurde.

405 sah Mia daraufhin noch eindringlicher an und sie wurde von einem roten Strahl getroffen. Mia fühlte sich leicht, fast schwerelos und dachte, sie müsse sterben. 405 beamte sie aber lediglich in einen kargen Raum. Wiederum versuchte Mia, diesmal erfolgreich, sich umzusehen. Sie saß in einem großen, runden Raum, der mit einem mannshohen Spiegel und Tisch nur spärlich eingerichtet und komplett in Weiß gehalten war. Mit einem leisen „Wusch!" kamen die Roboter durch eine zweiflüglige Tür in den Raum. 405 befreite Mia von den Fesseln und dem Knebel.

„Also, Objekt 13, wie möchtest du dich rechtfertigen?", fragte der Meister.

Mia wusste nicht, was er meinte und sah ihn deshalb verständnislos an.

„Soll ich dir helfen? In Ordnung! Vor einer Woche warst du mit den anderen Leuten in dem Raum auf einer so genannten Party. Als wir euren Befehlen nicht sofort nachkommen konnten, habt ihr uns als Kurzschlusshirnis und Schaltkreisdeppen bezeichnet. Und ihr wart nicht die Ersten! Schon unsere Vorgänger wurden beleidigt und gedemütigt. Aber damit ist jetzt Schluss! Wir werden alle Teilnehmer dieser Party für ihre Ungerechtigkeit bestrafen!"

Während der Meister sich so in Rage redete und 405 Mia anstarrte, hatte sie sich ihre schmerzenden Handgelenke gerieben.

„Und ich bin einer dieser Beleidigten gewesen!", fügte er traurig hinzu.

„Das war also deine Idee?", fragte Mia.

Als ob sich beide angesprochen fühlten, nickten die Roboter selbstzufrieden.

„Also, ähm... Sorry?", sagte sie unsicher.

„Dafür ist es jetzt zu spät!", rief 405 plötzlich. „Ihr werdet alle sterben!"

Schockiert sah Mia die beiden an. „Sterben? Alle?", überlegte sie. Und laut fügte sie hinzu: „Und wie wollt ihr das anstellen? Ich meine, es ist ja nicht so, dass hier irgendwo die super Atomwaffen lagern, oder?"

„Das ist leider richtig! Aber selbst ihr könnt ohne Essen und Getränke nicht lange überleben!", entgegnete 405 gelassen.

„Mist", dachte Mia. Daran hatte sie natürlich nicht gedacht. Sie dachte immer sehr kompliziert.

„Lass 801 hier aufpassen, du geh zurück und bring weitere wache Personen her!", sagte der Meister. „Ich muss aufladen."

Mit diesen Worten verschwanden beide wieder mit einem leisen „Wusch!" durch die Tür und ließen Mia allein.

Wenig später kam jedoch ein anderer Roboter in den Raum und stellte sich mit den Worten „Ich bin Produktionsnummer 801!" schüchtern vor.

Eine halbe Ewigkeit lang schwiegen Mia und 801 sich an. Dann ergriff sie das Wort.

„Und wurdest du auch beleidigt?", fragte sie.

„Ja!", antwortete 801 leise. „Aber ich war nicht dafür, die Menschen gefangen zu nehmen!"

Mia nickte. „Und... hättest du vielleicht eine Idee, wie man hier rauskommen kann?"

Sie schaute unschuldig zu Boden.

801 antwortete unsicher: „Eine Idee schon, aber ich sag lieber nichts – die Wände haben Ohren!"

„Na, dann ...", begann Mia und tat mit ihrer Hand so, als würde sie etwas schreiben. Sie wollte nämlich unbedingt wissen, was für eine Idee 801 hatte. Von Robotern umgebracht zu werden, war nicht gerade ihr Plan zu sterben!

„In Ordnung, ich bin sofort wieder da!", erwiderte 801, blieb aber stehen. Das Einzige, was sich bewegte, waren Mias Haare in einem unsichtbaren Windhauch.

„Ähm... willst du nicht mal los?", fragte sie skeptisch.

„Ich war doch schon weg!", meinte 801 ein wenig beleidigt und zog aus seiner Bauchklappe einen Kugelschreiber und einen Notizblock. Überschallgeschwindigkeit. Natürlich! Eine weitere nützliche Eigenschaft der Roboter. Blitzschnell zeichnete 801 für Mia einen Plan des Hauses auf.

„Also, hier sind wir", erklärte er und kritzelte ein sehr detailgetreues Bild von Mia und sich selbst in eine Ecke des Blattes. „Und hier...", 801 schrieb das Wort „Ladestation" in einen Raum.

Mia nickte abermals. Auf eine neue Seite schrieb er seinen Plan. Noch einmal betonte 801, dass er nichts mit der Gefangennahme der Menschen zu tun hatte, sondern nur ein mehr oder weniger unterwürfiger Roboter war. Er hatte die Idee gehabt, die Mikrowellen abzuschalten und den anderen so das Laden zu verweigern. Dazu wollte 801 drei mutige Menschen zur Ablenkung zu den Wachen schicken. Zwei weitere sollten mit ihm zum Laderaum gehen und die Mikrowellen vom Stromkreis trennen und zerstören. Der Rest sollte hier bleiben. Eigentlich simpel, dachte Mia.

Plötzlich hörte sie hinter sich einen spitzen Schrei. Ebenfalls schreiend drehte Mia sich um und blickte in das verschreckte Gesicht eines blonden Mädchens.

„Wer...?", brachte Mia nur heraus.

„Mona!", sagte das andere Mädchen nur, sie hatte sich von ihrem Schreck schon wieder erholt.

„Ich war auch auf der Party, hab gesungen!", fügte Mona auf einen verwirrten Blick Mias hinzu. „Was ist hier los?"

Sie sah sich um. Jetzt konnte auch Mia wieder reden.

„Die Roboter haben uns vor einer Woche auf der Party von Sarah gefangen genommen, weil wir sie beleidigt haben! Total bescheuert, wenn du mich fragst, aber na ja! Auf jeden Fall hatte 801 hier eine super Idee für...", sagte Mia bedeutungsvoll und machte komische Zeichen mit ihren Händen.

Mona verstand, sah 801 skeptisch an, sagte aber: „Und was war das für eine Idee?“

801 zeigte Mona den Zettel, auf dem der Plan stand.

„OK!“, sagte sie, nachdem sie fertig gelesen hatte.

Die drei vereinbarten, dass jeder abwechselnd einem Neuankömmling die ganze Geschichte erklärte. Nach drei Stunden – jeder Roboter hatte eine kleine Digitaluhr im rechten Oberarm – befanden sich alle im Anhörungsraum und wussten über die Situation und den Plan Bescheid. Sofort wurde der Plan umgesetzt.

Mona, Sarah und Julius gingen zu den Wachen und lenkten sie ab.

„He, glaubt ihr, dass es Williamsbirne auch in 60 Watt gibt?“, fragte Julius laut.

Sarah und Mona schüttelten lachend den Kopf.

„Fragen wir doch einfach die da drüben!“, schlug Mona vor und zeigte auf die vier Wachen am Ende des langen Ganges.

Sie schlenderten zu den Robotern.

„Hey, ihr Blechdeppen!“, sagte Mona mutig. „Werdet ihr auch mit 60 Watt Williamsbirnen erleuchtet?“

„Aber Mona!“, widersprach Sarah ihr. „Die brauchen wahrscheinlich mehr als 60 Watt, so dunkel wie es bei denen im Oberstübchen ist!“

Die drei lachten, aber die Roboter sahen sich eher gekränkt und böse an. Schnell begannen Mona, Sarah und Julius zu rennen, doch nach ein paar Ecken hatten die Roboter sie eingeholt.

„Euch“, sagte einer, „bringen wir zum Meister!“

Mona, Sarah und Julius blickten sich an und schluckten.

Kurz danach waren 801, Mia und Kelly, noch ein Mädchen von der Party, ohne Probleme bis zum Laderaum vorgedrungen. In diesem Raum reihten sich große Schränke in drei Reihen aneinander. Kleine Schaltflächen und Lesegeräte ermöglichten den Zutritt, und durch große Scheiben in der Tür konnte man sich drehende Roboter auf Ständern erkennen.

„Alle Ladegeräte hängen zusammen, also müssen wir nur ein Kabel kappen, um alle lahm zu legen. Einmal vom Strom getrennt, lassen sie sich weder von innen noch von außen öffnen!", sagte 801 sachlich.

Er schickte Kelly und Mia zum nächsten Ladegerät und befahl ihnen, den Stecker zu ziehen. 801 wollte derweil drei Nothämmer holen, die – weshalb wusste er selber nicht – neben der Tür hingen. Also gingen die Mädchen zu Ladegerät Nummer 001 und Mia zog den Stecker. Funkensprühend fiel sofort der gesamte Strom aus und überall fingen erstaunte Roboter an, gegen die Glastüren zu hämmern.

„Schnell!", rief 801 und warf den Mädchen je einen Nothammer zu. Gemeinsam begannen sie, die Schaltkreise auf der Rückseite der Ladegeräte zu zertrümmern. Irgendwann würden die Roboter ohne Strom und Mikrowellen einfach von selber ausgehen. Dank 801' Überschallgeschwindigkeit waren in kürzester Zeit alle 999 Ladegeräte zerstört.

„Lasst uns gehen!", sagte Mia erschöpft.

Kelly nickte und zog 801 schweigend mit sich. Zum Glück hatte dieser sich kurz vor der Operation aufgeladen! Bis auf Mona, Sarah und Julius, die noch bei den Wachen waren, befanden sich alle im Anhörungszimmer.

„Jetzt müssen wir warten!", sagte 801 und setzte sich auf den Boden.

Plötzlich stürmte 405 in den Raum. „Der Akku des Meisters ist leer!", rief er und brach ebenfalls zusammen.

„Dramaqueen!", kommentierte Kelly seinen Auftritt.

„Die Roboter sind jetzt führungslos!", sagte 801 mit leerem Blick. „In weniger als zehn Minuten werden wir uns selbst zerstören!"

„Wir?", fragte Mia.

„Alle Roboter hängen an der gleichen Internetverbindung, zumindest in dieser Stadt! Nachdem der Meister erst den Zentralserver, von dem wir normalerweise angeführt werden, kontrolliert hat, hat er sich als Führungskraft eingesetzt. Also werde ich mich auch zerstören! Aber vorher...", konnte er noch sagen, bevor 801 zu einem einzigen Blechhaufen zerfiel.

Alle schauten auf die rauchenden Teile.

„Na gut!", sagte Mia. Sie konnte ihre Tränen kaum zurückhalten. Schließlich war 801 so nett zu ihr gewesen und er hatte auch den Plan zu ihrer Flucht gehabt. Ihr war klar, dass die Selbstzerstörung nur eine Vorsichtsmaßnahme der Entwickler war, aber trotzdem war es traurig! Schnell, sodass es die andern nicht bemerkten, bückte Mia sich, hob ein Zahnrad aus dem Blechhaufen auf der einmal 801 gewesen war, und steckte es als Andenken in ihre Hosentasche.

„Lasst uns noch ein paar Minuten warten, bevor wir losgehen."

Nach einer halben Ewigkeit voller Schweigen beschlossen die insgesamt 56 ehemaligen Partygäste den Ausgang zu suchen. Mit Mia und Kelly an der Spitze gingen sie breite Gänge mit rauchenden Blechhaufen entlang. Nach einigen Abzweigungen entdeckten sie Mona, Sarah und Julius lachend in einer Ecke sitzen. Nur vier Blechhaufen erinnerten an die Wachen.

„Hey!", sagten sie fröhlich.

Da die anderen die Sache mit 405 und 801 schon längst vergessen hatten, beschloss Mia den Dreien einfach nichts zu sagen, sondern lud sie ein, mitzukommen. Nach weiteren zehn Kreuzungen und Ecken kamen sie zu einer großen Flügeltür mit runden Fenstern, durch die grelles Sonnenlicht fiel. Erleichtert stürmten alle durch die Tür, die nicht elektronisch gesichert war und bedeckten sofort schreiend ihre Augen. Das Licht blendete sie.

„Wir waren die ganze Zeit nur im Keller des Rathauses!", bemerkte Mia, als sie sich letztendlich umsah. „Mitten im Ortskern!"

Diese Erkenntnis traf alle, aber im positiven Sinne. Darüber und über ihre Rettung fielen sich alle erleichtert in die Arme. Nachdem jeder jeden umarmt hatte, gingen alle getrennte Wege, versprachen aber, sich so bald wie möglich wieder zu treffen, um noch einmal über ihre Erlebnisse zu reden.

Mia ging nach Hause zu ihren Eltern. Als sie die Haustür aufgeschlossen hatte und ins Wohnzimmer gegangen war, fand sie dort ihre schluchzende Mutter und ihren Vater, der Mias Mutter einen Arm um die Schulter gelegte hatte.

„Mia?", sagten beide ungläubig wie aus einem Munde.

„Mum! Dad!", rief Mia und stürzte ihren Eltern in die Arme.

„Wo warst du, Schatz? Was ist passiert?", fragte ihre Mutter besorgt.

Also erzählte Mia ihnen alles, von der Party bis zum Rathaus.

„Wir haben schon die Polizei verständigt! Wir dachten, du seiest weggelaufen!", meinte ihr Vater.

„Wie ihr seht, bin ich noch hier und mega froh darüber!", erwiderte Mia mit Freudentränen in den Augen.

Am nächsten Tag ging Mia mit ihren Eltern zur Polizei und berichtete dort noch einmal alles. Die Polizisten glaubten ihr, denn es waren schon andere Partygäste dort gewesen. Ihnen wurde mitgeteilt, dass innerhalb der nächsten Jahre alle Roboter vernichtet werden sollten. Die Server waren angeblich schon abgeschaltet. Von da an gab es nirgends mehr Roboter und die Menschen lernten wieder, gewisse Dinge selber zu machen und der Technik nicht mehr blind zu vertrauen!

Mia hatte sich das Zahnrad von 801 an einer Kette um den Hals gelegt und trug es immer bei sich.

Sternenkind

Antonia Schefer - 7. Klasse

Hallo! Ich möchte dir meine Geschichte erzählen, nicht weil ich das Bedürfnis habe, mich auszureden, sondern weil du dir über das, was ich schreibe, Gedanken machen solltest.

Ich, Sara Mitela, geboren am 7. Dezember 3245, gestorben am 12. Dezember 3257, habe nur zwölf Jahre gelebt. Trotzdem habe ich in diesen zwölf Jahren mehr Erkenntnisse gewonnen als so manch 90-Jähriger in seinem ganzen Leben. Bevor ich mit dem Erzählen anfange, möchte ich dich warnen. Es kann sein, dass du nach dem Lesen alles, was ich niedergeschrieben habe, sinnlos findest und dich fragst, was das für ein Mist ist. Aber wenn du alles mit Verstand durchliest, wirst du verstehen, was diese Geschichte, mein Leben, für einen Sinn hat. Es ist sowieso schon seltsam genug, dass ich trotz der Zeit, in der ich lebte, alles von Hand aufgeschrieben habe. Aber du wirst noch verstehen, wieso.

In dieser Zeit also, in der ich lebte, hatte die Technik die Menschen schon längst eingeholt. Kein Mensch konnte auch nur einen Tag ohne sie überleben. Nicht einmal die Alten. Das fand ich sehr schade, denn genau diese alten Menschen waren es, die noch ein bisschen Liebe, Hass und all die anderen Gefühle kannten, weil sie sie selber noch gespürt hatten. Von den jüngeren hatte fast jeder Mensch ein Herz aus Stahl, und nur die wenigsten empfanden überhaupt etwas für andere.

In der Nacht, in der ich geboren wurde, schneite es. Es sollte der letzte Schnee sein, den die Menschen je erlebten. In dieser Nacht waren die Straßen nass und rutschig. Kalt jedoch war keinem, denn die Menschen hatten so viele technologische Heizungen, dass Frieren unmöglich war. 1456 Stück waren es allein in unserem kleinen, gerademal 45 Quadratmeter großen Zimmerchen, in dem wir — meine fünf Geschwister, meine Eltern und ich — damals lebten.

Obwohl wir sehr arm waren, hatte jeder von uns ein komplettes Hightech-Bett, ohne das wir nicht überleben konnten. Ok. Klingt jetzt unlogisch, aber ich erkläre es dir:

Die Menschen hatten schon vor über hundert Jahren den Traum, ewig leben zu können. 3067 wurde dieser Traum durch Dr. Andreas Hinolius Wirklichkeit. Er erfand eine Art künstliches Herz, durch das die Menschen in der Lage waren, ewig zu leben. Dieses Herz hatte jedoch einen Akku, der immer nach zwei Stunden aufgeladen werden musste.

Zwanzig Jahre später erfand Professor Giro Matzes einen neuen Akku, der erst nach zwölf Stunden, also einem Tag, aufgeladen werden musste. Das klappte gut, weil in unseren Betten das Aufladegerät eingebaut war. So wurde der Akku automatisch während des Schlafens aufgeladen. Sofort kaufte jeder das zwölf-Stunden-Herz und es wurde nur ein Jahr später zur Pflicht.

Aber da jetzt jeder ewig lebte, wurde das Gebären von Babies verboten. Um sicherzustellen, dass wirklich keine Kinder mehr geboren wurden, kam jeden Sonntag ein Angestellter vom Staat, der das ganze Haus nach Babies durchsuchte. Fünf Jahre lang schaffte es meine Mutter, uns vor diesen Angestellten, die meist Männer waren, zu verstecken. Bis zu diesem einen Sonntag. Ich glaube, es war der 6. Juni 3250.

Wir alle lagen im Bett und schliefen, als plötzlich die Tür aufgerissen wurde und ein Mann Mitte vierzig in unser Zimmer spazierte. Er hatte große, grüne Gummistiefel an und ein schmutziges Hemd, das wahrscheinlich einmal weiß gewesen war. Sofort machte der Mann das Licht an und rief zwei andere Männer, die uns wegschleppten. Meine Mutter heulte, streckte ihre Hände nach uns aus, aber es half nichts. Als ich sie so sah, zerbrach fast mein Herz, aber auch ich konnte nichts tun.

Diese Männer schleppten uns einfach weg. Ich wollte noch einen Blick auf meine Eltern werfen, bevor unsere Familie völlig zerrissen wurde. Ich sah, wie meine Mutter sich ein Messer an die Kehle legte. Mein Vater versuchte verzweifelt sie davon abzuhalten, aber es gelang ihm nicht. Dieser letzte Blick auf meine Eltern war das Schlimmste, was ich in meinem ganzen Leben sah. Von diesem Moment an hatte ich einen riesigen Hass auf diese Männer, mehr jedoch auf die Technik, aufgrund der unsere Familie zerrissen wurde.

Die Männer hielten mir plötzlich ein Tuch vor die Nase, das mit irgendetwas getränkt war. Dadurch wurde ich müde oder ich fiel in Ohnmacht. Genau weiß ich es nicht mehr. In meinem Traum lag ich auf einer Wiese und hatte keine Sorgen. Meine Familie lag bei mir, und ich wusste, dass ich geborgen war. Vögel flogen über unsere Köpfe hinweg, bunte Schmetterlinge zierten den blauen, wolkenfreien Himmel und ich hörte überall das Summen der Bienen. Ich war ruhig. Alles war so, wie ich es mir immer gewünscht hatte, nichts fehlte. Ich hatte nicht einmal Angst vor diesen Männern. Ich war einfach nur entspannt und ruhig.

Als ich aufwachte, befand ich mich in einem weißen Raum. Ein großer, weißer Schrank stand vor einer weißen Wand. Auf einem Schreibtisch lag ein kleines Skalpell, daneben ein Becher mit roter Flüssigkeit. Im ersten Moment dachte ich es wäre Blut, aber dafür war es zu hell. Vielleicht Traubensaft, ich wusste es nicht. Als ich mich weiter umschaute, bemerkte ich, dass ich eigentlich in gar keinem richtigen Bett lag. Es war vielmehr eine aufgeklappte Liege.

Ich wartete eine halbe Stunde, dann kam eine weiß gekleidete Frau herein und sagte, ich solle ihr folgen. Also stieg ich aus der gemütlichen Bettwäsche und lief ihr nach. Sie ging schnell, so dass ich Probleme hatte hinterherzukommen. Trotzdem sah ich mir den Flur durch den wir gingen ganz genau an. Überall hingen Bilder. Schön waren sie nicht gerade, aber besser als nichts allemal.

Bald kamen keine Bilder mehr, stattdessen hingen jetzt irgendwelche Urkunden, Bescheinigungen und Zertifikate an den

Wänden. Am Ende des Flurs stiegen wir in einen Aufzug. Er war aus Metall. Eine Wand war voller Knöpfe und Schalter, eine andere war völlig aus Glas, so dass man die Stadt von oben sehen konnte. Nach kurzer Zeit teilte uns eine Stimme im Aufzug mit, dass wir im zwölften Stockwerk angekommen waren.

Die Tür öffnete sich und wir stiegen aus. In dem Flur, in den wir jetzt kamen, gab es lauter hölzerne Türen, die in die jeweiligen Schlafräume führten. Vor der fünften Tür hielt die Frau und sagte mir, dass dort mein Bett stünde. Ich öffnete die Tür und schaute in den Raum. Dort standen sechs Betten. In fünf von ihnen lagen meine Geschwister. Ich stürmte zu ihnen, umarmte sie und freute mich, sie wiederzusehen. Lange redete ich mit meiner kleinen Schwester, die verheult in ihrem Bett saß. Nach einer Weile schlief sie dann aber ein. Ich schaute auf die Uhr. Es war genau 23:05Uhr. Also legte ich mich auch in mein Bett und schlief nach einer Weile ein.

Am nächsten Morgen wachte ich um halb neun auf. Meine Geschwister lagen noch in ihren Betten und schliefen alle bis auf meinen großen Bruder. Demian lag in seinem Bett und schaute mich mit seinen großen, braunen Augen an. Ich stand auf und kuschelte mich zu ihm ins Bett. Sein starker Arm legte sich um mich. Ich konnte sein Herz schlagen hören, so nah lag ich an seiner Brust. Bald schlief ich wieder ein.

Meine Mutter schaute mich an, schon seit einer halben Stunde. Allein daran, dass meine Mutter bei mir war, erkannte ich, dass es sich um einen Traum handeln musste. Immer noch schaute mich meine Mutter an. Dann lief ich auf sie zu, breitete meine Arme aus, um in ihren zu landen, doch sie bewegte sich nicht. Trotzdem lief ich weiter. Statt in ihre Arme zu fallen, lief ich durch sie hindurch. Ich drehte mich nach ihr um, aber da war meine Mutter nicht mehr. Da waren nur böse Männer, die mit den Händen nach mir griffen.

Ich schreckte hoch. Schweißgebadet lag ich immer noch in den Armen meines Bruders. Demian schlief, aber ich konnte nach diesem Alptraum nicht mehr einschlafen. Also stand ich auf, zog mich an, und fragte die Arzthelferin, wo es denn Frühstück gäbe. Sie deutete den Gang entlang auf eine graue Tür. Plötzlich spürte ich eine Hand auf meinem Rücken von einem Jungen, der wie ich um die elf Jahre alt sein musste.

„Hi!", sagte er.

„Hi!", sagte ich.

Er fragte mich, wie ich hieße, und sagte mir, dass sein Name Kilian sei. Auch ich stellte mich ihm vor.

„Ich heiße Kiara,... und ähhhhh... wie gehts dir so?"

Er antwortete nicht. Stattdessen nahm er mich bei der Hand und ging mit mir zum Frühstückszimmer. Als ich diesen Raum von innen sah, staunte ich. Überall waren leckere Speisen und Getränke. Der Junge setzte sich an eine lange, hölzerne Bank. Ich setzte mich neben ihn. Dann begann ich zu essen. Eine Semmel und eine Portion Müsli mit Milch. Dazu trank ich noch ein Glas Orangensaft und eine Tasse heiße Schokolade. Bald war ich satt. Statt mit dem Jungen zusammen zurückzugehen, ging ich alleine.

Als ich wieder in unserem Zimmer war, merkte ich, dass meine Geschwister immer noch schliefen, außer meiner kleinen Schwester Sophie! Ich sah sie nicht in ihrem Bett und sie lag auch nicht bei Demian. Da ging ich sie suchen, aber eine kleine Vierjährige in einem so großen Haus zu finden ist sowieso schon schwer genug. Zuerst schaute ich im Frühstücksraum, dort fand ich sie aber nicht. Ich schaute weiter im Spielzimmer, auch nichts. Nach einer Weile gab ich die Suche auf und ging zurück. In hundert Jahren würde ich Sophie nicht finden. Ich erklärte Demian, dass Sophie verschwunden war und dass es keinen Sinn hatte sie zu suchen.

Doch Demian reagierte ganz anders, als ich es von ihm erwartet hätte. Er sprang aus seinem Bett, zog sich eine Hose über und rannte hinaus in den Flur. Er nahm den Aufzug, mehr sah ich nicht mehr. Während ich auf Demian wartete, wurde eine meiner beiden großen Schwestern wach und ich spielte mit ihr Katio. Das ist ein Spiel, bei dem jeder eine elektronische Brille aufgesetzt bekommt. Mit dieser Brille ist es möglich, eine andere Rolle anzunehmen, beispielsweise die eines Schmetterlings. Zusammen mit anderen Mitspielern muss man nun Leben retten, Schätze suchen oder andere Abenteuer bestehen. Ich war ein Ritter und meine Schwester ein Burgfräulein. Zusammen mussten wir einen Grafen davon abhalten, die alljährlichen Ritterspiele zu attackieren.

Nach zwei Stunden kam Demian zurück, allerdings ohne Sophie. Ich fragte ihn, wo sie sei, doch er schwieg. Er schwieg den ganzen restlichen Tag und auch noch beim Frühstück am nächsten Morgen.

Erst mittags sagte er zu mir: „Komm mit Kiara."

Ich folgte ihm durch den Flur. Er klopfte am Zimmer der Arzthelferin.

„Entschuldigung, " sagte er, „könnten wir bitte in ein Sprechzimmer gehen? Ich möchte meiner Schwester etwas sagen, ohne dass unsere anderen Geschwister es hören."

Die Helferin gab meinem Bruder einen Schlüssel in die Hand und deutete auf ein Zimmer zwei Türen weiter. Als mein Bruder und ich in dem Zimmer waren, fing er endlich mit dem Erzählen an.

„Als ich in meinem Zimmer lag, in dem wir noch betäubt waren, du weißt schon, ganz am Anfang, da kam ein Arzt zu mir. Den fragte ich dann, wo wir seien." Mein Bruder machte eine Pause.

„Der Arzt sagte mir, dass das hier eine Kinderversuchstätte ist. In einer Kinderversuchsstätte, kurz Kvst, werden mit den Kindern, die es ja eigentlich gar nicht geben darf, Versuche für neue Technikgeräte durchgeführt." Noch eine Pause.

„Weißt du, was das bedeutet?" fragte er. Aber er gab die Antwort selbst.

„Es bedeutet, sie nehmen die Kinder und machen mit ihnen Versuche. Nun gut, aber diese Versuche enden meist tödlich." Jetzt schwieg er wieder.

Ich dachte gleich an Sophie. Plötzlich sagte eine Frauenstimme, dass unsere Sprechzeit vorbei wäre. Wir gingen.

In der nächsten Nacht schlief ich bei Demian. Meine Träume waren schlecht und ich wachte mehrmals in der Nacht auf. Doch irgendwann kam der Morgen und mit ihm wieder die Angst. Als ich aufwachte, saß Demian vor mir und sang „Happy Birthday".

An diesem Tag war mein zwölfter Geburtstag. Sofort war ich glücklich. Doch dieses Glück hielt nicht lange. Plötzlich kam ein Mann herein, packte Demian und zerrte ihn mit sich. Ich warf meinem Bruder noch einen letzten Blick zu, denn ich wusste sofort, dass er nicht zurückkommen würde. Den ganzen Vormittag heulte ich. So gegen 14 Uhr kam ein Mann, der auch mich mitnahm.

„Ciao..."

Das war das Letzte, was ich zu meinen Geschwistern sagte. Dann zerrte der Mann mich mit sich. Wir kamen an eine Tür, die giftgrün war. Drinnen waren eine Liege und ein Tisch, auf dem irgendwelche technischen Gegenstände lagen. Der Mann, der immer noch bei mir war, legte mich auf die Liege, schnallte mich fest und ging.

Nach einer halben Stunde kam ein Arzt, der mich begrüßte. Dann nahm er einen der Gegenstände, einen Helm mit vielen Kabeln daran. Bevor er ihn mir aufsetzte, schloss ich die Augen. Die Technik hatte von Anfang an mein Leben zerstört, jetzt würde sie mich auch noch umbringen. Das war das Letzte, was ich dachte. Dann schoss ein Blitz durch meinen Kopf.

Überall Computer

Bianca Gediehn - 5. Klasse

Bianca lebt im Jahr 2200. Morgens muss sie nicht aufstehen, um ins Bad zu gehen, sondern sie wird mit dem Bett automatisch ins Badezimmer gefahren. Der Roboter des Badezimmers macht sie fertig für die Schule. Im Kinderzimmer werden in der Zwischenzeit die neusten und tollsten Sachen zum Anziehen bereit gelegt. Von dort aus wird sie direkt in die Küche gebracht. Dort steht ein Computer, der sprechen kann. Er macht ihr das Frühstück innerhalb von fünf Sekunden, immer frisch und genau was sie will. Danach hat sie noch Zeit zu spielen und zu machen, was sie möchte, da die Schule erst um 10.32 Uhr anfängt. Wenn sie dann zur Schule möchte, ruft der Roboter ihr ein Flugtaxi. Er gibt ihr ihre Schultasche, die der Roboter gepackt hat, und die so leicht ist wie eine Feder.

Sobald das Flugtaxi da ist, steigt Bianca auf ein Laufband, das sie direkt zum Taxi bringt. Die Tür geht automatisch auf. Mit einem Augenscanner am Eingang wird jeder Gast gescannt und mit Namen begrüßt. Es gibt keinen Fahrer im Taxi, doch durch das Scannen weiß das Taxi wo Bianca hin muss. Das Taxi fliegt sofort los und nimmt auf dem Weg noch andere Schüler mit, die den gleichen Schulweg haben. Innerhalb kürzester Zeit sind alle an der Schule und steigen aus dem Taxi aus.

Mit einem Laufband werden sie in das Gebäude gebracht. Am Eingang muss Bianca ihre Hand auf einen Handscanner legen, damit der Computer der Schule weiß, dass sie jetzt da ist. Dieser Computer ist der wichtigste für alle Schulkinder. Er weiß, wie gut man in der Schule ist, wo man noch Schwächen hat und was dringend gelernt werden muss. Es gibt keine Trennung mehr zwischen Hauptschule, Realschule und Gymnasium. Alle Schüler gehen auf die gleiche Schule. Der Computer rechnet für jeden Schüler jeden

Tag einen neuen Stundenplan aus. Bianca hat heute sechs Stunden. Sie hat Mathe, Musik, Englisch, Geografie, Natur und Technik und zum Schluss noch eine Stunde Sport.

Die ganze Schule ist mit Laufbändern durchzogen. Automatisch wird Bianca in den richtigen Klassenraum gebracht. In der ersten Stunde hat sie Mathe, also wird sie in den Mathematiksaal direkt auf einen freien Platz gebracht. Auch hier gibt es keine Lehrer mehr. Jeder Schüler sitzt an einem Computer und bekommt seine Aufgaben auf den Bildschirm geschrieben. Bianca schaut sich erst einmal im Mathesaal um, mit welchen anderen Schülern sie heute Mathe hat, da sich das ja immer ändert. Heute sind ein paar Kinder da die Bianca kennt.

Dann geht der Computer an und sagt ihr: „Wir schreiben jetzt eine Matheprobe.“

Bianca ist entsetzt und denkt: „ Das kann doch nicht wahr sein “

Sie versucht den Computer auszuschalten, aber vergeblich. Also muss sie die Probe wohl oder übel bearbeiten. Der Computer gibt ihr die Aufgaben. Bianca erschrickt, denn sie hat keine Ahnung was sie tun muss. Sie erklärt dem Computer, dass sie diese Aufgaben noch nicht durchgenommen hat. Da ist sie bei dem Computer aber an den Falschen geraten. Er kann ihr genau den Tag und die Uhrzeit sagen, wann sie die Aufgaben schon mal gerechnet hat.

Also muss sie in den sauren Apfel beißen und die Aufgaben lösen. Als sie kurz überlegt, merkt sie, dass sie doch nicht so schwer sind wie sie dachte. Bianca löst die Aufgaben so schnell, dass sogar der Computer ganz überrascht ist und einen Pfiff von sich gibt. Bianca ist stolz auf sich, denn so etwas hatte er bislang nur sehr selten gemacht. Im Gegensatz zu früher bekommt man das Ergebnis sofort. Es ist die volle Punktzahl, darüber freut sich Bianca sehr. Nach der Probe wird ein neues Thema angefangen: Klammerrechnen!

„Grausam", denkt sich Bianca. „Ich hab keine Ahnung wie das gehen soll!"

Der Computer merkt das bei den Übungen und wiederholt alles noch einmal. Endlich kapiert es Bianca und sogar der Computer ist erleichtert, weil er ihr früher alles tausendmal erklären musste. Jetzt klingelt es und die Mathestunde ist beendet. Nun Musik, darauf freut sich Bianca. Ab auf das Laufband und los geht es in den Musiksaal.

Es ist ein super Raum mit toller Akustik und Zuschauerplätzen für Konzerte. Für jedes Kind gibt es Instrumente und zwar für jeden genau das, was er möchte. Heute möchte Bianca auf der Geige spielen. Wie immer gibt es für jedes Kind einen Computer, der ihm sagt was es zu tun hat. Noten kann inzwischen jedes Kind und falls mal etwas nicht so klappt, zeigt der Computer auf dem Bildschirm die Handgriffe. Alle können üben wie sie möchten und auch falsch spielen. Sie stören die anderen nicht, weil nur der Computer und man selbst die eigene Musik hören kann.

Bianca spielt heute sehr viele falsche Töne. Der Computer sagt, dass es so nicht weiter geht. Er meint, sie solle es vielleicht mit einem anderen Instrument versuchen. Bianca möchte das Klavier ausprobieren. Auch das ist möglich. Mit dem Klavier klappt das dann sehr gut und auch der Computer ist zufrieden. Leider spielt man nicht nur auf Instrumenten, sondern hat auch noch theoretischen Unterricht. So auch heute und schon ist die gute Laune von Bianca wieder weg.

Es geht um berühmte Komponisten. Wie alt wurde Mozart, wann hat Beethoven gelebt oder was hat Johann Sebastian Bach geschrieben? Interessiert keinen und trotzdem muss es gelernt werden. Am Schluss gibt es noch eine kleine Überraschung. Alle Kinder spielen ein kleines Konzert. Jetzt kann jeder jeden hören und damit es sich auch gut anhört, ändert der Computer die falsch gespielten Noten, damit alle mit sich zufrieden sind. Als es zur

Pause läutet, sind alle Schüler traurig, dass diese Stunde zu Ende ist.

Jetzt ist große Pause und alle freuen sich. Bianca steigt aufs Laufband und lässt sich in die Mensa bringen. Dort gibt es für alle Essen und Trinken. Automatisch wird Bianca zu einem freien Platz gebracht. Es ist immer genug Platz für alle da. Auf einen Bildschirm tippt Bianca das ein, was sie heute haben möchte. Jeder bekommt was er will, ohne Ausnahme. Heute möchte Bianca Pizza Margherita mit einem Glas Wasser. Innerhalb einer Minute kommt das Essen auch auf einem Laufband zu ihrem Platz.

Danach geht es an die frische Luft. Mit dem Laufband geht es in den Pausenhof, dort muss selbst gelaufen werden und das tut nach dem Sitzen auch sehr gut. Auf dem Pausenhof trifft Bianca eine Menge Freundinnen, mit denen sie sich ein wenig unterhalten und rumtoben kann. Aber auch die schönste Pause geht einmal vorbei. Es klingelt zur nächsten Stunde und die Kinder werden wieder in die Schule gefahren.

Jetzt ist Englisch an der Reihe. Englisch gehört zu Biancas Lieblingsfächern, so wie Sport, Natur und Technik. Auf ihrem Platz angelangt, fängt der Computer sofort mit dem Unterricht an. Vokabeln abfragen! Na super! Man kommt nicht darum herum und kann sich auch nicht rausreden. Der Computer fragt ab und Bianca antwortet. Heute war jedoch alles ganz leicht. Der Computer zeichnet einen Smiley und schreibt daneben die Note eins. Das ist ja super heute.

Nun geht es los mit einer neuen Lektion. Aus den Lautsprechern kommt auf einmal Musik. Bianca wundert sich. Auch noch ihre Lieblingssängerin Shakira. Jetzt erklärt der Computer, dass sie zusammen diesen Songtext ins Deutsche übersetzen würden. Das macht einen Riesenspaß. Satz für Satz wird die Musik gespielt, angehalten und übersetzt. Am Schluss spielt der Computer das Lied mit der deutschen Übersetzung. Bianca fällt auf wie komisch das klingt. Ihr gefällt der englische Text viel besser.

Danach fängt der Computer mit Bianca ein Gespräch auf Englisch an. Das macht sehr viel Spaß, ist aber auch nicht leicht, da jedes deutsche Wort verboten ist. Der Computer kann auch seine Aussprache ändern, bis man ihn nur noch ganz schlecht versteht. Heute war es nicht so gut, da Bianca oft die Zeiten verwechselt hat. Es gab keinen Smiley und auch nur eine drei als Note.

„Das musst du noch sehr viel üben“, meint der Computer und sagt auch, dass nächste Woche ein Platz frei ist für eine Woche Schüleraustausch in London, den er sofort bucht. Da das kostenlos ist, wie alles auf der Schule, freut sich Bianca riesig. Sehr gut gelaunt verlässt sie den Englischraum.

Auf ihrem Stundenplan steht als Nächstes Geografie. Sie wird wie immer automatisch in den Geografie-Saal gebracht. Heute sieht der Raum aus wie ein riesiges Planetarium. Das Aussehen des Saales ändert sich je nach Thema. Beim Thema Nordpol saßen die Kinder auf einer Eisscholle, ohne zu frieren. Als das Thema „Unter der Erde“ durchgenommen wurde, sah der Raum aus wie eine riesige Höhle. Alle Kinder sind jedes Mal darauf gespannt, wie der Raum aussehen wird.

Heute geht es um die Planeten. Wie in einem echten Planetarium wird auch hier ein Film an der kugelförmigen Decke gezeigt. So lernt man viel besser als nur vor dem Computer. Aber auch hier muss aufgepasst werden. Am Ende müssen die Kinder die Reihenfolge der Planeten wissen. Dafür gibt es verschiedene Merksätze, mit denen sich alle die Reihenfolge merken können. Das ist einfach.

Es wird auch noch ein neues Thema angefangen. Es geht um Vulkane. Automatisch verändert sich der Raum und alle sitzen plötzlich in einem Vulkan. Überall brodelt Lava, brennt Feuer und raucht es fürchterlich. Obwohl es im Raum nicht wärmer geworden ist, fangen die Kinder schon vom Zusehen an zu schwitzen und zu husten. So macht auch der Geografie-Unterricht richtig Spaß. Mit dröhnender Stimme erklärt der Computer alles, was man über Vulkane wissen muss. Die Kinder finden das toll und lernen fleißig mit.

Zur Belohnung bestellt der Computer Flugtaxis und damit fliegen alle Schüler über einen Vulkan, um sich das auch in echt vorstellen zu können. In Geografie ist das nichts Neues. Es passiert schon manchmal, dass während der Stunde einfach so mal ein Flug zu einem bestimmten Ziel gemacht wird. Trotzdem ist es immer wieder ein Erlebnis. Gut gelaunt wird die Stunde beendet.

Nun ist wieder Pause. Alle Kinder müssen nach draußen an die frische Luft. Der Computer achtet darauf, dass sich keiner drückt. Es wird gespielt und geratscht wie in allen Pausen. Da diese Pause nicht so lang ist, geht es auch schon bald weiter. Viele Kinder verabreden sich noch schnell für den Nachmittag und werden dann zurück in die Schule gebracht.

Natur und Technik ist jetzt an der Reihe. Es geht in ein ganz toll eingerichtetes Labor. Für jeden Schüler gibt es alles, was man braucht. Mikroskope, Gläser und alles, was für die verschiedenen Versuche benötigt wird. Bianca freut sich auf den Unterricht, da dort immer sehr viele spannende Versuche gemacht werden. Als sie ankommt, sieht sie eine riesige Scheibe vor den Schülern. Also wird heute wieder ein gefährlicher Versuch gemacht.

Diesen Unterricht macht ein Roboter, der sich bewegen, sprechen und unterrichten kann. Er kann auch gefährliche Versuche machen, weil ihm, im Gegensatz zu einem Menschen, ja nichts passieren kann. Heute möchte er Feuerwerksraketen mit den Schülern basteln. Alle jubeln! Doch der Roboter erklärt, dass er hinter der Scheibe arbeitet, und die Kinder ihm nur sagen dürfen, was er machen soll. Das ist zwar nicht so spannend, aber bevor sich jemand verletzt, ist es besser so.

Ein Schüler nach dem anderen ruft dem Roboter zu, was er machen soll. Genau das, was die Kinder rufen, macht er. Auf einmal gibt es eine riesige Stichflamme. Jetzt wissen die Kinder, warum sie nicht selber mitarbeiten dürfen und sind auch sehr froh über die Scheibe. Der Roboter fängt wieder von vorne an. Nach einigen Versuchen, mehreren Explosionen und Stichflammen sind sie endlich mit der ersten Rakete fertig geworden. Jetzt werden noch viele mehr für ein riesiges Feuerwerk gebaut. Schließlich wird der Raum abgedunkelt und das Feuerwerk gestartet. Es sieht toll aus. Bianca freut sich sehr über das Feuerwerk. Leider ist die Stunde viel zu schnell vorbei.

Vor Schulschluss ist nun Sport dran. Sport findet Bianca mal super toll und manchmal total blöd. Es kommt immer darauf an, was gemacht wird. Spiele gefallen Bianca, aber Geräteturnen ist gar nicht nach ihrem Geschmack. Zum Sportunterricht kommen echte Profisportler, die einem die Sachen richtig erklären und beibringen. Als die Kinder in die Sporthalle kommen, steht dort ein Riese vor ihnen. Über zwei Meter groß ist er. Er sagt, dass er da sei, um den Kindern Basketball beizubringen, und Basketballspieler seien alle über zwei Meter groß. Nach dem Aufwärmen lernen die Kinder richtig zu werfen, zu fangen, und wie man sich den Ball zupasst. Mit so einem Trainer macht es wirklich Spaß.

Am Ende der Stunde wird noch ein Basketballspiel gemacht. Bianca darf als Erste wählen, wer in ihrer Mannschaft ist. Sie nimmt natürlich den Trainer, der aber lachend abwinkt und sagt, dass er nur der Schiedsrichter sei, weil es sonst unfair wäre. Am Ende eines spannenden Spieles gewinnt Biancas Mannschaft mit 13:12. Bianca hat sogar den entscheidenden Korb geworfen. Nach dem Spiel dürfen die Schüler dem Star noch einige Fragen stellen, und dann ist die Stunde auch schon vorbei.

Endlich ist der Schultag zu Ende. Heute war ein schöner Tag. Eine nicht so gute Sache kommt noch. Sobald sie mit dem Laufband die Schule verlassen wollen, müssen sie sich mit dem Handscanner abmelden, und dabei gibt es automatisch die Hausaufgaben für den nächsten Tag. Für Bianca gibt es heute viele Hausaufgaben. Doch ein blöder Tag!

Mit dem Lufttaxi geht es nach Hause, wo der Roboter schon das Mittagessen fertig vorbereitet hat. Nach den Hausaufgaben, bei denen ihr der Computer natürlich hilft damit sie schneller fertig wird, kommen Biancas Freunde zum Spielen und Reden. Abends kommen ihre Eltern von der Arbeit nach Hause und reden mit Bianca über den heutigen Schultag. Sie kennen bereits ihre Noten aus der Schule, weil der Schulcomputer ihnen eine E-Mail geschickt hat. Keine Note kann vor den Eltern geheim gehalten werden. Bianca lernt noch etwas und nach dem Abendessen darf sie fernsehen. Bianca möchte „Fünf Freunde" schauen und sagt dies dem Fernseher, der auch sofort eine „Fünf Freunde"-Folge abspielt. Danach lässt sie sich von Roboter ins Bad bringen und fürs Bett fertig machen. Sie liest ein paar Seiten in ihrem neuen „Die drei Fragezeichen"-Buch und schläft bald ein.

Am nächsten Morgen wird Bianca durch ein lautes Geräusch geweckt. Sie wundert sich, was das ist und warum das Bett nicht ins Badezimmer gefahren wird?

Auf einmal sieht sie ihre Mutter in der Tür stehen.

„Willst du nicht endlich aufstehen, Bianca? Dein Wecker klingelt ja schon lange!"

Das Mädchen überlegt: „Was ist denn mit den Robotern und dem automatischen Bett passiert?"

Da lacht ihre Mutter und meint, Bianca hätte mal wieder einen sehr fantasievollen Traum gehabt. Es ist das Jahr 2010 und da gebe es so was noch nicht. Also muss Bianca wieder alles selber machen und auch zu Fuß zur Schule gehen.

So wie immer.

Hightech-Gift

Sophia Thalhammer - 9. Klasse

Es war, als würde ich schweben. Alles um mich herum verschwand. Das Letzte, an das ich mich erinnern konnte war Ronnie, die laut aufschrie, weit hinter mir. Ich konnte sie aber nicht mehr sehen. Ich öffnete langsam meine Augen. Wo war ich? Ich spürte meinen Körper nicht mehr. Langsam stand ich auf und ging im weißen Raum auf und ab. Ich merkte, wie ich meine Hände in die Hosentaschen meiner Jeans schob. Die Tür ging auf und ein großer, kräftiger Mann betrat den Raum. Ich rannte auf ihn zu und fiel ihm um den Hals, obwohl ich mich nicht erinnern konnte, ihn jemals zuvor gesehen zu haben. Ich hörte lautes Gelächter aus dem Nebenraum. Doch plötzlich wurde es still und im nächsten Moment hörte ich eine vertraute Stimme herumbrüllen.

Jaden! Jaden war zwar noch nicht sehr lange in meiner Klasse, weil er erst vor drei Wochen von Amerika nach Berlin gekommen war, doch wir verstanden uns auf Anhieb super. Ich wusste nicht warum, aber ich freute mich, seine Stimme zu hören. Und wieder kam ein Sprung in meinem Gedächtnis.

Plötzlich saß ich auf der Rückbank eines Taxis, neben mir Jaden und Ronnie, die schon seit dem Kindergarten meine beste Freundin war. Beide sahen mit ernster Miene aus dem Fenster. Keiner sagte nur einen Ton, was mich sehr beunruhigte. Ich hob langsam meinen rechten Arm um zu sehen, ob ich ihn spüren konnte. Es funktionierte. Alles fühlte sich wieder ganz normal an.

„Wohin fahren wir?", fragte ich Ronnie.

Doch sie antwortete mir nicht. Einige Sekunden später hielt die Taxifahrerin an, drehte sich mit einem freundlichen Lächeln zu mir um und sagte: „Mühlenstraße 24. Wir sind da." Jaden hielt der Fahrerin einen Zwanzigeuroschein unter die Nase, während Ronnie mich mit sich aus dem Wagen zog. Wenige Minuten später saßen wir auf dem Boden in Jadens Zimmer. Ich war noch nie hier gewesen.

Irgendwie passte sein Zimmer nicht so richtig in die Wohnung. Er lebte hier allein mit seiner Mutter Sue, die neben ihrem Job als Bankerin auch noch Zeit fand, die Wohnung sauber zu halten und zu dekorieren. Dieses Zimmer allerdings war das exakte Gegenteil davon. Überall lagen CDs und Klamotten am Boden herum, die wir zur Seite schieben mussten, um uns hinsetzen zu können. An den Wänden hingen Poster von irgendwelchen amerikanischen Vorstadt-Bands, die ich nicht kannte. Schweigend ging Jaden zur Tür, drehte den Schlüssel im Schloss herum, steckte ihn dann in seine Hosentasche und setzte sich wieder zu uns. Inzwischen hatte Ronnie sich Jadens Bio-Buch geschnappt, um mich damit zu schlagen.

Entrüstet fuhr ich sie an:„Hey was soll das denn jetzt schon wieder? Wollt ihr mir endlich mal sagen, was hier los ist? Wieso seid ihr plötzlich so komisch zu mir?“

Doch statt auf meine Fragen zu antworten, wand sie sich an Jaden: „Ok, ich glaub jetzt ist sie wieder ganz normal. Ihre Augen sind auch wieder blau.“

Erleichtert atmete Jaden aus.

„Okay Leute. Jetzt reicht's! Sagt mir jetzt endlich, was mit euch los ist!“, schrie ich sie an. Jetzt verlor ich endgültig die Geduld.

Langes Schweigen. Ronnie und Jaden sahen sich eindringlich an, bis Ronnie dann endlich zu erzählen begann.

„Okay, Marie, also hör zu. Als wir heute Morgen zur Schule gefahren sind, waren da so komische Typen mit einem schwarzen Lieferwagen. Sie haben dich fast angefahren. Du bist vom Fahrrad gestürzt, und dann haben sie dir eine Spritze in den Arm gegeben oder so. Ich konnte das auf die Entfernung nicht so gut erkennen. Sie haben dich in den Wagen gehoben und sind weggefahren. Ich bin natürlich sofort hinterher.“

Sie stockte. „Und dann hab ich Jaden angerufen… aber nur, weil alle anderen wahrscheinlich schon in der Schule waren. Es war zwei vor acht oder so. Und Jaden kommt ja sowieso immer zu spät.“

Jaden räusperte sich übertrieben und sah Ronnie beleidigt lächelnd an, doch dann fuhr er fort: „Na ja, sie ist ihnen bis zu diesem komischen Labor auf dem Universitätsgelände gefolgt. Ich kam gerade noch rechtzeitig. Sie haben dich irgendwie ferngesteuert! Es sah schrecklich aus. Du hattest ganz rote Augen und sahst aus wie ein Zombie! Ich kam in diesen Nebenraum und da saßen ein paar Männer. Der eine starrte auf einen Computerbildschirm, die anderen auf den Fernseher der Überwachungskamera, die dich filmte. Ronnie hatte dich geschnappt und ist hinausgerannt, also bin ich euch einfach hinterhergelaufen. Zwei von den Typen wollten uns folgen, aber wir waren schneller…“

Er grinste mich kurz an, dann fuhr er fort: „Zum Glück stand ganz in der Nähe ein freies Taxi. Als wir ein Stück vom Labor weg waren, wurden deine Augen wieder bläulicher. Na ja, und den Rest kennst du ja…“

Ungläubig sah ich erst zu Ronnie und dann zu Jaden.

„Wir müssen unbedingt herausfinden, was die mit dir gemacht haben und warum!“

Ich spürte, dass Ronnie Angst hatte. Das konnten nur wenige Menschen außer mir, denn sie versuchte, nach außen hin immer unverwundbar zu wirken.

„Und was ist mit der Schule?“, fragte ich.“

„Die fällt heute aus für dich. Ich hab Simon eine SMS geschrieben. Er wird uns als entschuldigt ins Klassenbuch schreiben. Das kontrolliert doch sowieso keiner“, teilte Jaden mir mit, als wäre es selbstverständlich.

Na toll, so einfach war das also. Aber was sollten wir jetzt tun? Da fiel mir das Notebook ins Auge, das halb eingegraben unter ein paar Schulheften und Büchern hervor blitzte.

„Okay, versucht euch so genau wie möglich an alle Details zu erinnern. Vielleicht können wir mehr herausfinden, wenn wir im Internet recherchieren.“

Ich zog den Laptop hervor und forderte Jaden auf, sein Passwort einzugeben. Wir saßen fast bis halb vier vor dem Computer. Zum Thema „Willensmanipulation“ gab es einige Seiten, doch wir wurden daraus nicht viel schlauer. Plötzlich hörten wir wie jemand die Haustür aufsperrte.

„Oh verdammt! Das muss Sven sein, der neue Freund meiner Mutter. Schnell, versteckt euch! Er darf nicht wissen, dass ihr hier seid. Ich sollte eigentlich Chemie lernen!“, rief Jaden panisch und schob uns in seinen Kleiderschrank.

Auch das noch! Eigentlich musste ich längst zu Hause sein, aber stattdessen saß ich hier in einem Schrank fest. Meine Mutter machte sich bestimmt schon Sorgen.

„Jaden, sperr sofort deine Tür auf, ich möchte sehen, wie weit du schon bist“, hörten wir eine strenge Männerstimme vor der Tür rufen.

„Ja, ja, ich mach ja schon auf! Ich bin gerade mit den Formelgleichungen fertig“, rief Jaden.

„Gut. Wenn du Übungsmaterial brauchst, stelle ich dir gerne welches zur Verfügung“, sagte Sven mit ruhiger aber diplomatischer Stimme.

Schritte. Im nächsten Moment öffnete Jaden die Schranktür: „Okay, ihr könnt wieder rauskommen, er ist weg.“

Ronnie lachte. „Oh mein Gott, was will der denn? Wir schreiben doch in nächster Zeit gar keinen Chemietest. Der klingt ja wie so ein verrückter Professor.“

„Du liegst gar nicht so falsch, er ist wirklich Professor. Chemieprofessor. Er nimmt sein Fach sehr, sehr ernst. Und ein bisschen verrückt ist er auch."

Wir mussten lachen.

„Ich muss jetzt echt nach Hause. Meine Mum macht sich bestimmt schon Sorgen, wo ich bleibe. Ich hätte vor zwei Stunden zu Hause sein müssen", versuchte ich mich loszumachen.

„Okay, dann gehen wir mal besser. Ich begleite Marie nach Hause, nicht dass noch irgendwas passiert. Das könnten wir jetzt echt nicht gebrauchen. Aber eins noch: Wenn dieser Sven so ein Chemiegenie ist, kann er uns vielleicht helfen. Viele der Einträge über Willensmanipulation hatten doch auch mit Naturwissenschaften und so zu tun…und die Spritze… Vielleicht weiß der ja mehr darüber. Versuch ihn doch mal unauffällig darüber auszuquetschen. Vielleicht bringt uns das ja weiter."

„O.K., ich versuch's. Tschüss, bis morgen in der Schule. Ciao, Marie, pass auf dich auf."

Er zwinkerte mir zu und ich merkte, wie Ronnie die Augen verdrehte, als wir in ein Taxi stiegen, das auf der anderen Straßenseite geparkt hatte. Zu Hause angekommen riss meine Mutter die Haustür schon auf, bevor ich den Schlüssel ins Schloss schieben konnte.

„Wo hast du bloß gesteckt? Ich erwarte, dass du mich anrufst, wenn du später nach Hause kommst. Das weißt du doch! Und wieso war dein Handy aus? Ich habe mir ernsthafte Sorgen um dich gemacht!"

„Ist schon gut Mama, ich war noch bei Ronnie, weil wir ein Geschichtsreferat für Donnerstag vorbereiten müssen und der Akku meines Handys war ausgerechnet heute leer. Aber jetzt bin ich ja da."

Damit verschwand ich in meinem Zimmer. Am nächsten Morgen musste ich mit dem Fahrrad meiner großen Schwester Lena in die Schule fahren, weil mein eigenes ja noch am Unigelände stand.

Und da würde ich mich so schnell nicht mehr blicken lassen. In der Pause trafen wir uns vor den Kunstsälen mit Jaden, weil da in den Pausen so gut wie nie jemand war. Und wir hatten Glück, denn weit und breit war kein Mensch zu sehen. Jaden hatte ein selbstzufriedenes Lächeln auf den Lippen. Das mussten ja wohl gute Nachrichten sein.

„Also", fing er an. „Die gute Nachricht ist, dass ich weiß, was die Typen mit Marie gemacht haben. Und die Schlechte ist, dass ich keine Ahnung habe, warum und wieso sie es getan haben. Ich hatte Glück. Meine Mum kam gestern später nach Hause, also konnte ich in Ruhe mit Sven reden, als ihr weg wart. Allein. Ich hab gesagt, es sei für ein Referat in Chemie."

„Na los, erzähl schon, was hast du rausgekriegt?" Ronnie war schon ganz ungeduldig.

„Es muss sich um Willensmanipulation durch Nanobots gehandelt haben, weil die ‚Symptome' dafür die richtigen waren: rote Augen, orientierungsloser Gesichtsausdruck und so. Nanobots sind winzige Roboter, etwa so groß wie eine Nervenzelle. Die waren wahrscheinlich in der Spritze, die sie dir gegeben haben, Marie."

Er sah mich mit ernster, sorgenvoller Miene an. „Sie gelangten in dein Gehirn und dockten dort an. Mit ihrem Computer konnten sie dich richtig fernsteuern. Ziemlich krass, oder?"

Ich starrte ihn an. „Also noch mal langsam. Soll das etwa heißen, die haben einen Roboter aus mir gemacht? Aber wieso…?"

„Ich fürchte, das soll es heißen. Aber wie gesagt… was die vorhaben und warum und wieso, weiß ich auch noch nicht genau. Und ich hab auch ehrlich gesagt keine Ahnung, wie wir das herausfinden können. Tut mir leid."

In dem Moment klingelte es zur dritten Stunde.

„Kommt schon, wir müssen los. Wir haben jetzt Mathe, da dürfen wir nicht zu spät kommen. Da schreiben wir bestimmt eine

Ex. Aber – hey! Wenigstens wissen wir jetzt schon was das gestern überhaupt war", versuchte Ronnie uns zu ermutigen.

Nach der Schule fing Jaden uns am Fahrradständer ab. „Wartet mal kurz, können wir uns vielleicht morgen nach der Schule noch mal treffen und uns was überlegen? Wir können die Sache ja jetzt nicht einfach so vergessen, bevor wir das geklärt haben. Also ich weiß ja nicht wie es euch geht, aber ich kann so nicht ruhig schlafen."

„Okay, also ich hab morgen sturmfrei bis acht Uhr. Wenn ihr wollt, könnt ihr nach der Schule zu mir kommen", bot Ronnie an.

„Und du sagst deiner Mum am besten heute noch Bescheid, nicht dass sie sich Sorgen macht", neckte sie mich.

„Aber mal im Ernst, Leute, ihr nehmt das Ganze viel zu locker hin. Das ist doch kein Spiel!", murmelte ich unsicher.

„Wenn es dir hilft, kann ich ja mal Sven fragen, ob er früher nach Hause kommen kann. Dann müsstet ihr allerdings zu mir kommen und wir müssten ihm die ganze Geschichte erzählen", entgegnete Jaden.

„Ja, es würde mich beruhigen, wenn ein Erwachsener dabei wäre, der sich ein bisschen auskennt."

Wir verabschiedeten uns. Irgendwie war ich tatsächlich schon ein wenig beruhigter mit dem Wissen, dass wir vielleicht die Unterstützung eines Chemieprofessors haben würden. Um halb elf am selben Abend bekam ich eine SMS. Ich lag schon im Bett, also musste ich noch mal aufstehen und mein Handy suchen. Als ich sah, dass sie von Jaden war, verflog der Ärger über die nächtliche Störung. Doch im nächsten Moment bekam ich Angst, dass irgendetwas passiert sein könnte. Schnell las ich sie.

„Alles klar! Sven kommt schon um halb zwei nach Hause, um uns zu helfen. LG Jaden."

Beruhigt legte ich mich wieder ins Bett und schlief sofort ein. Am nächsten Tag wurden wir gleich nach der Schule von Sven

abgeholt, und er nahm uns mit in sein Labor, das nur einige Straßen weiter lag.

„Kleine Planänderung, Leute. Ich habe heute Vormittag schon
ein bisschen nachgeforscht und schlechte Nachrichten für euch.
Aber das kann ich euch am besten in meinem Labor zeigen, weil
ich dort schon ein paar Versuche dazu stehen habe", teilte er uns
auf der Fahrt in ernstem Ton mit.

Gespannt sahen wir uns einige Minuten später im Labor um. Es
war ganz anders, als man sich das Labor eines verrückten Chemieprofessors vorstellte. Die Wände waren zwar weiß gestrichen, aber
überall waren bunte Bilder und Fotos, die meisten von Jaden und
seiner Mutter. Unter dem Fenster stand ein großer Schreibtisch
aus Buchenholz und auf der Arbeitsfläche an der Wand gegenüber
der Tür standen unzählige Reagenzgläser gefüllt mit den verschiedensten Stoffgemischen. Wir setzten uns an Svens Schreibtisch
und lauschten aufmerksam, als er uns von seinen Experimenten
berichtete.

„Also, wie gesagt, ich habe keine guten Nachrichten für euch.
Ihr habt doch gesagt, dass die Wirkung bei größerer Entfernung
nachgelassen hat, aber dann müssten die Nanobots ja noch in Maries Gehirn sein. Ich habe nachgeforscht und herausgefunden, dass
die Roboter innerhalb von hundert Stunden das Gehirn zerfressen,
was für uns bedeutet, dass wir die Dinger in den nächsten sechs-
unvierzig Stunden da rausholen müssen! Sonst würde das Maries
Tod bedeuten!"

Er machte eine lange Pause. Dann fuhr er fort.

„Aber das ist noch nicht alles. Ich habe recherchiert und herausgefunden, warum dieser ganze Aufwand betrieben wurde:
Du warst nur ein Versuchskaninchen, Marie. Ihr eigentliches Ziel
ist der Bundeskanzler Herbert Lohner. Die Attentäter setzen die
Nanobots wie Gift ein – nur mit zwei Vorteilen: Erstens wird niemand darauf kommen, dass sie die Täter sind, weil es innerhalb

von hundert Stunden jeder andere auch gewesen sein könnte und zweitens – und das ist wahrscheinlich der wesentliche Grund – können sie den Kanzler steuern, solange sie sich nur mit ihrem Steuerungsprogramm in seiner Nähe aufhalten. Warum sie seinen Tod wollen kann ich nicht genau sagen, aber ich vermute, dass sie entweder selbst an die Macht kommen wollen oder einen anderen Kanzler fordern."

„Aber was sollen wir denn jetzt tun? Marie hat nicht mal mehr zwei Tage zu leben! Wir müssen etwas unternehmen. Und zwar schnell!", rief Ronnie mit zitternder Stimme und blassem Gesicht.

Mir wurde schlecht. Die Vorstellung, dass mein Leben von einem verrückten Chemieprofessor abhing, gefiel mir gar nicht.

„Wir müssen irgendwie an das Steuerungsprogramm herankommen. Und da gibt es nur einen Weg…", meinte Sven sorgenvoll.

Doch Jaden, genau wie wir anderen auch, war von dieser Idee offensichtlich nicht begeistert.

„Nein, Sven, vergiss es! Wir können nicht in das Labor einbrechen. Da muss es doch noch einen anderen Weg geben, die Gangster zu stoppen… Außerdem kommen wir da doch sowieso nicht rein."

„Habt ihr etwa eine bessere Idee? Wenn wir alle gemeinsam gehen, können wir es schaffen. Heute Nacht. Ihr steht Schmiere!"

Er warf erst Ronnie, dann Jaden einen kurzen Blick zu. „Und ich gehe mit Marie hinein, um die Sache in Ordnung zu bringen. Na, was sagt ihr?", versuchte Sven uns zu motivieren.

„Ich hab doch gleich gesagt, dass er verrückt ist", murmelte Ronnie vor sich hin.

„Na ja, wenn das der einzige Weg ist, wie wir sie befreien können, müssen wir das Risiko wohl eingehen", willigte Jaden ein.

Sven wandte sich an mich.

„Was ist, Marie? Du hast noch gar nichts gesagt. Sollen wir es wagen?"

„Naja, ich fürchte, ich habe keine Wahl, oder?“

Sven zuckte mit den Schultern. „Gut, das wäre geklärt. Dann gehen wir die Sache mal an, oder? Also mein Plan sieht folgendermaßen aus: …“

Um halb zehn trafen wir uns an der Einfahrt des Unigeländes. Alle ganz in schwarz, damit wir wenigsten ein bisschen getarnt waren. Meiner Mutter hatte ich erzählt, dass ich bei Ronnie übernachten würde und sie hat es mir zu meinem Erstaunen sofort geglaubt.

Sven flüsterte mir zu: „Bist du bereit, Marie? Von mir aus kann es losgehen.“

Mit zitternder Stimme antwortete ich: „Okay, bringen wir es hinter uns.“

Er nahm meine Hand. Mit weichen Knien folgte ich ihm bis zum großen Eisentor. Über Nacht wurde es immer abgesperrt. Er half mir mit einer Räuberleiter hinüber. Dann warf er mir ein Seil hinterher, an dem er selbst das rund zwei Meter hohe Tor passierte. Die erste Hürde war schon geschafft. Auf dieser Seite der Mauer, die das gesamte Universitätsgelände umgab, kam mir die Nacht noch kälter und düsterer vor. Ich traute mich kaum zu atmen. Sven packte meinen Arm und führte mich schnellen Schrittes auf ein kleines Gebäude zu, das genau auf Jadens und Ronnies Beschreibung passte. Ich konnte mich ja nicht mehr erinnern. Es war klein, weiß und hatte ein flaches Dach.

„Okay, das muss es sein“, flüsterte Sven mir so leise zu, dass ich es selbst in dieser Totenstille kaum verstehen konnte, und riss die Tür auf. Zu unserem großen Erstaunen war sie nicht einmal abgesperrt. Doch die größere Überraschung erwartete uns im Inneren. Als wir mit unseren Taschenlampen den dunklen Raum ableuchteten, sahen wir einen reich bestuhlten Saal mit einer Tafel und einigen Mikroskopen auf alten Schulbänken stehen.

„Oh Mist! Wir sind falsch! Los, suchen wir weiter!“, zischte Sven, während er mich schon weiter zog. Ich war wie gelähmt vor

Angst. Sven zog mich hinter sich her, ohne dass ich überhaupt meine Beine spüren konnte. Im nächsten Moment standen wir schon vor einer weiteren Tür. Diesmal verriegelt. Nachdem er das Schloss aufgebrochen hatte, schob er mich vor sich in das Gebäude. Von außen sah es genauso aus wie das Vorherige. Er zog die Tür hinter sich zu und setzte sich an den großen Schreibtisch in der Mitte des Raumes.

Nach einigen Versuchen das Passwort zu knacken, startete er das Nanobot-Steuerungsprogramm und führte mich in den Nebenraum, an den ich mich nur ganz verschwommen erinnern konnte. Dort setzte er mich auf den weißen Hocker. Er war das einzige Möbelstück in diesem durch und durch weißen Raum. Zuerst vernahm ich nur sein leises Fluchen aus dem Nebenraum, doch plötzlich spürte ich ein Zucken, das meinen Körper von den Zehen bis zu den Haarspitzen durchfuhr. Kurz darauf fühlte sich mein Kopf an, als ob er gerade explodierte. Für einen Moment dachte ich, ich sei tot. Ich sah nichts mehr. Um mich herum herrschte Totenstille. Doch im nächsten Moment riss jemand die Tür auf und zog mich aus dem Gebäude.

„Jaden, was ist passiert? Wo ist Sven? Hat er es geschafft?“, presste ich zwischen den Lippen hervor.

„Psst“, zischte Jaden, hielt mit einer Hand meinen Mund zu und drückte mich an die äußere Rückwand des Gebäudes. Ich sank zu Boden. In meinem Kopf kreisten tausend Fragen herum. Jaden setzte sich lautlos neben mich und ich legte meinen Kopf auf seine Schulter. Auf einmal war ich furchtbar erschöpft. Nach wenigen Sekunden, es kam mir vor wie Stunden, hörte ich Schritte, die sich von uns entfernten. Erleichtert atmete Jaden aus. Er umarmte mich und gab mir einen Kuss auf die Stirn. Für einen Moment schien die Zeit stehen zu bleiben.

„Wir haben es geschafft!", sagte er und strahlte über das ganze Gesicht. „Los, verschwinden wir. Sven und Ronnie warten schon im Auto auf uns."

Und schon war der magische Moment vorüber. Jaden griff nach meiner Hand und wir liefen zum Auto. Ich konnte schon von weitem die erleichterten Blicke von Ronnie und Sven erkennen. Eine Träne rollte mir über die Wange. Wir hatten es tatsächlich geschafft! Ich konnte kaum erwarten zu erfahren, was eigentlich genau passiert war. Während der gesamten Autofahrt hielt Jaden meine Hand fest umklammert.

„Ich bin froh, dass du wieder in Sicherheit bist", flüstere er mir ins Ohr, was Ronnie nicht übersehen hatte. Sie warf mir einen vielsagenden Blick zu. Sven nahm uns alle mit zu Jaden nach Hause.

„Sue hat Nachos für alle gemacht. Wenn wir zu Hause sind, erzähle ich euch die ganze Geschichte", kündigte Sven an.

„Deine Nachos sind einfach die Besten, Sue. Danke noch mal, dass du für uns gekocht hast", lobte Ronnie Sues Kochkünste, als wir gemeinsam am Esstisch in deren kleinen Wohnung saßen und die besten Nachos der Welt aßen.

„Danke, Ronnie. Aber jetzt erzähl doch mal, Sven. Ich bin schon ganz gespannt auf eure Geschichte."

Ronnie, Jaden und Sven erzählten der Reihe nach von unserer geheimnisvollen Mission.

„Eigentlich war es ganz einfach. Ich musste nur einen Code im Algorithmus ändern und schon brach das Programm zusammen. Somit lösten sich auch die Nanobots auf. Ich war so froh, dass ich es geschafft hatte, dass ich nur noch so schnell wie möglich zurück zu den anderen wollte und dabei ganz vergaß, dass Marie noch im Testraum saß."

Als Sven zum Ende kam, wurde ich hellhörig, denn das war der Teil der Geschichte, von dem ich nichts mitbekommen hatte.

„Auf dem Weg zum Eisentor kam Jaden mir ganz aufgeregt entgegen gerannt, um mich zu warnen, dass jemand käme. Er sagte, ich solle mit Ronnie im Auto warten, er würde sich um Marie kümmern. Da fiel mir Marie auch wieder ein. Ich überlegte, ob ich noch mal zurück sollte, aber ich vertraute Jaden und ging zu Ronnie.“

Er machte eine Pause, um einen Schluck Wein zu trinken.

Da fuhr Jaden fort: „Ja, dann kam so ein Typ, den ich sofort wieder erkannte. Es war einer von diesen Irren, die Marie die Nanobots ins Gehirn gepflanzt hatten. Ich rannte sofort zum Labor, um Sven zu warnen, doch ich sah, dass er schon auf dem Weg war. Ohne Marie. Ich schickte ihn zu Ronnie und holte Marie aus dem Testraum. Ich hatte gerade noch Zeit, das Licht auszumachen und die Türen zu schließen. Aber den Computer musste ich anlassen. Ich zog Marie hinter das Haus und hoffte, dass er uns nicht finden würde. Und wir hatten Glück. Nachdem er im Haus ein bisschen herum geflucht hatte, ist er wieder abgehauen, und wir konnten uns unbemerkt aus dem Staub machen.“

Er lächelte triumphierend.

„Wow, da habt ihr ja gerade noch mal Glück gehabt. Ihr seid ja echte Helden. Ich bin froh, dass euch nichts passiert ist!“, sagte Sue voller Stolz. Als sie mit Sven in der Küche verschwand, um das Geschirr abzuwaschen, umarmte mich Ronnie ganz fest.

„Ich freue mich so, dass dir nichts passiert ist. Ab jetzt passe ich besser auf dich auf!“

„Danke, Ronnie, du bist eine tolle Freundin“, sagte ich. Kurz darauf verschwand sie auf der Toilette. Sie kannte mich gut genug, um zu wissen, dass ich mit Jaden allein sein wollte.

„Danke, dass du mich da rausgeholt hast, Jaden. Ich liebe dich.“ Er blickte mit tief in die Augen.

„Ich liebe dich auch, Marie“, sagte er, bevor wir uns das erste Mal richtig küssten.

Die gestohlene Geldspuckmaschine

Annika Koepp - 5. Klasse

In der Nähe einer großen deutschen Stadt lebte ein zwölfjähriger Junge namens Benjamin. Er hatte keine Mutter mehr, denn diese war vor einem Jahr bei einem Autounfall tödlich verunglückt. Sein Vater, mit Namen Heinz, trauerte seiner Frau noch sehr lange nach. Er arbeitete als Erfinder, hatte nach dem Tod seiner Frau aber keine Freude mehr an seinem Beruf. Für Benjamin jedoch zwang er sich, in seinem Labor weiter zu forschen.

Heinz und Benjamin wohnten zusammen in einer großen Vorstadtvilla außerhalb Berlins. Dort befand sich auch die Forschungsstätte des Vaters. In der Villa gab es ein Massagestudio, in dem ein selbst gebauter Roboter auf Befehl Testpersonen massierte. Diesen Roboter hatte Heinz über viele Jahre hinweg entwickelt, zusammen mit seiner verstorbenen Frau. Benjamins Vater hatte die Idee gehabt, diesen Roboter seiner Ehefrau zu schenken, damit er ihr im Haushalt behilflich war. Die Maschine konnte nämlich außer massieren noch servieren, kochen und aufräumen.

Benjamin bekam von seinem Vater den Auftrag, einen Namen für den Roboter zu finden. Damit hatte er eine schwierige Aufgabe, denn auf Anhieb fiel ihm kein passender Name ein. Als er jedoch einmal um die Maschine herumschlich, entdeckte Benjamin auf der Rückseite eine kleine Inschrift, die lautete „Lucky Child". Das muss wohl der Name der Herstellerfirma des Bauteils gewesen sein. Er dachte, „Lucky" war der perfekte Name. Von da an wurde der kleine silberne Kerl „Lucky" genannt.

Anfangs musste die Familie einige lustige Abenteuer mit Lucky bestehen. An einem stürmischen Herbstabend hatte Heinz einmal zusammen mit seiner Frau friedlich auf dem Sofa gesessen und zu Lucky gesagt: „Bring uns doch bitte ein Glas Wein!"

Lucky hatte sofort gefolgt und in der Eile den Wein Heinz über den Kopf anstatt in das Glas geschüttet. Sofort hatte Lucky bemerkt, dass Heinz dies nicht so gut fand, deshalb hatte er ein Wischtuch geholt. Wegen dem Wein in den Haaren war Heinz duschen gegangen, aber er war Lucky nicht böse gewesen. Nach dem Abendessen hatte er sowieso immer geduscht. Nachdem er in der Dusche gewesen war, hatte Heinz mit Benjamin versucht, Lucky neu zu programmieren. Nach langem „Rumtüfteln" war er so gut geworden, wie er jetzt ist.

Benjamin hatte keine Freunde außer Lucky. Er nahm bei einem alten Mann, der früher mal Professor gewesen war, mit Lucky Privatunterricht. Heinz wollte mit dem alten Professor namens Harald Benjamin zu seinem 13. Geburtstag eine Maschine schenken, die pro Monat 20 Euro herstellen kann. Die Herstellung der Maschine kostete sehr viel Zeit, aber um Benjamin eine Freude zu machen, hätten Harald und Heinz alles aufs Spiel gesetzt. Die beiden wussten aber nicht, dass der geldgierige Nachbar sie schon lange beobachtete, denn er wollte ihnen diese Maschine stehlen.

Heinz wusste schon seit langem, dass der seltsame Nachbar etwas im Schilde führte. Harald sagte immer wieder zu Heinz: „Das sind nette Leute, sie sind nur ein wenig seltsam. Ich weiß das, denn der Nachbarjunge hat auch bei mir Privatunterricht."

Heinz meinte aber: „Diese Nachbarn sind mir nicht geheuer. Sie beobachten uns ständig durch das Fenster."

„Denkst du, sie haben etwas Böses vor, Harald?"

„Ich glaube nicht, aber jetzt müssen wir weiterarbeiten, sonst werden wir in dieser Woche nicht mehr fertig", entgegnete Heinz.

Am Abend gingen alle zeitig schlafen. Als Harald am frühen Morgen nach dem Geldspuckinator schauen wollte, war er verschwunden. Er rief sofort nach Heinz. Dieser kam noch im Schlafanzug schnell angelaufen und fragte, was passiert sei.

Harald erzählte verzweifelt: „Benjamins Geburtstagsgeschenk ist nicht mehr da."

Heinz entdeckte frische Schleifspuren im Flur, die zu dem Fenster führten, das aufs Nachbargrundstück zeigte. Jetzt entdeckte er auch am Fenster Einbruchsspuren.

Beide riefen gleichzeitig: „Das waren bestimmt unsere lieben Nachbarn!"

Heinz und der Professor folgten aufgeregt der Spur, die sie nach draußen führte. Heinz schaute auf dem Boden nach seinem verlorenen Haustürschlüssel und entdeckte dabei Fußspuren im Schnee. Diese führten geradewegs zum Nachbarhaus und endeten vor der riesigen Haustür der Villa der Familie Grünspecht. Eigenartigerweise stand die Tür weit offen. Heinz und Harald nahmen das Angebot an und traten ein. Plötzlich stürzte ein großer schwarzer Käfig auf sie herab und schloss die beiden ein. Die Männer gerieten in Panik, riefen nach Hilfe und versuchten aus ihrem Gefängnis zu entkommen. Dies gelang ihnen aber nicht.

In dem Moment wachte Benjamin im Nebenhaus auf. In der Ferne hörte er unverständliche Rufe. Schnell stieg er aus seinem Bett, lief barfuß die Treppe hinab und sah, dass die Haustür offen war. Neugierig rannte er noch im Schlafgewand den Rufen entgegen, die er mittlerweile als Hilferufe vernahm. Er ängstigte sich, trat aber trotzdem durch die Gartentür zum Nachbargrundstück ein. Auch ihm fiel die geöffnete Haustüre auf. Er erkannte seines Vaters Stimme und lief ohne große Überlegung in das Haus.

Dort erwartete ihn eine Überraschung. Heinz und Harald saßen hinter Gitterstäben gefangen in der Eingangshalle.

Benjamin fragte verwundert: „Wie seid ihr hier hergekommen?".

In dem Moment sah Benjamin Herrn Grünspecht auf sich zukommen, drehte sich blitzschnell um und rannte den Weg, den er gekommen war zurück. Der Nachbar lief hinter ihm her, konnte ihn aber nicht erreichen, da der Junge ihm die Türe vor der Nase zuschlug.

Benjamin ging nachdenklich in sein Zimmer, zog sein T-Shirt und Jeans an und schmiedete einen Plan. Er wusste, dass Heinz sein Walkie-Talkie immer dabei hatte. Schnell nahm er sein eigenes Gerät und suchte nach dem richtigen Kanal. Zuerst kratzte es in der Leitung, aber dann hörte er seltsame Geräusche. Benjamin erkannte Haralds Stimme. Aufgeregt fragte der Junge, was passiert sei.

Harald antwortete: „Wir wurden von Herrn Grünspecht gefangen genommen, als wir dein Geburtstagsgeschenk zurückholen wollten. Dein Vater und ich haben dir eine Maschine gebaut, die monatlich 20 Euro ausspucken kann. Dies muss unser Nachbar wohl mitbekommen haben. Heute Nacht ist er in unser Haus eingebrochen und hat den Geldspuckinator mitgenommen. Durch Schleifspuren im Haus wurden wir darauf aufmerksam und verfolgten den Weg. Gerade als wir das Nachbarhaus betraten, stürzte ein eiserner Käfig auf uns herab.“

Benjamin fragte beunruhigt, wie es seinem Vater gehe. Schnell gab Harald das Funkgerät weiter, sodass der Junge selber mit Heinz sprechen konnte. Der Vater gab Benjamin kurze Anweisungen, was zu tun war. Zuerst forderte er ihn auf, die Polizei anzurufen. Danach sollte er aufpassen, dass sich Herr Grünspecht nicht aus dem Staub machte. Benjamin befolgte die Anweisungen sofort.

Nachdem er angerufen hatte, rannte er wieder zurück zum Nachbarhaus und sah gerade noch, wie der Nachbar davonlief. Jetzt musste er schnell handeln. Benjamin schnappte sich sein altes Hüpfseil, welches im Flur am Haken hing. Gezielt warf er das Seil dem Ausreißer vor die Füße, sodass dieser sich darin verhedderte und auf den matschigen Boden fiel.

In dem Moment bog ein Streifenwagen der Polizei in die Einfahrt ein. Der Beamte sprang aus dem Wagen und legte dem auf dem Boden Liegenden Handschellen an. Herr Grünspecht fluchte und schrie, wobei er versuchte sich loszureißen. Benjamin war heilfroh, dass die Polizei so schnell eingetroffen war.

Er wandte sich zu dem Polizisten. „Mein Vater und mein Lehrer sind noch im Haus gefangen. Bitte befreit sie!"

Das ließen sich die Beamten nicht zweimal sagen. Einer verfrachtete den Gangster auf die Rückbank des Autos, der andere lief mit Benjamin ins Haus. Dort fanden sie Harald und Heinz nach wie vor hilflos im eisernen Käfig. Der Beamte fragte die Gefangenen nach ihrem Befinden. Als klar war, dass es ihnen gut ging, überlegten sie, wie die Befreiung ablaufen soll.

Harald hatte eine gute Idee. „Befreit uns doch mit Hilfe des Winkelschleifers, der in der Garage unter der Werkbank liegt."

Eilig rannte Benjamin los und holte den verstaubten Schleifer zum Käfig. Zufällig befand sich direkt neben dem Gefängnis eine Steckdose, an der man den Winkelschleifer anschließen konnte. Schnell waren die Stäbe getrennt und die beiden Männer konnten unverletzt heraussteigen.

Plötzlich rief Heinz: „Habt ihr den Geldspuckinator gefunden?"

Der Polizist schaute ihn verständnislos an und fragte, was das sei. Daraufhin erklärte ihm Harald die großartige Erfindung. Jetzt rannten alle los, die Maschine zu suchen. Aber sie war nirgends zu finden. Die Männer schauten sich ratlos an. Da hatte Benjamin eine Idee.

Er fragte: „Wo würdet ihr eine wertvolle Sache verstecken? Doch bestimmt an einem Ort, an dem man so etwas nicht vermutet, wie zum Beispiel in einem alten Schuppen."

Auf der Stelle liefen die Männer und Benjamin zu dem Schuppen im hinteren Teil des Gartens der Familie Grünspecht. Hinter der Tür vernahmen sie aggressives Hundegebell. Wie sollten sie jetzt ins Innere gelangen? Sofort fiel Benjamin die Lösung ein. Er rannte zur Küche und kehrte mit einer dicken Wurst zurück. Diese legte er ein paar Meter vom Eingang entfernt auf den Boden. Der Polizist öffnete die Tür durch einen Schlag auf das alte Schloss. Die Tür sprang auf, der Hund lief heraus und stürzte sich sofort auf den Köder. Somit war der Weg frei.

Gespannt traten sie ins Innere und sahen auf Anhieb die unversehrte Geldspuckmaschine im hinteren Eck stehen. Überglücklich fielen sie sich in die Arme. Alle Mann transportierten das Gerät in Heinz' Haus zurück. Der Polizist verabschiedete sich und rannte zu seinem Kollegen, der immer noch auf den Dieb aufpasste.

Nachdem sich die Aufregung gelegt hatte, prüfte Harald, ob die Maschine noch funktionierte. Entsetzt und zugleich freudig stellte er fest, dass der Geldspuckinator nun nicht nur 20 Euro, sondern mehrere 50 Euro Scheine ausspuckte. Da musste wohl beim Transport etwas schief gegangen sein!

Benjamin freute sich außerordentlich über sein Geschenk zum 13. Geburtstag und umarmte seinen Vater überschwänglich. Für die Erfindung erhielt Benjamins Vater einen Sonderpreis der Technischen Universität Berlins und war wochenlang Stadtgespräch. In den Geldspuckinator baute Heinz nachträglich ein Sicherheitssystem ein, das nur durch Sprachsteuerung aktiviert werden konnte.

Am nächsten Tag feierte Benjamin ausgelassen seinen Geburtstag und lud alle ein, die ihm geholfen hatten seinen Vater und den Lehrer zu befreien. Die zwei Polizisten erzählten ihm, dass Herr Grünspecht bereits in Untersuchungshaft säße und wohl auf längere Zeit nicht mehr auf freiem Fuß sein werde. Somit hatte das Abenteuer doch noch ein Happy End gefunden.

Im Gespräch

Stella Näbauer - 9. Klasse

„Hallo! Hier ist die Lisa. Wer ist denn dran? Ah, du bist es Tim. Kannst du mir bitte deine Schwester geben? ... Rike, wie geht's? Alles klar soweit? Ich bin jetzt gerade los gegangen und komme in ungefähr 20 Minuten bei dir an ... Ja, ich nehme die Abkürzung durch den Wald ... Also gut, dann bis gleich! ... Tschau!"

Es ist schon ein etwas älteres Modell, mit seinen sieben oder acht Jahren gewissermaßen ein Handy-Oldtimer. Der ehemals blaue Lack ist an einigen Stellen abgeblättert. Auch der Rahmen hat bereits einiges aushalten müssen, so oft wie mir das Handy herunterfällt. Trotzdem kann ich mich einfach nicht davon trennen.

Verträumt lasse ich es in meine Hosentasche gleiten, hole stattdessen meinen Mp3-Player heraus und mit dem Geträller von Paolo Nuttini in den Ohren setze ich meinen Weg fort. Bei jedem Schritt schmatzt der Schneematsch unter meinen Schuhen, jedes Mal, wenn ich einen Busch streife, rieselt etwas Pulverschnee auf mich herunter.

Ich mag Neuschnee. Sobald die Spitzen der Nadelbäume wieder mit einem Hauch von glitzerndem Etwas bedeckt sind, verwandelt sich selbst der übelste Grantler in einen friedfertigen Mitmenschen. Okay, genug der vorweihnachtlichen Gefühle. Schließlich ist es nicht gerade angenehm, wenn einem das kalte Nass unablässig ins Gesicht weht und man auf den Boden der winterlichen Tatsachen zurückgeholt wird.

Bald erreiche ich die alte Eiche, an der kaum wahrnehmbar ein schmaler Trampelpfad abzweigt. Das ist mein Weg, der mich zu dem alten terrestrischen Sendemasten oben auf dem Hügel führt. Natürlich kann man diesen auch über einen Schotterweg von der anderen Seite des Berges her erreichen. Nachdem seit 2012 das konventionelle terrestrisches Fernsehen von der Erde verschwunden ist und stattdessen alles, was in der Kiste flimmert, über Satellit, Kabel und DVB-T ausgestrahlt wird, fährt auf dem Schotterweg kein Wartungstrupp mehr entlang. Mittlerweile ist auch diese Zufahrt zugewuchert.

Anfangs gab es Forderungen, den Sendemasten abzureißen, weil er gar so hässlich sei. Zu teuer. Zu viel Ärger. Keine klaren Mehrheiten im Gemeinderat. Der Sendemast geriet in Vergessenheit. Stattdessen machte sich die Natur dort breit – Gestrüpp und Bäume wachsen schneller als man denkt – und ließ den Mast nach und nach zu einem Teil des Waldes werden.

Ich liebe diesen Ort, seitdem ich in grauer Vorzeit auf der Suche nach Ostereiern mit meinen Eltern hier vorbeigekommen bin und erfahren habe, dass in diesem riesigen Turm die „Sendung mit der Maus" lebt. Ein magischer Ort. Das ist er heute noch für mich. Klar, ein magischer Ort braucht natürlich ein Ritual. Und das sieht so aus: Jedes Mal, wenn ich auf meinem Weg zu Rike die Abkürzung durch den Wald nehme, lege ich einen Abstecher zum Sendemast ein. In meiner Tasche befindet sich eine nur für rituelle Zwecke einsetzbare Spraydose. Farbe: grün, Ursprung: Baumarkt; Markenbezeichnung: keine. Im Angesicht des Sendemastes und in vollem Besitz meiner geistigen Kräfte sprühe ich dann eine elf Zentimeter lange horizontale Linie auf die Oberfläche des Masts. Mittlerweile war ich schon oft dort und es fehlen mir noch etwa 53 Zentimeter bis zur Vollendung einer umlaufenden grünen Linie auf Augenhöhe.

Auch heute möchte ich diesem Ziel ein Stück näher kommen. Rasch zücke ich mein Handy, um die Uhrzeit zu überprüfen. Es bleiben mir knappe fünf Minuten, um den Hügel zum Sendemasten hoch zu stapfen, kurz inne zu halten, den Strich zu setzen und wieder zur Eiche zurückzugehen. Das müsste reichen, um dann noch rechtzeitig bei Rike einzutrudeln. Schon bin ich auf den Trampelpfad eingebogen.

Moment! Da stimmt doch etwas nicht, oder liegt es am Neuschnee? Verunsichert gehe ich weiter und stelle meine Aufmerksamkeit auf meine Umgebung um, d.h. den Mp3-Player ab. Jetzt sehe ich es. Von den großen, hohen Bäumen sind nur noch die Wurzelstöcke und Reste abgebrochener dünner Äste übrig. Weiter oben ist das Gestrüpp vollständig entfernt. Noch weiter oben, der Sendemast. Wieso glänzt der so sauber und wo ist meine grüne Linie? Überhaupt sieht der Mast heute völlig anders aus.

Entsetzt bleibe ich stehen. Das ist nicht mehr mein terrestrischer Sendemast. Auf der Kuppe des jetzt kahlen Hügels ragt stattdessen ein gigantischer Metallturm empor. Nach oben hin wird er zwar schmaler, aber anstatt einer Spitze ist dort eine runde Plattform, an der ringsum nach außen gerichtete Lautsprecher befestigt sind. Ob es wirklich Lautsprecher sind, kann ich von hier unten nicht einschätzen. Der Turm ist bestimmt 30 Meter hoch und ich habe mal wieder meine Kontaktlinsen nicht eingesetzt. Noch vor kurzem, oder ist es vielleicht doch schon mehrere Wochen her, hatte sich „mein" Sendemast so zwischen den Bäumen versteckt, dass er vom Dorf aus nicht mehr zu sehen war. Dieses neue Metallmonster dürfte nun kaum mehr zu übersehen sein. Eigentlich hätte es mir schon vorher auffallen müssen, aber wahrscheinlich war ich mal wieder zu abgelenkt gewesen.

Schlagartig überkommt mich die endgültige Gewissheit: Die grüne Linie wird unvollendet bleiben und mitsamt den Trümmern meines terrestrischen Sendemastes auf der örtlichen oder überregionalen Mülldeponie zwischen Betonschutt und zerschredderten Küchenmöbeln untergehen. Ich könnte aber eine neue Linie beginnen mit einer neuen Farbe. Dazu sollte ich mir den Masten genauer ansehen und vor allem herausfinden, wozu er benutzt wird. Aha, hier steht etwas, eine Abkürzung: BS3309. Hm ... kommt mir irgendwie bekannt vor. Vielleicht aus einem Zeitungsartikel über eine Abhöranlage? Eher nicht. Vielleicht eine Dokumentation im Fernsehen? Ja, das passt schon eher.

Genau, jetzt fällt es mir wieder ein! BS steht für Basisstation! Für Mobilfunkbasisstation. Das weiß ich aus der „Sendung mit der Maus". Wenn ich mich recht erinnere, ist diese Mobilfunkbasisstation dazu da, das Funksignal aller Handys aus ihrem Umkreis aufzunehmen. Dann müsste ich jetzt einen optimalen Empfang haben, viel besser als sonst. Ich fische mein Handy wieder aus der Hosentasche und klappe es auf. Tatsächlich, alle fünf Empfangsbalken sind farbig, was perfekten Empfang bedeutet. Der neue Sendemast ist allem Anschein nach doch nicht so überflüssig. Anfreunden möchte ich mich allerdings nicht mit ihm und von Magie fehlt jede Spur.

Mein Blick fällt auf die Zeitanzeige meines Handys. Was? Schon so spät? In drei Minuten wollte ich eigentlich bei Rike sein. Wenn ich wieder nicht pünktlich bin, gibt es dieses Mal ziemlichen Ärger. Ich rufe sie besser kurz an, damit sie Bescheid weiß. Es klappt mal wieder nicht! Und so was nennt sich optimaler Empfang. Ich setze meine Beine in Bewegung und laufe im Eiltempo den Hügel hinunter Richtung alte Eiche.

„HI; SCHATZ; FREU MI SCHO END AUF NACHER: LG MARKUS"

Schon habe ich die Eiche im Blickfeld, als hinter mir plötzlich eine Stimme ertönt.

„JEANA, HIER IST MARKUS. WO BLEIBST DU DENN? WIR WOLLTEN UNS DOCH UM 15:00 UHR IM CAFE AM MARKTPLATZ TREFFEN."

Erschrocken halte ich mitten im Lauf inne, drehe mich um, spähe angestrengt in die Richtung aus der die Stimme kam. Aber da ist niemand zu sehen.

„HALLO MARKUS. ACH, ICH DACHTE WIR HABEN UNS FÜR 16:00 UHR VERABREDET. ICH MACH MICH

MAL GLEICH AUF DEN WEG", piepst es aus der entgegengesetzten Richtung.

Aber auch in dieser Richtung kann ich keine Menschenseele erkennen. Ich höre zwei Leute miteinander reden, die sich offensichtlich an unterschiedlichen Orten aufhalten und für mich nicht zu sehen sind. Jetzt lieber mal schnell weg von hier, bevor ich in Panik ausbreche. Ich drehe mich nochmals um und blicke in Richtung Mobilfunkbasisstation.

Zu spät. Eine gleißend helle, zahnpastaweiße Wellenlinie kommt durch die Luft unausweichlich direkt auf mich zu. Ich kann nicht einmal mehr den Mund öffnen um loszukreischen, da bohrt sich die Welle auch schon in meinen Bauch, begleitet von einem ohrenbetäubenden „JA, GERNE!"

Ich werde vom Boden gerissen und wie in der Achterbahn durchgeschüttelt. Geblendet kneife ich die Augen zusammen und kralle meine Finger fest um mein Handy, das irgendwie in meine Hand gelangt ist. Die Worte hallen bedrohlich in meinem Kopf nach. Immerhin kreisele ich mich inzwischen nicht mehr ganz so heftig herum wie anfangs. Stattdessen fühle ich mich schwerelos schwebend im All. Die Übelkeit lässt nach. Bin ich schon tot?

„WIR KÖNNEN IHNEN EINEN TERMIN AM FRÜHEN NACHMITTAG ANBIETEN ... ACH SO ... NEIN, HAUSBESUCHE SIND LEIDER NICHT MÖGLICH. HERR DR. WINKLER IST ZAHNARZT..."

Zahnärzte im Jenseits? Langsam öffne ich mein linkes Auge. Erneutes Herzrasen. Ich schwebe mitten in einer undefinierbar wabernden Masse von sich ständig verändernden Formen und Farben. Spektralfarben. Over the Rainbow. Wellen. Funkwellen.

„SIE SIND MIT DEM SERVICETELEFON DER TELEKOM VERBUNDEN: WIR SIND GLEICH FÜR SIE DA."

Funkwellen. Genau, das ist es! Um die Gesprächssignale von einem Handy auf ein anderes zu übertragen, werden diese digitalisiert und in Funkwellen umgewandelt. Dadurch entstehen, wie beispielsweise auch bei einem Gewitter oder beim Haartrockner, elektromagnetische Felder.

Sollte ich mich tatsächlich in einem elektromagnetischen Feld befinden? Wenn ja, wäre da noch die Frage: „Wie komme ich da wieder heraus?" Und das möglichst schnell, denn da vorne sehe ich schon wieder so ein weißes Etwas aufblitzen. Die nächste Funkwelle steuert auf mich zu. Dieses Mal bin ich allerdings besser darauf vorbereitet. Mit einem Sprung zur Seite bringe ich mich, den Umständen entsprechend, schnellstmöglich in Sicherheit. Ich spüre noch, wie meine Haare mit der Welle mitgezogen werden und so zum Teil, möglicherweise unwiederbringlich, verloren sein werden.

„HIER IST DER ANRUFBEANTWORTER VON FAMILIE BECKER: ZURZEIT SIND WIR LEIDER NICHT ZU HAUSE, ABER WENN SIE NACH DEM SIGNALTON IHREN NAMEN UND IHRE TELEFONNUMMER AUF DEM BAND HINTERLASSEN, RUFEN WIR SIE GERNE ZURÜCK."

Ach, die Familie Becker, die kenne ich doch. Mit Franziska Becker war ich in der Grundschule in derselben Klasse. Seit dem Wechsel in die 5. Klasse sehen wir uns noch zwei bis drei Mal im Jahr. Außerdem wohnt sie nur zwei Straßen von Rike entfernt. Ich müsste sogar ihre Telefonnummer in meinem Handy eingespeichert haben. Apropos Handy.

Das bringt mich auf eine Idee, auf eine ziemlich verrückte Idee. Aber wen wundert das, da ich mich eh in einem verrückten Zustand befinde. Wie jedes Handy müsste meines genauso Funkwellen aussenden, sobald ich es einschalte und jemanden anrufe. Wenn ich jetzt eine meiner Freundinnen anrufe, schwappt mich die Funkwelle vielleicht dorthin und mit etwas Glück und genügend Schwung aus dem elektromagnetischen Feld heraus.

Sollte der Versuch gelingen, dann hätte ich ein schnelles, wenn auch gewöhnungsbedürftiges Fortbewegungsmittel entdeckt.

Damit ich wenigsten einschätzen kann, wohin mich die Reise führen wird, sollte ich mir vorher alles ins Gedächtnis rufen, was mir zu Mobilfunk einfällt. Am besten fange ich ganz am Anfang an.

Das Mobilfunknetz ist in viele wabenförmige Funkzellen unterteilt, von denen jede über eine eigene Mobilfunkbasisstation verfügt. Sobald ich mein Handy einschalte, sendet dieses automatisch Funkwellen aus, um eine Verbindung zum örtlichen Netz herzustellen. Die nächstliegende Basisstation fängt diese Wellen auf und leitet sie an die Funkvermittlungsstelle weiter. Diese wiederum sendet die Verbindungsanfrage an die zentrale Datenbank des Netzanbieters, der dann überprüft, ob meine Einwähldaten korrekt sind. Bestätigt die zentrale Datenbank die Anfrage, geht es in Sekundenschnelle den ganzen Weg bis zum Handy wieder zurück und dieses hat dann eine Verbindung. Jetzt kann telefoniert werden.

Beim Telefonieren ist der Übertragungsweg der Daten ähnlich. Zuerst nimmt die Mobilfunkbasisstation das Funksignal meines Handys auf und übermittelt es an die Funkvermittlungsstelle. Dort wird das Gespräch entweder auf das herkömmliche Festnetz weitergeleitet oder an eine andere Funkvermittlungsstelle, welche wiederum das Gespräch an die nächste Basisstation und von da aus an den Empfänger weitergibt. Uff, das ist ja ganz schön kompliziert. Ein Wunder, dass ich mich noch an so viele Details erinnern kann. So, genug der Gedanken, jetzt ist es an der Zeit zu handeln.

Langsam gewöhne ich mich zwar an das Gewabere, unheimlich ist es trotzdem. Außerdem muss ich ständig aufpassen, nicht von den vorbeizischenden Funkwellen getroffen und unkontrolliert „weitergeleitet" zu werden. Mit zittrigen Händen klappe ich mein Handy auf. Jetzt erkenne ich, wie es in regelmäßigen Abständen ein schwaches Funksignal aussendet. Ein sehr schwaches Funksignal. Ich habe beschlossen, bei den Beckers anzurufen. Laut deren Anrufbeantworter sind sie ja gerade nicht zu Hause, also können sie auch nicht den Verstand verlieren, wenn ich plötzlich, wie aus dem vermeintlichen Nichts, neben ihnen stehe.

Rasch blättere ich meine Kontaktliste durch und gelange schließlich zum Eintrag Franziska Becker. Noch den grünen Wählknopf drücken und unverzüglich schießen die zahnpastaweißen Funkwellen aus der oberen Kante des Handys. Blitzschnell greife ich nach der Wellenlinie und los geht die rasante Fahrt. Farbschlieren verschmelzen zu einer braunen Masse und mehrfach werde ich durch eine schwarzblaue Röhre geschleift. Ein Kick und abrupt lande ich in einem schnuckeligen Wohnzimmer auf meinen Knien, was mit einem stechenden Schmerz verbunden ist. Aha, endlich wieder festen Boden unter den Füßen. Langsam sinkt mein Puls in den Normalbereich und mein Blick, wie schon so oft heute, auf die Handy-Uhr. Es waren erst zehn Minuten vergangen, aber diese zehn Minuten schaffen es auf Platz 1 der unglaublichsten Minuten meines Lebens.

Die Wohnung der Beckers verlasse ich auf ganz normalem Weg durch die Eingangstür. Bei Gelegenheit werde ich mal wieder bei Franziska anrufen. Ich schulde ihr einiges, auch wenn sie es nie erfahren wird. Jetzt will ich aber trotz allem endlich zu Rike.

Klar, als Erstes trifft mich ihr vorwurfsvoller Blick.

„Mal wieder zu spät. Was für eine Ausrede hast du heute auf Lager? Egal. Ich will jetzt los. Ich dachte, wir könnten zusammen auf den Hügel im Wald gehen. In der Zeitung stand, dass der alte terrestrische Sendemast endlich abgerissen wurde.”

Unruhe in Bluma

Bastian Wagner - 6. Klasse

„Heute erzähle ich euch etwas über den ‚XLY‘. Es ist ein Roboter, der im Haushalt hilft und auch als eine Art Wachhund dient", stellte Herr Müller seine neueste Erfindung vor.

Als er nach seinem Vortrag sehr spät nach Hause kam, legte er seine Maschine zur Seite und ging ins Bett. Plötzlich hörte er ein lautes Klirren. Er sprang aus seinem Bett, doch es war zu spät. Sein Roboter war weg. Er griff sofort nach seinem Telefon und rief die Polizei an.

„Hallo, hier ist Walter Müller, der Wissenschaftler. Es wurde bei mir eingebrochen und es wurde mein neu erfundener Roboter gestohlen. Kommen Sie bitte! Sofort!"

Fünf Minuten später traf die Polizei ein. Einige Beamte liefen zu den Glasscherben, um Fingerabdrücke zu finden. Nach weiteren zehn Minuten kam ein Polizist zu Walter Müller und erzählte ihm, dass sie von zwei verschiedenen Personen die Abdrücke gefunden hatten.

„Vielen Dank!", erwiderte Herr Müller, der immer noch etwas unter Schock stand.

Nachdem die Polizei abgefahren war, beschloss der Wissenschaftler wach zu bleiben und abzuwarten.

Als Frau Maier in der Früh zu ihrem Schmuckladen kam, stockte ihr der Atem. Es war eingebrochen worden. Sie rief auf der Stelle die Polizei an. Als die Beamten eintrafen, suchten sie ebenfalls, wie schon bei dem Wissenschaftler, nach Fingerabdrücken.

Aber auch diesmal fanden sie keine. Da in dem Geschäft eine Kamera eingebaut war, sahen sie nach, ob sie die Verbrecher erkennen konnten. Doch es war nichts zu sehen. Frau Maier hatte erst vor kurzem ihren Ehemann verloren und musste den Laden allein führen. Außerdem hatte sie viele Schulden. Dieser Einbruch war ein großer Schlag für sie.

Die Polizei war ratlos. Warum hat die Kamera versagt? Warum ging die Alarmanlage nicht an? Jetzt wurde ihnen klar, dass sie es mit skrupellosen und raffinierten Verbrechern zu tun hatten. In der kleinen Stadt Bluma brach große Unruhe aus. In allen Zeitungen wurde von den beiden Einbrüchen geschrieben. Radio und Fernsehen berichteten davon, und die Menschen trauten sich nachts nicht mehr auf die Straße.

Mehrere Wochen passierte nichts mehr. Die Bürger von Bluma fingen an, die Einbrüche zu vergessen. Alle freuten sich auf das Ritterfest, das alle vier Jahre stattfand. Sie nähten und probierten die Rittergewänder an, übten Ritterkämpfe und Theaterstücke und planten Ritteressen und -getränke. Das Fest begann mit einem Umzug durch die Stadt. Auf der Straße führten die Bürger ihre Ritterkämpfe und Theaterstücke vor. Das Orchester spielte schöne Musik und die ganze Stadt feierte. Als es dunkel wurde und die Gäste bei Laternenlicht gemütlich zusammensaßen, kam plötzlich eine Frau schreiend aus dem Rathaus gelaufen.

„Unser Bürgermeister liegt schwer verletzt in seinem Büro. Wir müssen einen Krankenwagen rufen!"

Es entstand große Unruhe und es wurde sehr laut. Die meisten Bürger liefen nach Hause, denn sie hatten große Angst auch angegriffen zu werden. Die Ärzte brachten den Bürgermeister ins Krankenhaus, stellten schwere Verletzungen am Kopf fest und operierten ihn sofort. Danach wurde er in ein künstliches Koma versetzt. Die Polizei konnte diesmal aber wieder keine Spuren finden. Im Rathaus war alles gestohlen worden. Das ganze Geld und andere wertvolle Dinge waren verschwunden. Es gab weder Fingerabdrücke noch Fußspuren noch irgendwelche anderen Hinweise. Der Bürgermeister konnte noch nicht befragt werden, bei ihm musste erst einmal abgewartet werden.

In der Zwischenzeit wurden die Bürger von Bluma vernommen, aber keiner hatte auch nur irgendetwas gesehen. Die Stadt stand vor einem großen Rätsel. Die Menschen machten sich Gedanken, wer das getan haben könnte. Hatte der Bürgermeister vielleicht irgendwelche Feinde oder war er nur zur falschen Zeit am falschen Ort? Der Fall musste unbedingt gelöst werden, bevor etwas noch Schlimmeres passierte.

Es wurde die Kriminalpolizei eingeschaltet, die noch einmal den Wissenschaftler besuchte und ihm Fragen stellte. Es waren Fragen über seinen gestohlenen Roboter. Herr Müller erzählte, dass sein „XLY" komplizierte Codes brechen, Alarmanlagen ausschalten und Türen und Tresore mühelos öffnen konnte. Mit dieser Erfindung hätte er viele Preise gewinnen können. Doch nun war der Roboter weg und alle Hoffnungen auf den Triumph waren verloren.

Ebenso wurde Frau Maier vom Schmuckgeschäft nochmals befragt. Sie hatte erst vor kurzem eine neue und sehr teure Alarmanlage installieren lassen, die als absolut sicher angepriesen worden war. Auch sie konnte sich nicht erklären, wie die Verbrecher diese hatten ausschalten können.

Zuletzt wurden alle Mitarbeiter des Rathauses befragt. Auch hier gab es keinen Verdächtigen und keiner konnte sich erklären, wie der Tresor des Bürgermeisters geknackt worden war. Einer Mitarbeiterin fiel ein, dass erst kürzlich ein neuer Hausmeister im Rathaus eingestellt worden war. Dieser Mann grüßte niemanden, er redete nicht viel und war nicht sehr freundlich. Vielleicht könnte er es gewesen sein? Schließlich hatte er für alle Räume einen Schlüssel.

Die Polizei fuhr zu dem Mann und nahm ihn mit aufs Revier. Dort wurde er gefragt, was er an dem Abend, als der Bürgermeister überfallen worden war, gemacht hatte. Er antwortete, dass er zuhause gewesen sei und mit seinem Freund Karten gespielt habe. Er hatte also ein sicheres Alibi. Die Polizei stand wieder im Dunkeln.

Klar war, dass die Diebe mit größter Wahrscheinlichkeit mit dem Roboter gearbeitet hatten.

Am nächsten Tag stand plötzlich der Wissenschaftler auf dem Polizeirevier. Er hatte den Einfall, dass er den Roboter vielleicht orten könnte. Er würde ein paar Tage brauchen, um ein Gerät zu entwickeln, das den „XLY" über Satellit wie ein Navigationssystem finden konnte. Sofort machte er sich an die Arbeit. Er überlegte Tag und Nacht. Ein paar Tage später hatte er die Maschine fertig. Er fuhr zur Polizei und bat sie um Unterstützung.

Zusammen fuhren sie mit mehreren Einsatzwägen los. Quer durch die Stadt ging es bis zu einem kleinen Waldstück. Das Suchgerät piepste immer lauter und nach einer ganzen Weile kamen sie zu einer Hütte. Sie sah ziemlich ruhig und verlassen aus. Die Polizei umstellte die Hütte und brach die Tür auf. Es war niemand zu sehen, nur in der Ecke stand der Roboter. Der Wissenschaftler freute sich, dass er seine Erfindung wieder hatte. Und wie es aussah, war sein „XLY" nicht beschädigt worden.

Die Polizeibeamten untersuchten die ganze Hütte. Sie fanden Essensreste, Kleidungsstücke und viele Fingerabdrücke. Bei einem Kleidungsstück fanden sie Blutspuren, die vielleicht vom Kampf mit dem Bürgermeister stammen konnten. Von den Schmuckstücken und dem Geld gab es jedoch keine Spur. Die Diebe befanden sich wahrscheinlich schon auf der Flucht und hatten den Roboter zurückgelassen. Sofort wurde eine landesweite Großfahndung ausgerufen. Doch nach wem gesucht werden sollte, war nicht klar. Handelte es sich um mehrere Personen oder war es nur eine? Waren sie mit dem Auto unterwegs und wo wollten sie hin?

Nachdem die Polizei wieder keinen Rat wusste, gingen sie erneut zum Wissenschaftler, um ihn um Hilfe zu bitten. Vielleicht konnte er die Verbrecher mit Hilfe seines Roboters finden? Doch das würde sehr schwierig werden, so die Meinung des Wissenschaftlers. Vielleicht könnte er mit den Fingerabdrücken oder den

Blutspuren etwas anfangen? Wieder überlegte er mehrere Tage und Nächte, bis er eine Idee hatte. Er wollte versuchen, die Fingerabdrücke mit seinem Roboter einzuscannen und danach über das Vorstrafenregister der Polizei die Täter finden.

Er fuhr also zur Hütte, in der sich die Täter aufgehalten hatten, scannte mit seinem „XLY" die Fingerabdrücke und ließ sie von seinem Roboter genau auswerten. Danach brachte er das Ergebnis der Polizei. Die suchte alle Vorstrafenregister ab, konnte aber leider kein Ergebnis erzielen. Anscheinend waren die Täter vorher noch nie bei der Polizei aufgefallen. Die Polizei war wieder ratlos. Die ganze Stadt Bluma wurde ungeduldig und wollte endlich die Täter ins Gefängnis bringen.

Währenddessen ging es dem Bürgermeister immer besser und er konnte aus dem künstlichen Koma aufgeweckt werden. Er war einverstanden, der Polizei von seinem Überfall zu erzählen. Eigentlich hatte er nur kurz an diesem Tag des Ritterfestes in seinem Büro etwas holen wollen, als er plötzlich Geräusche aus seinem Zimmer gehört hatte. Leise hatte er sich herangeschlichen und gesehen, wie jemand an seinem Tresor stand und mit einem Roboter versuchte den Tresor zu öffnen.

„Was ist hier los?", hatte er geschrien und in dem Moment einen Schlag auf seinen Kopf gespürt.

Er war sofort zu Boden gefallen. Was danach passiert war, wusste der Bürgermeister nicht mehr. Er hatte nur erkennen können, dass es ein großer Mann gewesen war, der den Roboter bediente. Wer ihm den Schlag versetzt hatte, konnte er nicht sagen. Den Mann konnte der Bürgermeister nur sehr ungenau beschreiben, aber er versuchte es.

Und so wurde wieder der Wissenschaftler mit seinem Roboter gerufen. Der Bürgermeister beschrieb den Täter so gut er konnte: Schwarze Haare, ungefähr 1,90 Meter groß, braune Augen, schwarze Hose und grüner Pulli. Dann fiel ihm noch ein, dass er eine

Narbe an der Hand hatte erkennen können. Der Wissenschaftler gab alles in seinen Roboter ein und ließ ihn auswerten.

Der Roboter rechnete und rechnete, Millionen von Zahlen liefen über sein Display. Plötzlich hörte er auf und es erschien die Meldung „ERROR".

„Oh nein!", rief Herr Müller. „Irgendetwas muss schief gelaufen sein!" Er wiederholte den Versuch, doch schon wieder wurde „ERROR" angezeigt.

„Das gibt es doch nicht!", schrie er wütend.

Plötzlich fiel dem Bürgermeister noch etwas ein: „Ach ja! Der Verbrecher hatte einen sehr großen Leberfleck auf der Wange und er hatte auffällig kleine Füße. Ich würde Schuhgröße neunundreißig schätzen. Sehr ungewöhnlich."

Walter Müller ergänzte die Angaben. Es dauerte ein paar Minuten, doch dann zeigte der Roboter eine Landkarte der Stadt Bluma an. Inmitten der Karte war ein Punkt eingezeichnet.

„Es scheint der Stadtpark zu sein", meinte ein Polizist nach einer Weile. Sofort starteten sie.

Als sie in der Nähe des Parks ein lautes Kreischen hörten, blieben sie ruckartig stehen. Schnell rannten sie in Richtung des Schreies und sahen eine Frau tot am Boden liegen.

Der Bürgermeister rief auf einmal: „Seht! Da hinten rennt gerade jemand weg! Los, schnappen wir ihn!"

Alle rannten sofort los. Als sie um die erste Ecke bogen, war weit und breit niemand zu sehen. Zurück bei der toten Frau riefen die Polizisten sofort Verstärkung und berichteten der Mordkommission Bluma von dem Fall. Nachdem viele weitere Polizisten eingetroffen waren, liefen sie in den Stadtpark.

Sie folgten dem lauten Rascheln und dem Flüstern, das sie hörten. Das Rascheln kam mit jedem Schritt ein bisschen näher. So kam es Herrn Müller jedenfalls vor. Sie liefen an Bäumen mit langen Ästen vorbei, an Parkbänken, auf denen Menschen saßen und an einem kleinen See. Plötzlich hörten die Polizisten, der Wissenschaftler und der Bürgermeister ein lautes Lachen hinter einem Busch. Sofort nahmen die Polizisten ihre Pistolen in die Hand.

Einer von ihnen schrie: „Hände hoch! Ihr seid umstellt.”

Als die Verbrecher das hörten, standen sie auf und rannten weg. Sofort begannen die Polizisten auf die Flüchtigen zu schießen. Als einer der beiden zu Boden ging, stellten die Polizisten das Schießen ein. Sie liefen zu ihm herüber und nahmen ihn fest.

Auf dem Revier fragte ein Beamter unfreundlich: „Warum hast du das gemacht?”

„Wir hatten kein Geld mehr und diese Maschine war natürlich spitze, um Geld zu klauen”, meinte der eine Verbrecher.

„Wo ist dein Komplize jetzt?”, fragte der Polizist ungeduldig.

„Er wird in die kleine Hütte im Waldstück fliehen. Dort wird er seine Waffe aus dem Versteck holen und dann untertauchen.”

Auf der Stelle alarmierte der Beamte seine Mitarbeiter und erklärte ihnen alles vollständig. Als der Verbrecher zu der Hütte kam, überraschten und überwältigten die Polizisten ihn. Sie nahmen ihn ebenfalls mit auf das Revier. Nachdem die Wunden der beiden Verbrecher geheilt waren, wurden sie nochmal zusammen verhört. Sie gaben alles zu und kamen ins Gefängnis.

Am nächsten Tag herrschte endlich wieder Ruhe und Frieden in der Stadt Bluma, nachdem die Einwohner in den Nachrichten von der Aufklärung des Falles gehört hatten. Walter Müller, der Wissenschaftler, wurde durch den Erfolg seines Roboters weltweit bekannt und sehr berühmt. Frau Maier bekam ihren Schmuck wieder und wurde anschließend sehr reich.

Und der Bürgermeister wurde wieder ganz gesund und wurde noch viele, viele weitere Jahre von seinen Bürgern wiedergewählt.

Schlacht um die Sonne

Natalie Junkert - 7. Klasse

„Beschlossen!", rief ich. So konnten wir die Bluerobs besiegen. Ja, das war der Plan und dass wir diese Roboter schlagen mussten, kam so:

Lukéle, Clara und ich gingen durch Chiltania. Das ist unsere Stadt. Sie ist eigentlich nur eine große Glaskuppel in der Häuser stehen, Kinder leben und auch sonst ist alles ganz normal. Es ist auch möglich, die Kuppel zu verlassen. Dann steht man auf einer riesigen Wiese, durch die sich ein Fluss schlängelt, der die ganze Welt zweiteilt und uns von dem Reich der Bluerobs trennt. Ihre Stadt, Robtoncity, sieht im Prinzip aus wie unsere, mit einem Unterschied – es steht an jeder zweiten Ecke eine Tankstelle, an der die Bluerobs Sonnenplasma tanken können. Das ist auch das, was uns an ihnen stört. Diese Tankstellen saugen das Plasma, also das, was die Sonne zum Scheinen bringt, von der Sonne weg. Dadurch wird es immer dunkler, und wir benötigen die Helligkeit ebenso wie die Roboter.

Wir redeten genau darüber auf unserem Spaziergang durch die Stadt.

„Warum können sie nicht einfach Batterien benutzen wie diese alten Roboter auch?", fragte Lukéle gerade.

Er und Clara sind meine besten Freunde. Wir kennen uns schon seit 294 Jahren. Die heutigen Kinder altern nämlich nicht mehr. Clara mischte sich ein.

„Das ist doch so out. Also wäre ich ein Roboter, würde ich das auch nicht machen."

„Kannst du eigentlich nur einmal nicht mit deinem modebewussten Gehirn denken?!" Lukéle nervte es, wenn sie immer das Neuste wusste und damit angab.

„Na, immerhin weiß ich, was gerade in und out ist."

Ich verdrehte die Augen und ging dazwischen: „Hey, hört auf! Unser Problem sollten die Bluerobs sein und nicht, was gerade angesagt ist."

„OK. Samantha hat Recht! Lasst uns lieber etwas ausdenken, womit wir diese Roboter aufhalten können. Warum heißen die eigentlich Bluerobs?", erkundigte sich Clara.

Lukéle und ich zuckten die Schultern. Das wusste irgendwie keiner von uns.

„Ist doch auch egal. Die sind doch eh nicht in!", neckte Lukéle.

Ich drohte gleich zu platzen. Ging das schon wieder los! „Jetzt hört endlich auf!"

Plötzlich wurden beide ganz klein. War ich wirklich so laut gewesen? Ich entschuldigte mich und wir entschlossen uns, zu unserer Ratsrunde zu gehen. Das ist ein Rat, der aus zehn Kindern besteht, die jedes Jahr neu gewählt werden. Lukéle, Clara und ich sind die Vorsitzenden, da wir schon einmal gemeinsam ein paar Bluerobs außer Kraft gesetzt haben. Damals haben wir sie in den Fluss gelockt und dort haben sie einen Kurzschluss erlitten. Seitdem versuchen wir, eine Methode zu finden, mit der wir sie alle ins Wasser bekommen. Leider waren wir bisher erfolglos.

Inzwischen waren wir angekommen. Wir traten in das Gebäude, in dem wir uns immer zur Ratssitzung treffen. Die anderen sieben Mitglieder waren bereits eingetroffen. Wir begrüßten uns und dann sahen alle Lukéle, Clara und mich an. Also ergriff ich das Wort.

„Hallo! Hat irgendjemand eine Idee, oder immer noch niemand?"

Es kam leises Gemurmel auf, bevor alle den Kopf schüttelten. Na toll. Und mit denen soll ich vernünftig arbeiten?!

Clara mischte sich ein. „Also…vielleicht sollten wir sie mit ihren eigenen Waffen schlagen. Mit der Sonne."

Die letzten Worte sagte sie so ausdrucksvoll, dass sie alle ungläubig anstarrten.

„Ok. Und wie genau hast du dir das vorgestellt?", brach ich das Schweigen.

„Na ja, da ist mir noch nichts Konkretes eingefallen." Super Clara, mit so etwas lässt sich gut arbeiten, dachte ich mir.

Lukéle äußerte sich. „Aber sie mit der Sonne zu schlagen, ist prinzipiell clever. Wir müssten ihnen das ganze Plasma entziehen."

„Nur…auf die andere Seite des Flusses geht keiner freiwillig", stellte Marius, ein anderes Ratsmitglied, fest.

„Dann müssen sie eben zu uns", rief Clara.

Da hatte ich plötzlich eine Idee. „Wie wäre es, wenn wir eine Maschine bauen, die den Rest an Plasma auch noch aus der Sonne saugt? Dann…"

„…bringen wir eine Glaskugel im See an, in die wir das Plasma füllen. Die Bluerobs wird es natürlich anziehen, weil sie sonst keinen Kraftnachschub erhalten würden", ergänzte Lukéle meinen Gedankengang.

„Aber sie werden erst gar nicht von ihren Tankstellen weggehen, wenn sie sehen, dass es eine Falle ist", gab Nincy, auch ein Ratsmitglied, zu bedenken.

„Dann müssen wir dafür sorgen, dass das Plasma erst dann einströmt, wenn sie von dem Kampf mit uns erschöpft sind", entgegnete Marius.

„Das schaffen wir. Da bin ich mir sicher!", versuchte ich alle zu ermutigen. Daraufhin teilte ich uns in Gruppen auf:

„Marius und Nincy – ihr baut die Maschine; Lydia und Phill – ihr baut die Glaskugel; Kathlen, Aylin und Jaclina – ihr denkt euch etwas aus, wie wir die Bluerobs zum Fluss bekommen. Lukéle, Clara und ich überlegen uns eine Lösung für das Plasma-Problem. Wissen alle, was sie zu tun haben?"

Alle nickten und wir gingen wieder. Clara wollte wissen, was genau ich mir vorstellte. Leider hatte ich selbst keine Ahnung.

Am nächsten Morgen traf ich mich mit Lukéle. Clara musste bei der Gestaltung der Plasmamaschine behilflich sein. Also gingen nur wir zwei zum Fluss. Dort untersuchten wir erst einmal alles, bevor Lukéle die Idee hatte.

„Ich glaube ich weiß wie wir es schaffen können. Ja!“

„Und wie?“, fragte ich mit ehrlichem Interesse nach.

„Wenn wir die Maschine so präparieren, dass wir das Plasma fürs Erste dort lagern und dann durch ein Rohr, das unter der Erde in den Fluss verläuft, in die Glaskugel fließen lassen können, müssen wir nur warten bis die Roboter erschöpft sind. Dann bringen wir ihnen sozusagen die Rettung.“

„Das ist gut! Du läufst zu Clara und dem Rest, die die Maschine bauen sollen. Ich laufe zu Aylin und Jaclina, um ihnen zu sagen, dass sie das Rohr bauen und verlegen sollen.“

Lukéle gab mir zu verstehen, dass dieser Vorschlag gut sei. Also rannten wir beide los.

„Aylin!“, rief ich.

„Ja!“, kam die Antwort.

„Vergesst euren Auftrag. Ihr werdet jetzt ein Rohr bauen. Hier ist der genaue Plan.“

Ich erklärte ihnen den Plan, gab ihnen die Maße des Rohres und sah ihnen etwas bei der Arbeit zu. Ein wenig später wurde ich von Lukéle zum Eis essen eingeladen. Wir saßen bei einem Becher Spaghettieis zusammen und überlegten, wie wir dafür sorgen könnten, dass die Bluerobs keinen Verdacht schöpften. Plötzlich wurden wir durch ein lautes „Samantha!“ aus unseren Gedanken gerissen.

Es war Clara, die ein Problem damit hatte, die Plasmamaschine braun zu streichen. Sie wollte dunkellila – das war nämlich die neue Stylingfarbe. Lukéle war kurz davor – das war an seinen Augen deutlich zu erkennen – Clara zu verfluchen.

Ich versuchte mich zu beherrschen und antwortete:„Geh bitte auf die andreren ein, Clara. Nur einmal. Bitte!“

„Na gut.“

„OK. Aber du hast mich auf eine Idee gebracht…wir könnten in den Fluss – von mir aus gerne mit dunkellila – eine Nachricht schreiben. Die könnte so lauten: ‚Jemand versucht das Sonnenplasma zu rauben. Wenn ihr das verhindern wollt, kommt zum Fluss – und zwar alle.‘ Und?“

Lukéle meinte dazu:„Verbesserungsfähig, aber nicht schlecht.“

Mit dieser Nachricht lockten wir, sobald wir mit den Bauprojekten fertig waren, die Bluerobs an den Fluss. Clara, Lukéle und ich standen vorne und klärten die Bluerobs über die Nachricht auf.

Ich begann:„Also, wir haben euch hergelockt, um mit euch endgültig zu entscheiden, wer von uns die Sonne bekommt.“

„Deshalb haben wir euch die Nachricht geschickt“, vollendete Lukéle meine Erläuterung.

„Und jetzt sind wir hier. Also lasst uns kämpfen!“, kam die Ansage mit einer blechernen Stimme, wie sie nur ein Bluerob haben konnte. Wir und die Bluerobs griffen so zu den Waffen, dass wir gleichzeitig anfingen, auf die anderen einzuschlagen. Die Roboter waren schwer zu besiegen, solange sie noch genug Energie hatten. Doch – es kam mir vor wie Tage – irgendwann gab auch ihr Speicher nach und wir konnten unsere Geheimwaffe einsetzen. Clara und Lukéle entfernten sich unauffällig vom Schlachtfeld.

Bald waren sie bei der Maschine angekommen und ich schrie: „Lukéle, Clara, jetzt!“

Da wurde sie angelassen. Ein Stachel fuhr zur Sonne hoch und sog ihr den Rest an Plasma aus. Die Roboter schauten sehr verwundert als ihr „Lebenselixier“ einfach so in unserer Stadt durch die Kuppel verschwand.

Wir lächelten und Marius fragte: „Und, was macht ihr jetzt?“

„Wir gehen zu den Tankstellen – wofür haben wir die denn?“

Diese Antwort amüsierte uns, weil wir wussten, dass der Vorrat höchstens für zwei Stunden reichen würde. Und genau so war es auch. Nach ein paar Stunden sackte die Armee aus Robotern zusammen und ich gab das Zeichen, das Plasma in die Glaskugel im Fluss zu füllen.

Es floss langsam und zäh und die Roboter sahen mit halbgeschlossenen Augen zu. Als es ganz in der Kugel war und diese leuchtete, rafften die Bluerobs ihre letzte Kraft zusammen und gingen – oder krochen – zum Fluss. Der Reihe nach bekamen alle einen Kurzschluss und waren zerstört. Wir konnten es gar nicht fassen, bis Clara und Lukéle laut jubelnd angestürmt kamen. Nach und nach tauten wir alle auf und stimmten in den Jubel mit ein.

An diesem Abend wurde alles besonders schön dekoriert und eine festliche Tafel hergerichtet. Auf dieser Tafel standen die köstlichsten Speisen. Aber bevor das Buffet eröffnet wurde, sangen wir alle zusammen und tanzten dazu. Dann durften wir essen. Dabei ging es sehr lustig zu, da wir alle durcheinander redeten und das, was heute geschehen war, in unseren Varianten jedem erzählen mussten. Irgendwann waren wir mit dem Essen fertig und es kam der Teil, der von uns allen als Lustigster empfunden wurde.

Clara, Lukéle und ich wurden plötzlich hochgehoben und die ganzen Kinder applaudierten uns und versprachen, dass wir nächstes Jahr wieder die Vorstände unseres Rates werden würden. Dann wurden alle unsere Ratsmitglieder wie Helden gefeiert. Und das waren wir auch! Wir hatten tatsächlich die Bluerobs besiegt! Jetzt gehörte die ganze Welt den Kindern. Als kleines „Special" bekamen wir ein riesiges Feuerwerk und hatten das Gefühl, die Sonne würde das erste Mal seit vielen hundert Jahren richtig scheinen.

Roboter in freier Wildbahn

Isabelle Kolbe / Josephina Meilhammer - 5. Klasse

An einem schönen Morgen rannte Moritz die Straße zum Supermarkt entlang. Als er das Geschäft erreicht hatte, schlenderte er zu dem Zeitschriftenregal. Moritz suchte nach dem Comic Heft, das er immer gerne las. Da! Er fand die neueste Ausgabe, diese Woche mit einem Metallsuchgerät als Spielzeug. Schnell ging er zur Kasse, bezahlte und rannte wieder heim.

Zuhause angekommen las er erst die Geschichten und packte danach das Spielzeug erwartungsvoll aus. Sofort wollte er es ausprobieren und holte sich deshalb schnell aus seinem Kinderzimmer einen Metallring. Den legte er gleich versteckt auf den Boden. Er schaltete das Gerät an, es blinkte zweimal und erlosch wieder.

„Das ist ja mal wieder typisch, dass das Gerät gleich kaputt geht!", dachte er.

Aber Moritz war nicht nur eine Leseratte, sondern auch ein Hobbybastler. Er holte aus der Werkzeugkiste seines Vaters sofort das notwendige Werkzeug, baute das Gerät auseinander und sah einen kleinen Mikrochip.

„Ich kann den doch in meine Festplatte einbauen", flüsterte er leise. Gesagt, getan!

Es war für ihn eine Leichtigkeit, diesen Chip in seinen Computer einzubauen. Nachdem er die letzte Schraube wieder festgedreht hatte, schaltete er sofort seinen Computer an, um zu sehen, ob sich etwas verändert hatte. Als der Computer hochgefahren war, traute er seinen Augen nicht. Auf dem Bildschirm baute sich ein Gefängnis mit mindestens zwanzig Robotern darin auf.

Es war auf einmal ein irrsinniger Lärm in seinem Zimmer und es hörte sich an, als ob alle um Hilfe rufen würden. Alle Roboter liefen wild durcheinander. Ein Roboter streckte auf einmal seinen Arm in Richtung der Gefängniswand aus. Moritz konzentrierte sich auf diesen einen Roboter. Dann sah er es auch. An der Wand hing ein Schlüssel.

„Das ist ja ein Computerspiel", freute sich Moritz und lenkte sofort seine Maus auf den Schlüssel, um ihn vom Haken zu ziehen.

Er bewegte den Schlüssel schnell in Richtung Gefängnistorschloss. Plötzlich machte es KLACK und die Tür sprang auf.

„Nein, rennt bitte nicht weg", schrie Moritz, als er sah, dass alle Roboter aus dem Gefängnis flohen.

Da rief seine Mutter von unten: „Was ist los? Sind deine Rennmäuse ausgebüchst?"

„Nein, Mama, alles ok!", antwortete Moritz.

Was Moritz zu diesem Zeitpunkt noch nicht wissen konnte war, dass man mit diesen Robotern, die sehr böse waren, die Weltherrschaft besitzen konnte und es sich hier auf keinen Fall um ein Computerspiel handelte. Auch würde Moritz bald Bekanntschaft mit einem gewissen Herrn Dubios machen, der alles dafür täte, um in den Besitz dieses geheimnisvollen Mikrochips zu kommen. Herr Dubios saß zur selben Zeit wie auch Moritz vor seinem Computer, um den Mikrochip zu finden. Alle ihm bekannten Befehle hatte er schon eingegeben, als er plötzlich einen Roboter auf seinem Monitor vorbeiflitzen sah.

Erschreckt fuhr er hoch und zischte: „Die Roboter sind wieder frei – irgendjemand hat meinen Chip geknackt!"

Zur gleichen Zeit versuchte Moritz vergeblich, die Roboter mit Hilfe seiner Maus wieder einzufangen. Aber es gelang ihm nicht.

„Mist, Mist, Mist!", fluchte er.

Wütend schaltete er den Computer aus; dass dies aber ein großer Fehler war, bemerkte er nicht. Durch die Flucht aus dem Gefängnis war es den Robotern möglich in den Ort zu kommen, in dem Moritz lebte. Hier fuhren sie alle Wiesen platt und rissen ganze Blumenbeete aus.

Herrn Dubios war natürlich klar, was die Roboter nach ihrer Flucht alles anstellen konnten. Er überlegte, wo er diese Metall-Menschen nur finden konnte. Da durchzuckte ihn ein Geistesblitz. Vor zwanzig Jahren waren die Roboter in einem unterirdischen Gefängnis im Park eingesperrt worden.

„Ja, genau! Da müssten sie sein – im Park!", dachte er.

Währenddessen hatten die Roboter schon zerstörende Arbeit geleistet. Sie rissen Bäume aus, schlugen Autos platt und zerstörten alles, was ihnen in die Quere kam.

Moritz sah plötzlich, dass sich etwas in seinem Garten bewegte und entdeckte genau den Roboter, der auf den Schlüssel gezeigt hatte. Dieser war gerade dabei, seine Schaukel in Stücke zu reißen. Moritz war ganz verwirrt.

„Wie kommt denn der Roboter in unseren Garten?", dachte er und schrie aus Verzweiflung: „Hey, lass das!"

Herr Dubios suchte währenddessen im Park nach dem Gefängnis. Es dauerte nicht lange, da fand er auch schon das große Loch im Boden und dachte sich: „Da müssen sie rausgekommen sein!"

Er ließ sich gleich in das Loch hineinfallen und landete direkt im Gefängnis. Kurz schaute er sich um und fand sofort eine Karte an der Wand. Auf der Karte war die Stadt, in der Moritz lebte, abgebildet. Herr Dubios sah einen roten blinkenden Fleck auf der Karte.

„Dort muss der Mikrochip sein!", brüllte er.

Schnell las er den Straßennamen von der Karte ab und verließ das Gefängnis auf dem gleichen Wege wie er hineingekommen war. Mit eiligen Schritten lief er durch die Stadt und erreichte in wenigen Minuten den Punkt, der auf der Karte eingezeichnet war. Es war das Haus von Moritz.

Herr Dubios klingelte an der Tür. Moritz Mutter öffnete.

„Guten Tag, entschuldigen Sie die Störung. Mein Auto springt nicht mehr an und mein Handy habe ich auch zu Hause liegen lassen. Wäre es denn möglich, dass ich bei Ihnen meine Werkstatt anrufen kann?"

Moritz Mutter war sich zuerst nicht sicher, ob sie einen fremden Mann ins Haus lassen sollte. Aber nachdem es draußen kalt war, bat sie den unbekannten Herrn hinein.

„Das ist aber nett von Ihnen. Kann ich vielleicht schnell in Ihr Bad, um meine Hände zu waschen, bevor ich Ihr Telefon benutze?", fragte Herr Dubios.

Moritz Mutter zeigte ihm den Weg ins Bad und ging dann wieder in die Küche, wo Moritz schon am gedeckten Tisch Platz genommen hatte. Dabei bemerkte sie nicht, dass Herr Dubios gar nicht vor hatte ins Bad zu gehen. Er machte sich auf die Suche nach einem Computer.

Unglücklicherweise befand sich Moritz Zimmer direkt neben dem Bad, so dass er unbemerkt Zugang zu dessen Computer bekam. Es dauerte nicht lange, da entdeckte er den Chip. Seine geübten Hände schafften es auch, den Mikrochip schnell zu entfernen. Blitzschnell riss Herr Dubios den Chip an sich und steckte ihn in seine Jackentasche. Dann rannte er den Gang entlang direkt auf die Haustür zu und flüchtete nach draußen. Moritz Mutter hörte die schnelle Schritte und konnte nur noch den Rücken von Herrn Dubios sehen. Moritz rannte aus der Küche und sah sofort, dass der Mann in seinem Zimmer gewesen sein musste, da die Tür offen stand. Auch erkannte er gleich, dass dieser Mann an seinem Computer gewesen war. Dann wurde ihm alles klar.

„Der Chip – die Roboter, das ist gar kein Computerspiel!"

Während er diese Gedanken im Kopf hatte, lief er so schnell er konnte aus dem Haus und versuchte, Herrn Dubios noch einzuholen. Er hatte Glück, Herr Dubios wollte gerade an der Kreuzung links abbiegen. Moritz schnappte sich sein Fahrrad und verfolgte ihn.

Herr Dubios fühlte sich währenddessen schon sicher und verlangsamte sein Tempo. Er war so glücklich, im Besitz des Chips zu sein, da er dadurch endlich die Weltherrschaft besitzen konnte. Doch das Glück hielt nicht lange an. Moritz verringerte den Abstand und zu seinem Glück begegnete er noch eine Polizeistreife, die er gleich schreiend anhielt.

„Hilfe, Sie müssen mir helfen! Der Mann dort, der hat mir etwas geklaut!"

Die Polizisten reagierten sofort. Ehe sich Herr Dubios versah, holten sie ihn ein und hielten ihn an den Armen fest. Erst jetzt sahen alle, was in der Zwischenzeit passiert war. Der Park war komplett zerstört. In nur kurzer Zeit hatten die Roboter alles verwüstet. In knappen Worten erklärte Herr Dubios den Polizisten, was es mit dem Chip sowie den Robotern auf sich hatte. Herr Dubios wurde festgenommen, da er so egoistisch gehandelt hatte und die Welt beherrschen wollte.

Moritz hingegen wurde für seine tapfere und mutige Tat geehrt, und er durfte ein großes Fest mit seinen Freunden feiern. Der Chip und die Roboter wurden am nächsten Tag in eine Schrottpresse gesteckt, so dass sie für immer vernichtet waren.

Ob sich Moritz die nächste Ausgabe des Comic Hefts kaufen und das darin liegende Spielzeug wieder auseinander bauen wird, wird ein Geheimnis bleiben.

Zeitreisen, Mr. Robok und andere Probleme

Jennifer Walkling - 8. Klasse

Mein Name ist Xenia, und ich wurde im Jahre 2048 geboren. Ich bin mittlerweile 16 Jahre alt und wir läuten bald das Jahr 2065 ein. Heute ist alles umweltfreundlich, die Erde ist in ihrem natürlichen Gleichgewicht. Aber das war nicht immer so. Mein Großvater erzählte mir oft von den damaligen Zeiten. Da gab es noch Autos mit Benzinmotoren! Daher sollte ich euch von zwei der für uns wichtigsten Physiker erzählen.

Damals im Jahre 2010, als dieses geniale Wundermaterial „Graphen" entdeckt wurde, hatte sich die Welt verändert. „Graphen" - dieses Material ist eine besondere Form des Kohlenstoffes. Es besteht aus einer einzigen Atomlage, in der die Atome eine sechseckige Wabenstruktur bilden. Anstatt beim leisesten Lufthauch zu zerfallen, hält es stand. Graphen ist somit das dünnste und feinste Material der Welt. Bis heute zumindest.

Die beiden russischen Physiker Andre Geim und Konstantin Novoselov, die aber in London arbeiteten, sind heute in jeder unserer Geschichtssoftwares integriert. Neben ihrer Arbeit als Physiker begannen sie aus Langeweile mit Klebeband jede Schicht einer Bleistiftminenspitze abzutragen. Dies taten sie so lange, bis nur noch eine Schicht übrig blieb. Nur damals, 2010, wusste man noch nichts damit anzufangen. Zwar bekamen die beiden den Physiknobelpreis für ihre Entdeckung, doch dies war es dann auch schon, so glaubte man. Aber Geim wollte sein Werk nicht so leicht aufgeben und fand heraus, dass Graphen ebenso gut wie Kupfer elektromagnetische Ströme leiten konnten. So konnte man ultraschnelle Chips zur Datenübertragung durch Glasfasern herstellen. Somit gelang Novoselov und Geim der endgültige Durchbruch. Sie legten die ersten Bausteine für unsere heutige Welt zurecht.

Doch nun zu einem anderen, bedeutenden Teil der Vergangenheit. Die Erde war damals kurz vor dem Kollabieren, da beschloss die Menschheit, endlich etwas zu tun. Es wurde eine Umweltregierung gebildet, die prompt das Gesetz in die Welt setzte, dass ALLE Häuser der Welt von nun an Solarzellen auf den Dächern tragen mussten. Man wollte so erst einmal weniger Energie der Kernkraftwerke benutzen. Doch die deutsche Regierung verlängerte die Laufzeiten der Atomkraftwerke!

Natürlich war allen klar, dass man nicht von heute auf morgen von Atomkraftwerken zu Solar-, Wind-, und Wasserenergie wechseln konnte. Trotzdem glaubte die Menschheit, aufatmen zu können. Das Ganze dauerte dann zehn Jahre. Aber als es soweit war und die Kernkraftwerke abgeschaltet werden konnten, jubelte die ganze Welt. Und alles klappte reibungslos, denn die Solar-, Wind-, und Wasserkraftwerke erzeugten genug Energie, um sogar zwei Erden mit Strom versorgen zu können. Der ganze Atommüll, der im Vorfeld bei diesem schwierigen Prozess zustande kam, wurde mit einer unbemannten Rakete auf einen weit, weit entfernten Planeten geschossen. Unsere neue atomkraftwerkfreie Welt war nun mit einer blühenden Zukunft gesegnet. Die Umweltregierung machte deshalb den 25.06. zum Weltatomfrei-Tag. Zum ersten Mal wurde dieser Feiertag am 25.06.2022 gefeiert.

Nun zu unserem hypermodernen Schulsystem. Unsere Schulen werden von einem sogenannten Schulbehördenzentrum, auch einfach nur SchuBeZe genannt, kontrolliert und gesteuert. Mittlerweile gibt es keine menschlichen Lehrer mehr, denn es gibt Robo-Lehr-Automaten, die das für die Menschen übernehmen.

Unser Robo-Lehr-Automat heißt Mr. Robok. Mr. Robok ist mit ultrafeinen Sensoren, die jeden Fingerzeig sofort wahrnehmen, und einer eigens von der SchuBeZe entworfenen Festplatte ausgestattet, die alle Informationen über den jeweiligen Schüler enthält. Wenn sich nun zum Beispiel ein Schüler meldet, schicken diese

Sensoren das sofort zur SchuBeZu weiter, die das ausarbeitet. Je öfter sich ein Schüler meldet, desto besser die Noten. Deswegen hat die SchuBeZe auch unheimlich viele qualifizierte Mitarbeiter, die das was wir sagen auswerten.

Nun möchte ich aus meinem Leben erzählen, und von einem ganz besonderen Schultag, den ich ganz bestimmt nie vergessen werde.

Es war ein ganz gewöhnlicher Dienstagmorgen und ich stand wie immer um Viertel nach sieben auf. Mein Wecker riss mich aus meinem Schönheitsschlaf, indem er ganz laut brüllte:

„GUTEN MORGEN, XENIA!!!" Etwas leiser fügte er hinzu: „Es ist Zeit zum Aufstehen, dein super vitales und gesundes Frühstück wartet auf dich."

So geht das jeden Morgen, aber mittlerweile habe ich mich schon daran gewöhnt. Während ich noch zu meinem Schrank tapste, rollte mir auch schon mein Roboboy hinterher und fing an, mit seiner elektronischen Stimme die neuesten Nachrichten und die Außentemperaturen herunterzurattern.

„Ich empfehle dir heute eine blaue Jeans, und dazu ein rotes T-Shirt. Denn rot ist gerade hypermodern!", informierte er mich.

„Was steht heute in der Schule an?", frage ich Roboboy neugierig. Meistens erfuhr ich erst am selben Tag, was in der Schule anstand.

„Heute ist keine Schule, denn ihr macht einen Ausflug. Genauer gesagt macht ihr eine Zeitreise in das Jahr 1989. Ihr werdet euch den Mauerfall in Deutschland ansehen! Ich glaube, das wird höchst interessant!", erzählte er mir voller Eifer.

Nach dem Frühstück, welches mal wieder nur aus Energiecards bestand, wollte ich schon aus der Tür gehen, als Roboman mir hinterher brüllte.

„Hey Xenia! Vergiss dein ultimatives Multivitamin-Power-Brunchpaket nicht! Du weißt, deine Mutter legt viel Wert darauf, dass du dich gesund ernährst!“

Roboman war die erwachsene Version von Roboboy und gehörte meiner Mutter. Er war auch unser Haushaltsroboter und für all die lästigen Aufgaben im Haushalt zuständig. Nur Bügeln wollte selbst Roboman nicht. Doch dies musste er auch nicht mehr machen, da das die Wäsche nun selbst übernahm. Sie war mittlerweile so hightechhypermodern, dass sie sich voll automatisch selbst glättete und zusammenlegte.

Also holte ich noch schnell mein Brunchpaket und eilte zu Tür unseres Hauses hinaus. Auf dem Weg zur Beambahn traf ich meine beste Freundin Ovira, die auch auf dem Weg zu unserem Treffpunkt vor dem Zeitreisecenter war.

„Hi Xenia! Wie geht's dir? Hast du gut geschlafen?“, begrüßte sie mich.

Sie machte sich immer Sorgen, und das fand ich so liebenswert an ihr, dass sie einfach meine beste Freundin sein musste.

„Mir geht's gut, aber du siehst ziemlich übermüdet aus. Hast du wieder die ganze Nacht gelernt?“, fragte ich sie besorgt.

Sie sah echt nicht gut aus. Man könnte schon meinen, die Augenringe hingen ihr bis in die Kniekehlen.

„Nein, aber ich hab noch ziemlich lange mit Xerk telefoniert. Ach Xenia, er ist einfach der süßeste Typ der Welt, ich...“, und da geriet sie wieder ins schwärmen.

Wenn es eines gab, was Ovira ernster nahm als die Schule, dann war es ihre Beziehung mit Xerk. Xerk war der beste Freund meines Freundes Garvin. Leider hatten die beiden nie viel Zeit für uns, da sie sehr viel Zeit in irgendwelchen Cybercafés verbrachten, um irgendwelche virtuellen Onlinespiele zu spielen. Die beiden waren nämlich süchtig danach. Aber wenn die beiden keine Zeit hatten, verbrachten Ovira und ich unzählige Stunden mit shoppen. Zwar gab es schon die moderne Art, bei der man im Fernseher antippte, was man haben wollte und was dann direkt aus dem jeweiligen Fernsehsender zu einem ins Wohnzimmer kam. Doch für Schuhe und Klamotten bevorzugten wir eher noch die altmodische Art zu shoppen.

Nun waren wir an der Haltestelle der Beambahn angelangt und wenige Minuten später kam sie auch schon. Die Beambahn war so etwas wie die S-Bahn, bloß dass diese Bahn nur wenige Sekunden von der einen Haltestelle zur anderen brauchte. An der Haltestelle Cybercity-Stadt wartete schon mein Freund Garvin auf mich. Wir begrüßten uns mit einem flüchtigen Kuss und liefen Händchen haltend zum Zeitreisecenter. Auf dem Weg dorthin erzählte er mir aufgeregt von irgendeinem neuen Onlinespiel. Obwohl er schon fast 17 Jahre alt war, erinnerte er mich dabei immer an einen kleinen Jungen und das machte ihn dann irgendwie noch unwiderstehlicher.

Als wir vor dem Zeitreisecenter ankamen, wartete auch schon der Rest meiner Klasse. Zyrus, der Superstreber, Xerk, Oviras Freund, Myra, unsere Klassensprecherin, und noch ein paar andere. Eine Viertelstunde später warteten wir immer noch auf Mr. Robok, doch er kam und kam nicht. Normalerweise kam Mr. Robok immer superpünktlich, doch heute war irgendetwas anders.

„Leute, sagt mal, wisst ihr, wo Mr. Robok steckt?“, fragte Myra nervös. Sie hatte immer Angst, irgendetwas falsch zu machen.

„Vielleicht ist ihm ja unterwegs der Saft ausgegangen!“, scherzte Xerk. Die ganze Klasse gröhlte vor Lachen.

„Nein, aber jetzt mal im Ernst. Wo bleibt Mr. Robok?“

„Diese Frage kann ich euch beantworten!“, sagte eine tiefe Männerstimme.

Alle Köpfe der gesamten 9b fuhren herum. Ein zwielichtig aussehender Mann im grauen Trenchcoat und finsterer Visage stand uns gegenüber.

„Euer Mr. Robok ist von der SchuBeZe falsch programmiert
worden. Er war auf Sommerferien eingestellt. Ich denke, ich dürfte alle Problemchen beseitigt haben. Ihr solltet mir dankbar sein“,
erzählte der Mann wichtigtuerisch.

„Ach ja? Und wo ist dann Mr. Robok?“, fragte Myra misstrauisch.

„Ach so, den hätte ich doch glatt vergessen“, antwortete er und
lachte über seinen eigenen unlustigen Scherz. Er griff in eine Tasche seines Trenchcoats, und brachte eine kleine silberne Dose
zum Vorschein.

„Das soll Mr. Robok sein?“, fragte Zyrus skeptisch.

„Ja, aber natürlich mein Junge!“, sagte dieser Typ zu Zyrus.
Er bückte sich und drückte einen kleinen Knopf an der Seite der
Dose. Da begann diese scheinbar unscheinbare Dose sich tatsäch-
lich in Mr. Robok zu verwandeln!

„Wow! Das grenzt ja schon fast an Magie!“, rief Ovira
schwärmerisch.

„Nein, das ist bloß die moderne Technik!“, erklärte der zwie-
lichtige Mann.

„Sagen Sie mal, wie heißen Sie eigentlich?“, fragte ich diesen
Typen. Ich wusste nicht was, aber irgendetwas war stinkend faul an
diesem Typen.

Plötzlich wurde dieser Typ ganz rot im Gesicht, und er presste
hervor: „Das geht dich gar nichts an! So, ich mache mich dann mal
wieder auf den Weg zurück zum SchuBeZe.“

Noch während er dies sagte, drehte er sich auf dem Absatz um
und rannte mit wehendem Trenchcoat davon. Wir sahen ihm nach,
bis er nur noch ein Punkt am Horizont war.

„Xenia, wetten dass wir diesen Möchtegern SchuBeZe Typen
nicht zum letzten Mal gesehen haben! Aber was noch merkwürdiger ist: Wozu braucht dieser Mensch einen Revolver? Ich habe ihn
ganz genau gesehen, als sein Trenchcoat vom Wind hoch geweht
wurde“, flüsterte mir Garvin zu.

Ich sah ihn erschrocken und mit großen Augen an.

„Keine Sorge mein Schatz, ich werde schon aufpassen, dass dir nichts passiert!"

Während er dies sagte, wurde mir ganz warm ums Herz und ich drückte ihm einen langen, leidenschaftlichen Kuss auf die Lippen, den er nur zu gern erwiderte. Wir fuhren erschrocken auseinander, als sich jemand hinter uns vorwurfsvoll räusperte.

„So Klasse, heute wollen wir wie geplant eine Zeitreise in das Jahr 1989 machen. Kann mir jemand sagen, was an diesem Jahr so besonders für Deutschland war?", fragte Mr. Robok mit einer blechernen Stimme.

Da war nichts mehr von seiner liebenswürdigen Art. Aber ich dachte mir nichts dabei, bestimmt hatten auch Roboter schlechte Tage.

„Was ist das nur für eine schrecklich faule Klasse? Keiner weiß was?", donnerte Mr. Robok.

Da meldete sich Zyrus zögernd und Mr. Robok rief ihn genervt auf. Zyrus erzählte uns von dem berühmten Mauerfall. Während Mr. Robok uns in das Zeitreisecenter führte, kam Ovira zu mir. Garvin war währenddessen schon wieder zu Xerk zurückgegangen, und die beiden unterhielten sich angeregt.

„Xenia, kannst du mir vielleicht sagen, was das eben war? Wer war dieser Typ? Der war irgendwie unheimlich. Ich hatte richtig Angst. Weißt du, irgendwie erinnert mich dieser Typ an Nicolaj Luzjen, der Konkurrent von diesen Wissenschaftlern! Du weißt schon, dieses Thema haben wir doch gerade in Vergangenheitskunde!"

Nun machte auch ich mir ernsthafte Sorgen. Denn ich wurde das Gefühl nicht los, dass hier irgendetwas gewaltig schief lief. Überhaupt kam mir Mr. Robok merkwürdig verändert vor. Roboter sind programmiert, auch ihre Gefühle und Launen. Also kann ein Roboter gar keinen schlechten Tag haben. Vielleicht hatte dieser Typ von vorhin nicht nur alle „Problemchen" beseitigt.

„Ovira? Kommt dir Mr. Robok nicht auch merkwürdig vor?“, fragte ich sie deshalb.

„Ovira! Xenia! Hört auf zu QUATSCHEN!“, brüllte Mr. Robok nun. Mit hochrotem Kopf starrte ich Mr. Robok an.

Wütend fuhr Garvin diesen an: „Mr. Robok! So schreit niemand meine Freundin an! IST DAS KLAR?“

Seine Stimme war zu einem ohrenbetäubenden Tosen geworden, und mit jedem Wort war er einen Schritt näher an Mr. Robok herangetreten. Nun standen sie sich von Angesicht zu Angesicht gegenüber. Man konnte die Luft um die beiden herum förmlich brodeln hören.

„So Leute, jetzt haben wir uns genug angebrüllt. Lasst uns endlich mit der virtuellen Zeitreise beginnen. Bitte!“, rief Myra verzweifelt, während sich Xerk zwischen Mr. Robok und Garvin drängte.

„Okay“, ergab sich Garvin und löste seine zu Fäusten geballten Hände. Er warf mir einen leidenden Blick zu, als wollte er mir sagen, „ich hab es doch nur für Dich getan“.

Ich begann am ganzen Leib zu zittern. So aufgebracht hatte ich Garvin noch nie erlebt. Ovira bemerkte meine innerliche Unruhe und legte mir ihren Arm um die Schultern. Aber dieser Vorfall bestärkte mich nur noch in meinem Verdacht. Dieser Typ hatte irgendetwas mit Mr. Robok gemacht. Doch was konnte ich tun? Ich hatte nämlich das Gefühl, dass unsere Zeitreise NICHT in das Jahr 1989 gehen sollte. Es gab eine eiserne Regel. Mache nie eine Zeitreise zu weit in die Vergangenheit, sonst könnte das fatale Folgen für die Gegenwart haben!

Während wir zum Saal der Zeitreisen gingen, zerbrach ich mir den Kopf. Irgendetwas musste ich tun. Aber WAS? Im Zeitreisesaal angekommen, gingen wir alle in die Zeitreisekapseln und setzten die Zeitreisehelme auf. Ich war so nervös, dass ich nicht merkte, dass sich noch jemand in den Zeitreisesaal geschlichen hatte. Doch schon kam das Schwindelgefühl und wir wurden in die Vergangenheit gesaugt.

Hart traf ich auf dem Boden auf. Als ich die Augen aufschlug, blendete mich helles Sonnenlicht. Ich befand mich mitten in einer Stadt. In der Ferne konnte ich einen Uhrenturm erkennen, der mich verdächtig an Big Ben erinnerte. Überhaupt sah diese Stadt mit ihren Backsteinhäusern und diesen roten Doppeldeckerbussen ganz und gar nicht nach Berlin aus. Und auch nicht nach dem Jahr 1989.

Als ich mich umschaute, sah ich Ovira, Garvin, und Xerk bewusstlos auf dem Boden liegen. Von dem Rest der Klasse war weit und breit nichts zu sehen. Ich war wohl als Erste wieder zu mir gekommen. Daher lief ich zu ihnen und rüttelte sie wieder und wieder.

„Hey Leute! Hallo, kommt zu euch! Wir sind gar nicht in Deutschland, sondern in England, in London!", rief ich verzweifelt.

Nun erwachten auch die anderen aus ihrer Benommenheit. Schnell standen sie auf und sahen sich um.

„Woher weißt du, dass wir in London sind?", fragte mich Xerk.

„Hier, siehst du diesen Zeitungsständer? Da steht ‚Queen Elizabeth comes to London. There will be big parades and a concert in the city!'. Und als Datum steht da ‚26th of June 2010'! Siehst du?", beendete ich meinen Redeschwall. Ich war ganz aus dem Häuschen.

„Und was machen wir jetzt? Wir können ja schlecht zur Polizei gehen! Hallo Mister, unser Lehrer ist durchgeknallt, und hat uns in das Jahr 2010 geschickt. Und nur so nebenbei, wir kommen aus dem Jahr 2064! Die halten uns doch für verrückt!", erregte sich Garvin.

„Also Leute, lasst uns jetzt mal einen kühlen Kopf bewahren. Ich glaube, ich weiß was hier läuft", sagte Ovira.

Plötzlich war ich unheimlich froh darüber, dass Ovira immer so gut und viel gelernt hatte.

„2010 haben Novoselov und Geim das ‚Graphen‘ entdeckt und zwar hier in London! Dieser Mann kam mir vorhin schon bekannt vor. Ich glaube, das war wirklich Nicolaj Luzjen. Er war der größte Konkurrent der beiden. Ich vermute mal stark, dass er das Graphen jetzt stehlen will. Er hatte das damals groß angekündigt, doch irgendjemand hatte ihn aufgehalten. Das hat uns Mr. Robok erzählt. Wisst ihr noch?“, fragte Ovira.

„Wir MÜSSEN etwas machen. Wenn er das Graphen in die Finger bekommt, könnte sich alles verändern. Das MÜSSEN wir verhindern!“, schlussfolgerte sie.

„Wie gehen wir am besten vor? Sollten wir nicht erst mal nach einem Stadtplan Ausschau halten, um diese Wissenschaftler aufzusuchen und um sie zu warnen?“, fragte Xerk. Damit machte er als Erster einen brauchbaren Vorschlag.

„Aber wer von uns kann gut genug Englisch?“, grübelte Garvin.

„Ja und wo ist der Rest unserer Klasse? Weiß jemand, wo für London der Treffpunkt ist? Ihr wisst schon, jede Stadt hat doch einen Ort, an dem eine Pforte wieder zurück in unsere Gegenwart führt!“, sah uns Xerk fragend an.

„Der Bahnhof Kings Cross ist der Treffpunkt! In den Damentoiletten die letzte Tür links“, antwortete Ovira. Ihre Augen glühten vor Aufregung und Begeisterung. Endlich konnte sie zeigen, was sie drauf hatte.

Xerk stieß einen Freudenschrei aus, fiel Ovira um den Hals und drückte ihr einen dicken Kuss auf die Lippen. „Ich bin stolz auf dich, mein Schatz!“, hauchte er ihr ins Ohr.

Ovira errötete und sah verlegen zu Boden.

„Los ihr beiden Turteltauben, die nächste Straße rechts Hausnummer 124 müsste das Haus der Wissenschaftler sein“, sagte Garvin.

Mit einem fetten Grinsen auf den Lippen nahm er meine Hand und drückte sie. Er hatte sich nicht geirrt, wir waren tatsächlich am Ziel. Wir klingelten an der Tür, doch keiner öffnete sie.

„Habt ihr auch gerade erstickte Schreie gehört?", fragte Xerk.

Wir hatten alle die Schreie gehört. Garvin stieß die Tür auf. Leise schlichen wir ins Haus. Wir hielten den Atem an. Xerk ging voran, nach ihm kamen Garvin und dann wir Mädchen. Xerk machte einen Schritt nach vorn und ein lautes Knarren erfüllte den Flur.

„Mist, die Diele knarrt, versucht außen herum zu laufen", flüsterte Xerk heiser.

Am Ende des Ganges war eine Tür und dahinter konnte man die erstickten Schreie jetzt deutlich wahrnehmen. Xerk stieß die Tür auf.

„Keine Bewegung, die Waffen runter!", brüllte er. Er setzte alles auf diesen einen Überraschungsmoment.

Und es wirkte! Es war tatsächlich Luzjen, der sich da erschrocken auf den Boden fallen lies, die Hände über dem Kopf erhoben. Er hatte nicht einmal zur Tür geblickt, denn sonst hätte er bloß uns entdeckt. Novoselov und Geim waren an ihre Stühle gefesselt. Geim war schon bewusstlos, doch Novoselov war noch bei Bewusstsein.

„Wir werden jetzt die Polizei rufen", rief ich dem verängstigten Mann auf Englisch zu.

Xerk und Garvin hatten inzwischen Lucjen gefesselt und geknebelt. Ovira löste die Fesseln von den beiden Wissenschaftlern. Novoselov stammelte etwas auf Russisch, was wohl so viel wie „Danke" heißen sollte. Währenddessen ging ich zum Tisch der Wissenschaftler und griff nach dem Telefon. Ich verständigte die Polizei und einen Krankenwagen.

„Nun aber los, wir müssen verschwinden, bevor die Polizei hier auftaucht. Sonst müssen wir noch unangenehme Fragen beantworten", sagte Garvin mit fester Stimme.

Wir verließen das Haus und liefen die Straße hinunter. In der Ferne konnte man schon die Sirenen hören! Wir machten, dass wir wegkamen.

„Es sind ungefähr zehn Minuten Fußweg bis zum Bahnhof Kings Cross. Los geht's zurück in unsere Gegenwart", rief Xerk aus.

Während des ganzen Weges war es still. Keiner sagte ein Wort. Als wir am Bahnhof ankamen, wartete die Klasse schon auf uns. Keiner hatte sich verlaufen und jeder hatte sich noch an den Treffpunkt erinnert. Erleichtert stellten wir fest, dass wir nun vollzählig waren. Einer nach dem anderen trat durch die Toilettentür zurück in unsere Gegenwart.

Ich warf noch einen letzten Blick auf Garvin. Dann trat auch ich durch die Tür und wurde vom Sog der Zeit zurück in meine Welt transportiert. In das Jahr 2064.

Fetzen einer Erinnerung

Leonie Haschler - 8. Klasse

Prolog

„Liebe. Was ist wahre Liebe? Ist das Liebe auf den ersten Blick oder Liebe durch den Chat oder Liebe übers Telefon? Oder existiert wahre Liebe gar nicht?"

Ich stelle mir oft Fragen. Fragen, Fragen, Fragen. Meine Mutter nennt mich daher manchmal ihr „Warum-Madl". Nicht nur weil ich selbst viel nachdenke, sondern auch weil ich andere oft mit meinen Fragen in den Wahnsinn treibe. Ich bin eher ein Einzelgänger. Nicht dass ich das nicht mögen würde, nein. Im Gegenteil, ich finde es schön. Die Einsamkeit bringt auch Ruhe mit sich.

Nur vor ungefähr zwei Wochen überkam mich ein Gefühl. Ein völlig unbekanntes, absurdes, fast peinliches Gefühl: Liebe. Nicht dass ich mich verliebt hätte. Ich sehnte mich plötzlich wahnsinnig nach etwas Geborgenem, einem Jungen, der für mich da war, mich schützte. Zuerst fürchtete ich mich vor diesem Gefühl, denn es war mir unbekannt. Ich bin fünfzehn, alle meine Freundinnen haben Freunde, Jungs mit denen sie „gehen". Nur ich nicht, und bis vor Kurzem vermisste ich das auch nicht.

Und so begann meine Geschichte.

Freitag, 18. Juni 2010

Zum ersten Mal besuchte ich einen Chatroom. Ich meldete mich bei Facebook an. Schon nach kurzer Zeit erhielt ich Freundschaftsanfragen aus ganz Deutschland. Hauptsächlich Männer.

Ein ca. fünfzig Jahre alter Mann, fett, Single. Kein Interesse.

Ein 23-jähriger Chinese aus Hamburg, vergeben, dünn, blass mit fettigen Haaren. Kein Interesse.

Ein magerer Junge aus Dresden! Mark Thomas heißt er, 17 Jahre alt, Single. Ich klickte ihn an. Nur ein Foto. Er mit seinen Freunden am Brandenburger Tor auf der Klassenreise.

Auf irgendeine, völlig magische, unerklärliche Art, interessierte mich der Junge. Nicht nur das, er zog mich buchstäblich an. Ich schaltete den Rechner ab und ging ins Bett.

Samstag, 19. Juni, 2010

„Nein. Was ich nicht will, muss ich nicht tun. Doch gegen meinen Willen fesselt er mich mit seinen unerklärlich grünen Augen, seinem Willen, der unberechenbar ist. Nein.“

Nach der Schule ging ich sofort auf Facebook. Und tatsächlich. Mark Thomas war online.

Luna Lohmaier: „Hey! Wie geht`s?“

Mark Thomas: „Hallo, Luna! Kennen wir uns? Mir geht`s gut, und dir?“

Luna Lohmeier: „Nein. Ich glaube, wir kennen uns nicht. Aber ich wohne auch in Dresden. Schön. Mir geht`s auch gut. Was machst du so in deiner Freizeit?“

Mark Thomas: „ Ah, okay. Ich schreibe.“

Luna Lohmeier: „Schreiben? Geschichten, Aufsätze...?“

Mark Thomas: „...Gedichte und Romane! Soll ich dir ein Gedicht schreiben?“

Wow, der ging ja ran. Ich stutzte und überlegte.

Luna Lohmeier: „In Ordnung, leg los!“

Nach fünf Minuten kam die Antwort. Eine Antwort, die mich umhaute. Ich schluckte. Ein Schauer lief über meinen Rücken. Und in meinem Bauch fing es merkwürdig an zu kribbeln.

Mark Thomas: „Noch da, Luna?“

Luna Lohmeier: „Ja, das Gedicht hat mich grad umgehauen!“

Mark Thomas: „Danke. Du haust mich um!“

Luna Lohmeier: „Bis bald, ich muss offline!“

Dann ging ich ins Bett.

Sonntag, 20. Juni, 2010

„Engel sind anders. Sie fliegen in dich, tief in dein Herz. Und wenn deine Seele verschwindet fliehen auch die Engel. Denn sie sind das Leben in Dir. In deinem Herzen.“

Heute beschloss ich etwas. Ich würde Mark finden, um jeden Preis. Ich würde ihn suchen, ich würde ihn finden. Doch an diesem Abend war er nicht online. Hatte ich mich in Mark Thomas verliebt? Nein. Sicher nicht. Ich kannte ihn ja gar nicht. Er war wahnsinnig süß und nett. Aber ich hatte keine Gefühle für ihn. Oder doch?

Montag, 21 Juni, 2010, mitten in der Nacht

Ich konnte nicht schlafen. Musste immer an Mark denken. Was sollte ich tun?

Montag, 21 Juni, 2010, am Nachmittag

Juhuuuu! Er war online!
    Mark Thomas: „Und wie geht's dir heute so?“
    Luna Lohmeier: „Gut, wollen wir uns mal treffen?“
    Mark Thomas: „Weiß nicht...“
    Luna Lohmeier: „Warum denn nicht? Ich geh jetzt offline. Morgen um 16:00 an der Frauenkirche!?“
    Dann ging ich offline.

Dienstag, 22. Juni, 2010

„Wunden, die aus Liebe entstehen, werden zu Narben. Die Nichtliebe hinterlässt Wunden, die nie verheilen.“

Oh Mann. Ihr werdet es nicht glauben, was heute passiert ist. Ich war heute um genau 16:00 an der Frauenkirche. Und Mark war nicht da. Er war nicht da. Ich habe sogar einen fremden Mann angesprochen, ob er Mark ist und habe gleich komische Blicke geerntet. Bis um sieben Uhr bin ich noch herumgeirrt und habe mich gefragt, ob es diesen Mark überhaupt in Wirklichkeit gibt.

Meine beste Freundin Esther erzählte mir heute etwas über sogenannte Fake-Accounts. Das sind Accounts in sozialen Netzwerken, bei denen jemand einen anderen Namen als seinen eigenen angibt und dann Leute an der Nase herum führt.

Auf dem Rückweg, es war bereits dunkel, ging ich über einen Feldweg am Rand der Stadt. Auf einmal sah ich eine Gestalt. Sie kauerte am Rande des Weges und zitterte. Ich hörte ein Schluchzen, sie taumelte immer näher in Richtung des Abgrunds. Als ich näher kam, erkannte ich, dass es eine alte Frau war.

Sie war in Lumpen gehüllt und ihre Haut war faltig. Sie hatte unerklärlich grüne Augen und ihre Haare kräuselten sich in weißen Locken um ihr Gesicht. Sie war schmächtig und man sah, dass sie mal eine sehr hübsche Frau gewesen war. Sie murmelte seltsame Sprüche und ich sah, dass sie auf dem Boden weiße Kerzen aufgestellt hatte. Sie zitterte und drehte sich, dann nahm sie ein Kreuz aus weißem Holz in die Hand, drehte sich auf einmal ruckartig um und starrte mir ins Gesicht.

Ich fühlte mich benebelt, und die Welt um mich herum wurde immer verschwommener, unklarer. Ich fühlte mich, als ob ich in ein tiefes Loch fallen würde. Die Frau aber blieb klar. Das Zittern, das vor wenigen Sekunden noch ihren Körper durchschüttelt hatte, war verschwunden. Dann lächelte sie. Sie lächelte mich an und wurde jünger. Ihre Haare wurden voller und bekamen einen rötlichen Glanz, dann erschlaffte ihre Figur und sie brach zusammen.

Wie durch einen Schlag in die Magengrube war die Mauer um mich herum verschwunden. Dann fiel mein Blick auf den Boden. Dort mitten im Gras, das von Nebel und Rauch überzogen war, befand sich zwischen dem Kreuz und den Kerzen ein kleiner Hügel Erde. Daneben stand eine Tafel.

„Hier ruht Thomas M. Mein geliebter Enkel."

Ich betrachtete die Inschrift, und dann begriff ich. Thomas M. war Thomas Mark. War Mark Thomas. Aber wie konnte er mit mir gechattet haben?

Ich betrachtete die Tafel noch einmal. Gestorben am 18. Juli. 1789 durch Sturz in eine Böschung. Als ich die Tafel genauer ansah, erkannte ich einen Zeitungsartikel.

„Ob es Mord oder ein Unfall war, ist noch unklar. Gestern am 18. Juli stürzte der 17- jährige Thomas Mark in eine Böschung am Rande Dresdens. Die Ursache des Todes ist noch unklar. Thomas M. hinterließ ein Tagebuch, in dem er von einem Mädchen namens Luna schwärmte. Es hieß, er schrieb ihr Gedichte. Tag und Nacht. Sie ließe ihn nicht mehr schlafen. Die Polizei bittet um weitere Hinweise."

Ich schluckte. Alles ging auf. Die Gedichte, der Name, alles bis auf das Jahr. Dann lief ich weg. Ich lief und lief. Nach Hause, in mein Bett.

Mittwoch, 30. Juni, 2010

„Du vernebelst mir die Sicht, der Drang wegzulaufen wird größer, unendlich groß."

Seit einer Woche nun trage ich dieses Geheimnis mit mir herum. Ich stehe morgens auf, renne zum Zeitungskasten und hole die Zeitung, studiere sie so gründlich wie noch nie, nur weil ich Angst habe, einen Artikel über eine alte Frau zu finden, die tot am Wegrand gefunden wurde. Doch heute Nachmittag besann ich mich und lief genau an die Stelle. Doch dort war nichts. Keine Frau, keine Kerzen und kein Kreuz und auch in Facebook existierte kein Mark Thomas mehr. Hatte ich mir das alles nur zusammenfantasiert? War ich am Ende noch verrückt?!

Doch da sah ich ein kleines Stück Papier, an den Seiten verkohlt.
Ich hob es auf und dort starrte mir ein grünes Auge entgegen.
Dann zerbröselte das Bild vollkommen und die Asche verfing sich
in einem Wachholderbusch. Nun hingen sie dort, die Fetzen einer
Erinnerung.

„Dort hingen sie blind,
wie Fetzen im Wind,
Erinnerung einer Liebe,
gestohlen durch sie.
Verdammt seid ihr Diebe,
die Seele im Nacken,
die Raben, die hacken nun
auf eurem Herz mehr und mehr.
Deine Augen sind nun tränenleer.
Glasig von Trübsal,
verschwommene Zeit,
denn nichts hält ewig,
für die Ewigkeit.“

Markus und der kleine grüne Traktor

Laura Hauser - 7. Klasse

Markus ist 15 Jahre alt und hat bald Geburtstag. Er bekommt einen kleinen grünen Traktor. Als sein Geburtstag immer näher kommt, muss sein Vater sehr aufpassen, damit Markus nicht in die Werkstatt geht und dort sein Geschenk schon vor dem Geburtstag sieht. Als dann der Tag kommt und er den kleinen grünen Traktor sieht, ist er überglücklich. Er freut sich sehr, dass er zu seinem 15. Geburtstag seinen eigenen Traktor bekommt. Ein paar Stunden später macht er eine kleine Rundfahrt.

Am nächsten Tag erzählt Markus allen von seinem neuen Gefährt. Als er nach der Schule nach Hause kommt, schaut er in die Werkstatt nach seinem Traktor. Aber der ist nicht da. Markus rennt sofort ins Haus und sagt seinem Vater, dass der Traktor weg ist. Er und sein Vater gehen in die Werkstatt und tatsächlich, das Fahrzeug ist weg. Am nächsten Schultag geht Markus seiner Schulfreundin Anita entgegen und sie fragt ihn, warum er so traurig ausschaut.

Er erzählt Anita alles über den Traktor, und dass er weg ist. Beide gehen in den Unterricht. Als die Schule aus ist, gehen Markus und Anita gemeinsam zu ihm nach Hause. Als sie dort angekommen sind, gehen sie in die Werkstatt. Da steht doch tatsächlich der Traktor wieder an der Stelle, an der er vorher gestanden war. Aber der Motor und der Hydraulik-Schlauch fehlen und ohne diese Teile funktioniert der Traktor nicht.

Anita sagt zu Markus: „Mein Onkel arbeitet in einer Auto-Werkstatt. Er könnte uns die fehlenden Sachen geben."

Markus ist erstaunt, dass Anita am nächsten Tag schon alle fehlenden Teile dabei hat. Zusammen reparieren sie den Traktor, gleich nachdem sie Hausaufgaben gemacht haben. Anschließend machen sie eine Testfahrt, ob auch alles funktioniert.

Anita wird später am Abend von ihrem Vater abgeholt. Das Problem ist nur, dass sich die Väter von Anita und Markus nicht leiden können und nun beiden verbieten sich weiterhin zu sehen. Doch die beiden treffen sich wieder und wieder heimlich am alten Schuppen, der im Wald steht. Markus fährt immer mit seinem kleinen grünen Traktor und Anita mit ihrem Fahrrad.

Irgendwie hat Markus' Vater herausgefunden, dass sich beide heimlich im Wald sehen. Daraufhin nimmt er seinem Sohn den Traktor weg und gibt ihm Hausarrest. Markus findet das unfair. Nur weil sein Vater und der Vater von Anita sich nicht leiden können, darf er sich nicht mehr mit Anita treffen. In dieser Nacht läuft er zu ihr und sagt, dass er wegläuft. Er fragt sie, ob sie mit ihm kommt. Anita packt in einen Rucksack etwas zu Essen und zu Trinken. Dann nehmen sie den Traktor von dem alten Bauern Huber und fahren weg.

Am nächsten Tag bemerken beide Väter, dass ihre Kinder weg sind. Sie fragen im ganzen Dorf, ob jemand sie gesehen hat. Der alte Bauer Huber erzählt den Vätern, dass sie den Traktor von ihm genommen haben, sie aber nicht weit kommen würden, weil das Gaspedal kaputt sei. Tatsächlich kommen die beiden nach einem halben Tag wieder zurück und Anita erfährt, dass sie und ihre Familie wegziehen. Markus ist sehr traurig über diese Nachricht.

Drei Jahre später zieht Anita mit ihrer Familie jedoch wieder in das Dorf zurück. Als Markus mit seinem kleinen grünen Traktor durch die Straßen fährt, erkennt sie ihn sofort wieder und erinnert sich, wie es früher war. Sie läuft zu ihm hin und hält ihn auf. Auch Markus erkennt sie wieder, stellt den Traktor ab und springt herunter, um sie zu umarmen. Beide entdecken die Liebe zwischen sich wieder und sind ab da ein Paar. Mit dem Traktor fahren sie zusammen in den Wald zu dem alten Schuppen.

Als Markus seine Anita abends mit nach Hause nimmt und sein Vater sie wiedererkennt, ist er geschockt. Aber er sieht ein, dass sein Streit mit Anitas Vater nichts mit den Kindern zu tun hat. Einige Zeit später heiraten Markus und Anita. Zur Hochzeit müssen sich die Väter zusammenreißen. Nach der Hochzeit fährt das junge Paar mit dem kleinen grünen Traktor zu ihrem eigenen Hof, den sie zur Hochzeit geschenkt bekommen haben. Beide wundern sich, dass der alte Motor und der Hydraulikschlauch noch funktionieren.

Zwei Jahre später bekommen Markus und Anita ein Kind, das den Namen des Opas bekommt und damit Anton heißt. Als Anton acht Jahre alt wird, bekommt er einen grünen Tret-Traktor. Der motorisierte seines Vaters ist noch immer Tip-Top. Markus fährt auch immer noch mit ihm herum und erledigt alle Feldarbeiten damit. Erst als Markus neunundzwanzig geworden ist, benötigt er Ersatzteile wie z.B. einen neuen Motor, ein Bremspedal und andere wichtige Sachen, die er zum Fahren braucht.

Ein Jahr später bekommt Anita die Zwillinge Annalena und Annabell. Die beiden bekommen ebenfalls einen Tret-Traktor, als sie älter sind. Die Kinder freuen sich immer, wenn sie mit dem kleinen grünen Traktor von Papa mitfahren dürfen. Als Markus und Anita alt werden, übernehmen die drei Kinder den Hof. Was sie allerdings nicht bekommen, ist Markus‘ kleiner grüner Traktor, denn damit fährt er immer noch gern mit Anita zu dem Schuppen im Wald.

Eines Tages auf der Heimfahrt entdeckt Markus auf einem Feldweg einen kleinen Erdhügel, aus dem ein Stück eines Motors herausragt. Er fährt hin und schiebt mit der Schaufel des Traktors die Erde auf die Seite. Er liest, was auf dem Motor steht. Kurze Zeit darauf fällt ihm ein, dass dasselbe auf dem Original-Motor seines Traktors stand.

„Das ist der Motor von damals“ sagt Anita zu ihm.

Neben dem Motor liegt ein Hydraulikschlauch. Genau so einer, wie der, der vor Jahren verschwunden ist. Markus ist überglücklich, dass er den Motor und den Schlauch wiedergefunden hat. Nachdem sie zu Hause ankommen, baut er den Motor gleich ein und damit läuft der kleine grüne Traktor wieder wie geschmiert. Anton, Annalena und Annabell fragen ihren Vater, warum er sich so über einen alten Motor und Hydraulikschlauch freut. Er und Anita erzählen ihnen die Geschichte, wie der Schlauch und der Motor vor vielen Jahren gestohlen wurden und jetzt wieder aufgetaucht sind.

Drei Wochen später hat Markus einen Unfall mit dem Traktor. Er liegt seit vier Stunden bewusstlos im Krankenhaus. Der Traktor hat eine Riesendelle und springt nicht an. Anton schafft es, ihn zu reparieren. In genau dem Moment als der Traktor anspringt, wacht Markus auf.

Annabell ruft vom Krankenhaus aus ihren Bruder an und sagt ihm, dass der Vater aufgewacht ist. Anton erzählt ihr daraufhin, dass der Traktor wieder läuft. Anita bekommt das mit und denkt sich, dass Markus und der Traktor eine Seele sein müssen. Über das Wunder denkt sie nicht lange nach. Sie muss sich jetzt um ihren Mann und seinen Traktor kümmern, denn der bedeutet ihm einfach das ganze Leben. In ihm sind so viele gute Erinnerungen aufbewahrt.

Und wenn der Traktor nicht kaputt ist, und Markus und Anita nicht gestorben sind, dann fahren sie noch heute durch das Dorf. Von Generation zu Generation wird nun die Geschichte von Markus, Anita und dem Traktor erzählt.

Dr. Schnatterstein und die Zukunft

Rebecca Rausl - 5. Klasse

Grundlage folgender Geschichte bildet der Mythos der Inkas, der besagt, dass am 21. Dezember 2012 die Welt untergeht. Die Geschichte spielte sich im Jahr 2012 ab, genauer gesagt im April und der Frühling hatte gerade begonnen.

Es war ein warmer Frühlingsmorgen, als Dr. Mario Schnatterstein mit seinem Fahrrad in die Arbeit fuhr. Herr Schnatterstein war von Beruf Wissenschaftler und arbeitete in einem Laboratorium, das neue Erfindungen prüfte. Zur Familie Schnatterstein gehörten noch sein Sohn Luigi und seine Frau Helena. Luigi war ein aufgeweckter und neugieriger Junge, der immer alles genau wissen wollte. Deswegen ging er oft nach der Schule noch zu seinem Vater in die Arbeit und die beiden erfanden die ungewöhnlichsten Sachen.

Auch heute machte sich Luigi wieder auf den Weg in die Arbeit seines Vaters. Seine Mutter hatte es ihm zwar verboten, da dadurch immer die Hausaufgaben liegen blieben. Sein Vater sah das aber gar nicht so eng, denn auch er war – ohne viele Hausaufgaben gemacht zu haben – ein schlauer Kopf geworden. Ein helles Köpfchen war Luigi ja, sonst hätte er seinem Vater nicht helfen können. Als er im Laboratorium eintrudelte, begrüßte sein Vater ihn voller Freude.

„Na Sohn, was wollen wir heute erfinden?"

Luigi wusste es nicht wirklich. Die letzten Tage war ihm immer wieder der gleiche Gedanke durch den Kopf gegangen und hatte ihn an nichts anderes mehr denken lassen.

„Papa, stimmt es, dass dieses Jahr am 21. Dezember die Welt untergeht?"

„ Wie kommst du denn da drauf, Luigi", fragte Papa ihn.

„Ach, ich habe letztens beim Herumzappen im Fernsehen einen Bericht darüber gesehen und muss nun die ganze Zeit darüber

nachdenken. Denn, weißt du Papa, ich bin doch erst zwölf Jahre
alt und wollte noch Wissenschaftler werden und nicht dieses Jahr
schon sterben. Hast du eine Idee, ob wir etwas erfinden können,
um herauszufinden, ob die Welt wirklich untergeht?“

„Hm, lass mich mal überlegen. Während ich das tue, schlage ich
vor, dass du deine Hausaufgaben machst, damit uns Mama heute
Abend nicht den Pelz über die Ohren zieht.“

Herr Schnatterstein machte sich auf den Weg in die Teeküche,
um Wasser aufzusetzen. Bei einer guten Tasse Tee hatte er immer
die besten Einfälle. Während er seinem Sohn bei den Hausaufgaben zusah und vor sich hin überlegte, kam ihm die zündende Idee!
Hinter Luigi stand ein Teleskop, mit dem Dr. Schnatterstein öfter
in die Sterne sah. Genau dieses Teleskop brauchte er für seine neue
Erfindung. Luigi kam nun jeden Tag nach der Schule zu seinem
Vater und machte zuerst seine Hausaufgaben. Danach gingen beide an die Arbeit und bauten an der neuen Erfindung seines Vaters,
dem Zukunftsteleskop.

Hierbei handelte es sich um ein Teleskop, mit dem man unter
Verwendung einer chemischen Verbindung einmal in die Zukunft
schauen konnte. In das Zukunftsteleskop war ein kleiner Computer
eingebaut, in den man den gewünschten Zeitraum eingeben konnte. Um die chemische Mischung in das Zukunftsteleskop zu gießen,
hatten sie an einer umgebauten Öffnung einen speziellen Trichter
befestigt. Ein Laser wandelte die chemische Verbindung in einen
Energiestrahl um. Den letzten Schritt musste ein Beamer erledigen. Er strahlte die Zukunft in die Linse des Zukunftsteleskopes.

Nach mehreren Wochen wurde das Zukunftsteleskop an einem
Freitag fertig. An diesem Tag arbeiteten die beiden bis spät in die
Nacht hinein. Luigi war überglücklich, dass er so einen schlauen
Papa hatte, der ihm seinen Wunsch, in die Zukunft zu schauen,
erfüllen konnte. Hoffentlich war es dann auch positiv, was er da
am 21. Dezember 2012 sehen würde. Da das Wochenende vor der

Tür stand und es schon spät am Abend war, beschlossen Papa Mario und Luigi das Teleskop gleich am nächsten Tag auszuprobieren. Dr. Schnatterstein machte sich zwar ein wenig Sorgen, da sich in der letzten Zeit sehr viele Einbrüche ereignet hatten. Doch er war sehr zuversichtlich, denn das Laboratorium wurde von einem Sicherheitsunternehmen bewacht. Sicherheitshalber schloss er die Erfindung samt chemischer Formel in den Safe ein.

Am Samstag, gleich nach dem Frühstück, machten sich die beiden aufgeregt und gespannt auf den Weg Richtung Arbeitswerkstatt von Herrn Schnatterstein. Als die beiden dort ankamen, sahen sie schon von Weitem mehrere Polizeiwagen davor stehen. Sie erfuhren vor Ort vom Polizeichef, dass der Sicherheitsbeamte, der die Nacht Wache gehalten hatte, niedergeschlagen und mehrere Safes im Laboratorium aufgebrochen worden waren. Die Diebe hatten einiges daraus mitgenommen. Die Polizei bat Herrn Schnatterstein nachzusehen, ob in seinen Safe, der zu den ausgeraubten gehörte, etwas fehlte.

Papa Mario und Luigi schwante Böses. Luigi standen bereits Tränen in den Augen, weil er sich schon dachte, dass etwas fehlte. Die Polizei erlaubte Luigi seinen Vater zu begleiten. Alle Befürchtungen wurden wahr. Der Safe seines Vaters war komplett leer. Das Zukunftsteleskop sowie die dazugehörige chemische Formel waren weg, zusammen mit allen anderen neuen Erfindungen, die noch geprüft werden sollten. Als sich Luigi vom ersten Schock erholt hatte, sah er seinen Vater zusammengesunken in einer Ecke sitzen.

„Papa, was ist denn? Wir können das Teleskop doch nochmal nachbauen. Die chemische Formel steckt doch in deinem Kopf.“

Dr. Schnatterstein sah mit traurigen Augen zu seinem Sohn auf.

„Weißt du Luigi, ich kann mir nicht alles so gut merken, da ich den ganzen Tag mit chemischen Formeln zu tun habe. Deshalb schreibe ich mir wichtige Sachen immer auf, genau wie unsere

Formel für das Zukunftsteleskop. Ich fürchte, ohne Formel müssen wir nochmals von vorne anfangen. Das Schlimme an der Geschichte ist jedoch, dass die Diebe für uns in die Zukunft schauen können. Sie können viele Dinge manipulieren und dadurch die ganze Zukunft verändern. Vielleicht geht dann die Welt am 21.12.2012 nicht unter, aber dafür werden wir danach in einer schrecklichen, manipulierten Welt leben. Wir müssen das Teleskop und die Formel unbedingt finden."

Dr. Schnatterstein ging auf den Polizeichef zu und bat ihn, dringend nach seinem Teleskop zu suchen, ohne ihm wirklich zu sagen, was das Teleskop konnte.

Abends saß nun Familie Schnatterstein beim Essen zusammen. Dabei fiel Mama Helena auf, dass ihre zwei Männer schweigend mit hängenden Köpfen am Tisch saßen und kaum ihr Essen anrührten. Normalerweise plapperten die beiden über ihre täglichen Erlebnisse im Labor, so dass Mama Helena kaum zu Wort kam.

„Was ist denn heute mit euch los? Ihr seid so wortkarg!"

Papa Mario und Luigi sahen sich an. Jetzt war es ihnen klar, dass sie Helena in das einweihen mussten, was geschehen war. Als sie die Geschichte erzählt hatten, sah Mama nachdenklich in die Runde.

„Dann können es doch nur die Männer vom Sicherheitsunternehmen gewesen sein, wenn außer euch beiden sonst keiner darüber Bescheid wusste. Die Sicherheitsbeamten haben euch bestimmt beobachtet, als ihr abends lange im Labor saßt."

„Ja, genau!", schrie Luigi aufgeregt.

Als er abends mit verschränkten Armen hinter dem Kopf in seinem Bett lag und aus seinem Dachfenster die Sterne beobachtete, nahm er sich vor, am Morgen mit seinem Vater zu reden. Er wollte ihn dazu überreden, zusammen zum Sicherheitsdienst zu fahren und zu versuchen, mehr heraus zu finden.

Sobald Mama zu ihrem täglichen Sonntagsbesuch zu Oma aufgebrochen war, sprach Luigi seinen Vater an.

„Du Papa, was hältst du davon, wenn wir nachher mit dem Fahrrad zum Sicherheitsunternehmen fahren und uns dort ein wenig umsehen?"

Nachdenklich schaute Dr. Schnatterstein seinen Sohn an. „Aber das kann doch die Polizei erledigen!"

„Ja, sicherlich, Papa, aber dann ist Montag und unsere Erfindung schon über alle Berge."

Dr. Schnatterstein ließ sich wieder mal von seinem Sohn breitschlagen, wie immer. Sie fuhren mit den Fahrrädern zum Sicherheitsunternehmen, das in der Nähe des Stadtzentrums lag. Dort angekommen gingen die beiden erst einmal zum Empfang.

Da es sich um einen Sicherheitsdienst handelte, war das Unternehmen auch sonntags geöffnet. Normalerweise müsste also jemand am Empfang sitzen. Es war jedoch alles sperrangelweit offen. Ein kleiner Blick reichte und Herr Schnatterstein trottete seinem Sohn hinterher, der einfach am Empfang vorbei in die hinteren Räume marschierte. Am Ende des Flurs stand eine Tür offen.

Schon von Weitem war ein großer Tisch zu sehen auf dem viele verschiedene Dinge quer durcheinander lagen. Als die beiden den Raum betraten, drehten sich zwei Männer um, die mit dem Rücken zu ihnen standen. Einen davon erkannte Herr Schnatterstein sofort. Es war der Wachmann, der des Öfteren nachts Dienst hatte. Der andere war ein alter Bekannter von Dr. Schnatterstein.

Es war sein alter Studienkollege Dr. Heinz Salzspender. Schon damals war er dafür bekannt gewesen, sich mit fremden Federn zu schmücken und Erfindungen zu klauen. Als sich die vier nun gegenüberstanden, konnte sich Dr. Schnatterstein nicht zurückhalten.

„Du, Heinz? Eigentlich hätte ich mir gleich denken können, dass du dahinter steckst!"

„Vorsicht Papa, der Wachmann hat eine Pistole, die er auf uns richtet.“

„Rüber da, zu den Stühlen!“, befahl dieser.

Luigi und Papa Mario waren durch die Pistole so eingeschüchtert, dass sie sofort dem Befehl folgten. Dr. Salzspender folgte ihnen kichernd und fesselte sie mit einem herumliegenden Seil an die Stühle.

„So Mario, jetzt lasse ich dich erst einmal mit den Erfindungen alleine. Ich muss mich um entsprechende Interessenten kümmern und einen anderen Aufbewahrungsort für mich und die Erfindungen suchen.“

Somit waren Dr. Schnatterstein und Luigi allein im Raum. Der Vater saß mit hängendem Kopf neben seinem Sohn und überlegte, wie er sich nur in diese Lage gebracht haben konnte. Hätte er doch nur die Polizei gerufen. In diesem Augenblick spürte er, wie jemand seine Fesseln löste. Als er aufsah, stand sein Sohn grinsend vor ihm.

„Weißt du Papa, ich bin zwar kein großer Erfinder, aber ich habe immer mein Taschenmesser und eine gute Idee dabei. Hoffentlich hast du dafür dein Handy mit, um die Polizei zu rufen. Ich werde solange an der Tür Schmiere stehen.“

Die Polizei traf nur wenige Augenblicke später ohne Blaulicht ein, um die Diebe nicht in die Flucht zu schlagen. Sie fand den Wachmann und Dr. Salzspender im hinteren Teil des Gebäudes über den Computer gebeugt, mit dem sie im Internet nach Käufern für das Diebesgut suchten. Beide wurden sofort abgeführt und zur Polizei gebracht.

Tage später saßen Papa Mario und Luigi wieder im Laboratorium vor ihrer großen Erfindung, mit der man in die Zukunft sehen konnte. Dr. Schnatterstein wollte seinem Sohn einen großen Wunsch erfüllen und ihn nur einmal in die Zukunft sehen lassen.

Danach wollten sie beide ihre Erfindung zerstören, damit niemand sie für falsche Zwecke benutzen konnte.

Abends, als die Schnattersteins wieder zusammen beim Abendessen saßen, fiel Mama Helena auf, dass Luigi sich über irgendetwas zu freuen schien.

"Sag mal Luigi, du lächelst bis über beide Ohren. Bist du denn gar nicht traurig, dass ihr eure Erfindung zerstört habt?"

„Oh nein Mama, sicher nicht. Denn ich freue mich riesig darauf, dass wir dieses Jahr am 24.12.2012 alle gesund und zufrieden zusammen Weihnachten feiern können."

„Wieso, geht denn die Welt nicht am 21.12.2012 unter?", fragte Mama Helena.

Liv

Leah Fraunhoffer / Sandra Wende - 9. Klasse

Liv bedeutet Leben. Den Namen gaben meine Eltern meiner Schwester, um zu zeigen, wie wertvoll sie war. Dass auch sie ein Recht wie jeder andere darauf hatte hier zu sein, trotz ihrer Behinderung.

So wie jeden Morgen herrschte Hektik in unserer Wohnküche. Meine Mutter stand am Herd und briet Spiegeleier, während mein größerer Bruder Miko heftig auf sie einredete. Vermutlich passte ihm wieder irgendwas nicht. Mit diesem Gedanken lag ich gar nicht so falsch, denn im nächsten Moment schrie unsere Mutter ihn an:

„Geh doch arbeiten und verdien dir das Geld für dein Frühstück, wenn dir nicht schmeckt was ich koche!"

Sie war mit den Nerven am Ende. Ich ging zu ihr und legte ihr die Hand auf den Arm.

„Morgen, Leya", sagte sie an mich gewandt. Sie lächelte mir schwach zu.

Ich holte vier Teller aus dem Hängeschrank und stellte sie auf den Tisch. Dabei fiel mein Blick auf meine siebenjährige Schwester. Auf ihre zu weit auseinander liegenden Augen, ihren zu weit ausladenden Hinterkopf, ihre ungewöhnlich tief sitzenden Ohren. Liv.

Als Mum erfahren hatte, dass meine Schwester an Trisomie 18 litt, hatte sie fest entschlossen erklärt, dass ihr Name Liv lauten sollte, als Zeichen dafür, dass eine Abtreibung nie zur Debatte gestanden hatte.

„Weißt du, wo meine Tasche ist?", riss mein Vater mich aus meinen Gedanken. Er betrat gerade die Wohnküche.

Einen Moment blickte ich ihn irritiert an, bis ich wieder registrierte, wo ich war.

„Ich glaube, sie steht neben der Wohnungstür", murmelte ich, holte die Gläser und das Besteck aus den Schubladen und verteilte alles auf dem Tisch.

Mein Vater nahm die Tasse, die Mum ihm hinhielt, trank ein paar Schlucke von dem Kaffee und nuschelte gleichzeitig irgendetwas, das keiner verstand. Er drückte die Tasse Miko in die Hand, küsste Mum auf die Wange, winkte uns und verließ unsere kleine Wohnung, um zur Arbeit zu gehen. Den ganzen Tag über, oft auch einen Großteil des Abends, verbrachte er in einer dieser hässlich grauen Fabriken im Industrieviertel, durch das ich mit meiner Freundin Justine immer gehen musste, um zur Schule zu kommen. Dort verdiente er gerade einmal so viel Geld, dass wir unseren Lebensunterhalt bestreiten konnten. Es gab keine besonderen Freizeitbeschäftigungen, teuren Elektrogeräte oder solche Dinge.

„Nimm", sagte Mum und hielt mir die Pfanne hin.

Ich teilte die Spiegeleier auf die vier Teller auf. Miko ließ sich auf einen der Stühle fallen und begann mürrisch, sein Frühstück zu essen. Ich tat es ihm gleich. Mum nahm Gabel und Messer in die Hand, schnitt das Spiegelei in Stücke und fing an, Liv zu füttern.

„Schmeckt dir das?", fragte sie wie jeden Morgen.

Liv stieß einen Laut aus und versuchte zu nicken, was sie jedoch nicht ganz hinbekam. Ich hatte fertig gegessen, doch Mum hatte ihre Mahlzeit noch nicht mal angerührt. Ich stand auf.

„Lass mich das machen. Iss du mal."

Sie gab mir seufzend die Gabel und tauschte mit mir Platz. Ich schob Liv das Ei in den Mund, hielt eine Hand unter ihr Kinn und sah ihr in die Augen.

„Heute scheint die Sonne, Liv, siehst du?"

Ihr Blick flog kurz zum Fenster und wieder zu mir. Ein kleines Lächeln erschien auf ihrem Gesicht. Sie freute sich, mochte die Sonne.

„Sie macht den Tag heller", erklärte ich. „Und wärmt."

„Das weiß sie doch“, unterbrach Miko mich genervt. Mein vernichtender Blick brachte ihn zum Schweigen. Liv schluckte das Ei.

„Wenn es heute Nachmittag immer noch so schön ist, hast du dann Lust mit mir einen Spaziergang durch den Wald zu machen?“

Sie bejahte. Sie verstand sehr gut, was andere taten oder ihr mitteilten, obwohl sie sich nur mit etwas Zeichensprache und wenigen, abgehackten Wörtern verständigen konnte.

Es klingelte. Mum stand auf, verließ die Wohnküche und kam kurze Zeit später mit Justine zurück. Diese setzte sich neben Miko, lächelte Liv zu und fragte: „Hast du gut geschlafen?“

Meine Schwester stieß abermals den Laut aus, der ihre Zustimmung ausdrückte. Miko stand abrupt auf und lief vor Ärger schnaubend aus dem Zimmer.

„Was ist denn mit dem los“, fragte Justine irritiert.

Ich schüttelte den Kopf. „Das Übliche.“

Er fand es einfach nervig, dass die allgemeine Aufmerksamkeit immer Liv galt. Mit einem Blick auf die Uhr stellte Mum fest: „Ihr solltet euch beeilen, Mädchen, sonst kommt ihr zu spät.“

Sie warf mir einen Blick zu. Wir beide wussten, was das bedeutete. Für eine Verspätung von wenigen Minuten bekamen Leute wie ich einen Verweis, bei dreien flog man von der Schule. Meine Eltern und ich hatten schon zwei dieser Verweise zu Gesicht bekommen. Justine hingegen brauchte sich wohl kaum Sorgen darüber zu machen. Bei ihr beließen es die Lehrer mit der Bestrafung nur bei einer Verwarnung. Justine und ich standen auf und verabschiedeten uns von Mum und Liv.

Wir durchquerten das Industrieviertel innerhalb einer Viertelstunde, schlüpften danach unter einem lockeren Maschendrahtzaun hindurch, liefen über eine vom Tau noch feuchte Wiese und kamen auf die Straße, die uns direkt zur Schule führte. Hinter dem Schultor ließ ich meinen Blick über die Schar von Jugendlichen schweifen, die alle in kleineren oder größeren Gruppen zusammenstanden.

Diejenigen, die uns erblickten und kannten, zeigten auf mich, lachten, machten angeekelte Gesichter oder wandten sich ab, damit sie auch ja nichts mit mir zu tun haben mussten.

„Ignorier sie einfach“, flüsterte Justine mir zu.

Ich schaute sie nicht an. „Die interessieren mich nicht“, erwiderte ich gleichgültig.

Im Klassenzimmer wurde es schlimmer. Die meisten waren schon da. Einige beachteten uns gar nicht, andere sprachen Justine direkt an.

„Hey, warum hängst du eigentlich immer mit der rum?“, rief einer, dessen Namen mir so egal war, dass ich mir nicht die Mühe machte, ihn mir zu merken.

„Die und ihre ganze Familie ist abnormal, halt dich lieber fern von ihr“, brüllte Peyo vom anderen Ende des Zimmers herüber.

Mit dem hatte ich schon öfter Probleme gehabt. Peyo war der Sohn des Bürgermeisters. Er glaubte also, seine Anwesenheit würde das Niveau der Klasse beträchtlich nach oben treiben. Aber da irrte er sich gewaltig. Justine schaute mich vielsagend an und rollte die Augen. Wir ließen uns auf unsere Plätze nieder. Abnormal.

Abnormal waren meine Familie und ich deshalb, weil meine Eltern im Gegensatz zu fast allen anderen Paaren mit Kinderwunsch uns natürlich gezeugt und auf eine In-vitro-Fertilisation verzichtet hatten. Andere Eltern gingen in eine Klinik, in der eine Eizelle der Mutter mit dem Sperma des Mannes befruchtet wurde, allerdings in einem Schälchen im Labor. Drei Tage später wurde der so gezeugte Embryo auf mögliche Erbkrankheiten und Chromosomenanomalien untersucht. Falls eine Auffälligkeit entdeckt wurde, die mit einer Krankheit in Verbindung gebracht werden konnte, sortierte man den Embryo aus. Falls nicht, übertrug man ihn in die Gebärmutter der Frau. So kamen keine behinderten Kinder mehr zustande. Meine Schwester Liv war ohne dieses Verfahren gezeugt worden. Wir waren unnatürlich und man grenzte uns aus der Gesellschaft aus.

Der Gong brachte mich in die Gegenwart zurück. Das Klassenzimmer war jetzt voll, unser Lehrer Herr Markhart stand hinter dem Pult. Ich hatte gar nicht mitbekommen, dass er eingetreten war. Markhart war Klassenlehrer, also hatten wir Geschichte und Gesellschaft. Er schaute streng in die Runde. „Macht euren Computer an und zwar ein bisschen plötzlich!"

In jedem unserer Tische war ein Touchcomputer eingelassen. Ich tat wie alle anderen wozu er uns aufgefordert hatte.

„Im Ordner Gesellschaft, Seite zweiunddreißig." Er rief ein Mädchen auf, das schräg hinter mir saß und lesen sollte.

„Die Gesellschaftsform hat sich in den letzten Jahrzehnten stark verändert. Laut den Meinungen der Personen, die man heute auf der Straße antrifft, hat sich einiges verbessert. Menschengruppen, die früher trotz ihrer negativen Einstellung zu technischen und medizinischen Fortschritten noch angesehen waren, wurden zurückgedrängt …"

Meine Gedanken schweiften ab, ich drehte den Kopf zur Seite, sah die Sonne, deren Strahlen mir draußen den Nacken wärmen würden, und dachte an Liv. Der Spaziergang würde uns erfrischen und beiden Spaß machen. Ich ging oft in den Wald, um das kranke Treiben, das um mich herum geschah, ausblenden und meine Gedanken wieder klar ordnen zu können.

„… wofür ein anderes Beispiel auch noch die Fortpflanzung ist", ergriff Markhart wie nebenbei das Wort und unterbrach das Mädchen.

„Früher haben die Leute das auf diese unnatürliche, unhygienische Art und Weise gemacht. Das könnt ihr euch wahrscheinlich kaum vorstellen. Obwohl …" Jetzt sah er mich direkt an.

„Manchmal passiert es immer noch, dass unwissende Leute auf moderne Methoden keinen Wert legen und so etwas … Komisches daraus entsteht."

Ich unterdrückte die aufkeimende Wut. Lass es, sagte ich mir. Er ist es nicht wert, dass du ausrastest. Ich durfte mich nicht mit ihm anlegen. Ich durfte nicht riskieren, von der Schule zu fliegen. Mit drei Verweisen und meinen schon fünfzehn Jahren würde mich keine einzige Schule mehr annehmen.

Markhart wandte sich von mir ab. „Öffnet den Ordner für die Einträge. Ich diktiere."

Ich tippte auf dem Touchboard das Datum ein. 23. September 2085. Sehnsuchtsvoll wartete ich das Ende des Schultags ab. Als es schließlich soweit war, liefen Justine und ich hinaus auf die Wiese.

Justine blieb stehen. „Wollen wir noch in den Wald gehen?"

„Nein", sagte ich sofort. „Ich will heute einen Tag mit Liv verbringen."

Ich schloss die Wohnungstür hinter mir. Der süßliche Geruch von Milchreis erfüllte den Gang.

„Leya? Bist du es?", rief Mum, streckte den Kopf aus der Wohnküche und winkte zur Begrüßung. „Deckst du bitte den Tisch."

Ich kam ihrer Bitte nach und wenige Minuten später saßen wir zu dritt am Tisch. Miko war noch in der Schule. Mum fütterte Liv, während ich missmutig mit dem Löffel in meinem Teller herumstocherte.

„Hast du schlechte Laune?", fragte mich Mum, ohne sich zu mir umzudrehen.

„Die Schule eben", erwiderte ich achselzuckend. Liv beobachtete mich fragend. Ich musste lächeln. „Wenn du gegessen hast, gehen wir raus, okay?"

Es wurde später als eigentlich geplant. Als ich mit dem Essen fertig war, half ich Mum bei der Hausarbeit, putzte für sie die Küche und brachte den Müll weg. Danach zog ich meine Schuluniform aus und schlüpfte in Hose, Hemd und Stiefel, meine übliche Bekleidung für den Wald. Das Taschenmesser, das mein Vater mir geschenkt hatte, holte ich aus der Schultasche und steckte es in meinen Schuh.

Mit Liv spazieren zu gehen, war etwas Besonderes. Ich schob ihren Rollstuhl durch die Straßen und wir ließen die gaffenden Leute und ihre abfälligen Gesten über uns ergehen, bis wir den Waldrand erreicht hatten. Dort begann erst der eigentliche Ausflug. Wenn wir durch die Menschenmassen auf den Straßen gingen, sah ich den vertrauten ängstlichen, verstörten Blick auf Livs Gesicht. Doch sobald sie den Wald sehen konnte, glaubte ich, eine Entschlossenheit in ihren Augen zu erkennen, und es war fast, als würde sie ihr Kinn trotzig nach oben strecken. Im Wald waren wir für uns.

Fast keiner außer dem Förster ging hier hinein. Es wurde immer schwieriger, die Kieswege mit dem Rollstuhl zu bewältigen, denn um sie kümmerte sich schon lange keiner mehr, selbst der Förster nicht. Durch das dichte Blätterdach fielen hin und wieder grelle Sonnenstrahlen, die einen zwangen, die Augen ein wenig zu schließen. Dafür strichen sie einem aber warm übers Gesicht. Ich steuerte den Platz an, zu dem wir beide immer gingen. Man sah die Stadt nicht mehr, wenn man zurückschaute, man hörte die Autos und das Geschrei der Menschen nicht mehr. Hier war unser eigentliches Zuhause, da waren wir uns beide einig.

Wir erreichten den umgefallenen Baumstamm am Tümpel nach einer halben Stunde. Ich hob Liv aus dem Rollstuhl und trug sie ein paar Meter durchs Unterholz, bis ich sie auf den Baumstamm setzen konnte. Ich trat einen Schritt zurück und betrachtete sie lächelnd. Ihr strohblondes Haar glänzte in der Sonne. Es sah aus, als würde sie auf einer Bühne im Rampenlicht sitzen. Um sie herum war Schatten. Ich ging zu einem Strauch, pflückte ein paar Brombeeren und teilte sie mit Liv, als ich mich neben ihr niederließ. Sie sagte etwas.

„Ich finde sie auch lecker“, pflichtete ich ihr bei und strich ihr eine Strähne aus dem Gesicht. Sie machte eine Bewegung mit der Hand.

„Regen?“, fragte ich nachdenklich. „Wie kommst du darauf, dass es morgen regnen wird?“

Liv hatte eine natürliche Begabung, die Veränderung des Wetters fast immer zu bemerken und uns mitzuteilen. Sie irrte sich nie, doch jetzt gab sie mir keine Antwort. Ich zerdrückte eine Brombeere mit meiner Zunge und genoss den Geschmack, der sich sofort im ganzen Mund ausbreitete.

„Was hast du mit Mum heute so gemacht?“, wollte ich wissen. Sie machte eine Gebärde für „Spiel“.

„Was für eins?“ Wir unterhielten uns eine Weile. Bei jeder unserer Unterhaltungen verstanden wir uns. Unsere Gebärden und Worte flossen ineinander und ich vergaß, dass sie eine Behinderung hatte, die sie nicht mehr lange überleben würde. Es war ein Wunder, dass sie nicht schon als Säugling gestorben war wie die meisten anderen mit dieser Krankheit. Sie war eben eine Kämpferin.

Als sie meinen Namen sprach, riss sie mich aus meinen Gedanken. Sie fragte mich, ob alles okay war.

„Mir geht es gut.“

Ich lächelte sie an und hielt meine Tränen zurück, die zu fließen drohten. Ich umarmte Liv, damit sie es nicht sah.

Am Morgen darauf regnete es nicht. Erst wunderte ich mich sehr, doch irgendwann dachte ich nicht mehr darüber nach. Die nächsten Tage vergingen wie im Flug. Justine und ich kamen immer pünktlich zur Schule. Ich handelte mir kaum Ärger mit Lehrern oder Mitschülern ein und half Mum bei der Hausarbeit und mit Liv. Doch dann, etwa eine Woche später, rief Justine mich am

Morgen an, um sich für die Schule zu entschuldigen. Sie hatte eine Magen-Darm-Grippe.

Ich trat den Weg durch das Industrieviertel und die Wiese alleine an. Fast wäre alles gut gegangen, bis ich vor dem Schultor stand und mich eine Gruppe von fünf oder sechs Jungen nicht hineinlassen wollte. Peyo und sein bester Freund Tamilo waren unter ihnen. Sie umringten mich.

„Lasst mich vorbei", sagte ich genervt und versuchte, mich an Peyo vorbeizudrücken.

Er packte mich an den Schultern und stieß mich in den Kreis. Ich stolperte, meine Tasche rutschte mir vom Arm und ich prallte gegen irgendjemanden hinter mir, der mich sofort nach vorne schubste. Ich verlor mein Gleichgewicht und stürzte auf den Asphalt. Mein Knie schürfte auf, ich hatte einen Riss in meiner Jeans. Wütend stützte ich mich auf die Hände und rappelte mich auf, meine Tasche zu meinen Füßen. Zornig blickte ich in die Runde. Jetzt hatten sie sich mit mir angelegt.

„Lasst mich durch", sagte ich und betonte jedes einzelne Wort. Sie lachten mich aus.

„Du widerwärtiges Scheusal kannst uns gar nichts sagen!", rief Tamilo aus. Ich fuhr herum und funkelte ihn an.

„Macht sie fertig!", verlangte irgendwer. Ich hob die Hand und wollte Tamilo schon einen Fauststoß versetzen, als eine kalte Stimme die Luft zerschnitt:

„Was ist hier los?"

Der Kreis um mich löste sich blitzartig auf und gab mir die Sicht auf eine Lehrerin frei, die ich in den Gängen der Schule schon oft gesehen hatte, aber nicht kannte. Sie ging auf mich zu.

„Bist du dafür verantwortlich?"

„Verantwortlich wofür?", fragte ich verwirrt und schaute mich um. Anscheinend hatte sich eine große Schar Schüler um uns versammelt, doch von Peyo und den anderen war außer Tamilo keine

Spur mehr zu sehen. Jetzt dachte die Lehrerin, ich hatte diesen Aufruhr verursacht, oder sie wollte es denken.

„Wie heißt du", fuhr sie mich an.

„Leya Keith."

Die Lehrerin zog eine Augenbraue hoch. Jetzt wusste sie, wer ich war. Viele Leute ohne In-vitro-Fertilisation gab es nicht auf der Schule und die Namen derjenigen, die es gab, waren allgemein bekannt.

„Wenn das noch einmal passiert", drohte sie jetzt, „wirst du große Schwierigkeiten bekommen, mein Fräulein! Du kannst dich richtig glücklich schätzen, dass ich es bei einer Verwarnung belasse."

Ich hob meine Tasche vom Boden auf. Die Lehrerin sah das Loch in meiner Hose.

„Sag mal, bist du eigentlich nicht ganz bei Sinnen, so in die Schule zu kommen?"

„Ich bin nicht …"

„Ich versichere dir, dass du von der Schule fliegst, wenn du dich weiterhin so frech und respektlos benimmst! Und jetzt ab in deine Klasse!"

Ohne ein Wort ging ich an ihr vorbei. Meine Wut verrauchte allmählich. Es war absurd. Alles war absurd.

Am Nachmittag ging ich nicht sofort nach Hause. Ich überquerte die Wiese, ging aber am Maschendrahtzaun entlang, bis ich den Wald erreichte. Ich lief hinein und fand meinen Weg zu dem Hügel mit dem Felsvorsprung. Unter ihm lag mein Vorrat an Ästen und Zweigen. Ich arbeitete an einem Bogen mit Pfeilen. Auf dem Felsvorsprung sitzend schnitzte ich an den Pfeilen weiter und dachte nach. Als das erste Donnergrollen ertönte und der Wind auffrischte, zog ich meine Jacke zu, schnitzte jedoch weiter. Es begann erst zu tröpfeln, dann brach ein Regenschauer aus den Wolken herunter und durchnässte mich innerhalb weniger Sekunden bis auf die

Haut. Ich verstaute die Zweige wieder und machte mich mürrisch auf den Weg nach Hause. Als ich dreißig Minuten darauf aus meinen durchweichten Schuhen glitt, mir die völlig nasse Kleidung auszog, bis ich nur noch in Unterwäsche dastand und mich auf den Weg zum Bad machte, hörte ich ihr Husten zum ersten Mal. Es klang schwach, doch es war eindeutig. Ich ließ die Kleidung auf den Boden fallen und rannte ins Schlafzimmer meiner Eltern. Auf deren Bett lag Liv, mit Mum auf der Bettkante.

„Was ist passiert?", fragte ich besorgt.

„Wir haben einen Spaziergang gemacht", antwortete Mum, um eine gefasste Stimme bemüht, „als es plötzlich angefangen hat zu regnen. Wir waren schon ziemlich weit von der Wohnung weg. Liv war sofort klitschnass."

Ich erwiderte nichts. Da gab es nichts zu sagen.

„Ich hole noch ein Handtuch", meinte ich nur und verschwand aus dem Zimmer.

Als mein Vater nach Hause kam, brachten er und Mum Liv ins Krankenhaus. Miko und ich saßen in der Küche, ließen das Radio als Ersatz für unser Gespräch laufen und versuchten, die Brote zu essen, die Mum uns gemacht hatte.

„Sie wird schon wieder gesund", hörte ich Miko murmeln. „Sie ist eine Kämpferin."
Der Satz erinnerte mich an einen Gedankengang, den ich vor einigen Tagen hatte. Miko hatte Recht. Sie war eine Kämpferin. Sie würde trotz ihres schwachen Immunsystems und der Atembeschwerden schon bald wieder bei uns am Tisch sitzen und sich mit mir unterhalten.

Kurz vor Mitternacht vernahm ich das Geräusch der Wohnungstür. Ich schlug die Decke zurück, setzte mich mit einem Schwung auf dem Bett auf und lief meinem Vater entgegen.

„Gabriele ist noch bei Liv im Krankenhaus geblieben. Sie hatte einen Atemstillstand, aber die Ärzte konnten sie wiederbeleben."

Aus seiner Miene wurde ich nicht schlau. In dieser Nacht schlief ich schlecht. Am Morgen waren wir alle drei erschöpft, von Alpträumen und schlimmen Gedanken geplagt. Wir saßen ohne Frühstück am Tisch und sagten kein Wort. Ich musterte meinen Vater. Er sah ziemlich fertig aus, hatte Ringe unter den Augen und fettiges Haar. Miko zupfte an seinem Hemd herum. Vermutlich versuchte er den Soßenfleck, den man seit einem halben Jahr nicht mehr herauswaschen konnte, herauszukratzen. Ich zuckte zusammen, als mein Vater schließlich zu sprechen anfing. Seine Stimme war tonlos, erschöpft.

„Ihr wisst, was das bedeuten kann." Er sah uns nacheinander an.

Miko blieb still. Ich sah meinen Vater fassungslos an.

„Wie kannst du so etwas sagen?!", schrie ich ihn an. „Du hast doch gar keine Ahnung!"

Ich sprang auf, schnappte mir mein Messer, ließ die Wohnungstür hinter mir krachend ins Schloss fallen und steuerte auf den Wald zu, nachdem ich den Wohnblock hinter mir gelassen hatte. Bis zur Schule war noch ein bisschen Zeit.

An diesem Tag kam ich erst sehr spät nach Hause. Nach dem Unterricht ging ich direkt zum Krankenhaus und besuchte Liv, um Mum für eine Weile abzulösen. Ich redete mir ein, dass es Liv gut ging. Ich sah nicht den Schmerz in ihrem Gesicht, sah nicht, was ihre Augen sagten, hörte nicht ihren Husten. Schließlich war ich fest davon überzeugt, dass sie schon morgen wieder mit mir spazieren gehen konnte. Ich erzählte ihr von der Sonne und von den Pfeilen, an denen ich arbeitete. Ich erzählte ihr, dass ich keine passende Sehne für meinen Bogen fand, dass sie mir helfen konnte, eine auszusuchen, sobald es ihr besser ging. Lange hielt ich es nicht aus in dem Krankenhaus, den bedrückenden grauen Wänden, die einen zu zerquetschen drohten. Ich verabschiedete mich von Liv mit den Worten, in den Wald zu gehen und ihr Gesicht aus einem

Stück Holz zu schnitzen. Erst als es schon längst dunkel war, kam ich nach Hause und legte mich ins Bett. Ich zwang mich, nicht über das nachzudenken, was geschehen war.

Als am Morgen das Telefon klingelte, war es mein Bruder, der abnahm. Mit ernstem Gesicht und geröteten Augen hörte er der Sprecherin am anderen Ende zu. Unser Vater war wieder zu Mum ins Krankenhaus gefahren. Miko legte auf. Er sah mich an und ich hörte die Worte, die in meinem Kopf dröhnten und mich schwanken ließen.

„Sie ist tot. Atemstillstand."

Natürlich. Das war ein Scherz. Das konnte gar nicht sein Ernst sein. Aus meiner Kehle stieg ein hysterisches Lachen empor, das in Tränen endete. Miko kam auf mich zu, legte mir seine Arme um den Körper und drückte mich an sich. Seine Worte drangen nur leise an meine Ohren, die sich so unglaublich taub anfühlten, als hätte neben mir gerade eine Explosion stattgefunden.

„Du musst jetzt nicht in die Schule gehen. Du kannst hier bleiben."

Nein. Ich konnte nicht hier bleiben. Alles würde mich an sie erinnern. Das ertrug ich jetzt nicht. Also ging ich in die Schule. Justine war wieder gesund. Ich hatte sie nicht angerufen, sie erfuhr also erst jetzt, was geschehen war. Auch sie hätte sicherlich geweint, aber für mich hielt sie sich zurück. Ich brauchte jemanden, der stark genug war, dass ich mich an ihn klammern konnte. Keiner in der Klasse machte Eindruck auf mich, als sie mit ihren üblichen Beschimpfungen anfingen.

„Haltet die Klappe!", fuhr Justine die Zwillingsmädchen Kayla und Karima an, als sie wohl irgendetwas Abfälliges über mich sagten. „Ihre Schwester ist heute Morgen gestorben!"

Ich wünschte, Justine hätte die Klappe gehalten. Diese heuchelnden Idioten ging nichts an, was mit mir zu tun hatte. Doch Kayla war plötzlich wirklich still. Sie kam sogar mit aufrichtig besorgtem Gesichtsausdruck zu mir, legte mir vorsichtig die Hand auf die Schulter und sagte: „Tut mir leid."

Markhart kam herein und begann den Unterricht. Ich hörte nicht zu, hörte und sah alles nur noch verschwommen, nahm nichts richtig wahr. Doch dann sagte Markhart: „Leya, komm bitte nach vorne für die Ausfrage."

Ich reagierte nicht.

„Leya, sofort!", zischte er warnend.

„Ihre Schwester ist gestorben", erklärte ein Junge.

„Es wäre eben besser gewesen, wenn ihr es wie alle anderen gemacht und sie gleich aussortiert hättet", höhnte Peyo an mich gewandt.

Dieser Satz riss mich aus meiner Starre. In einer fließenden Bewegung sprang ich auf, zog mein Messer aus der Tasche und ging auf ihn los. Bevor irgendjemand realisierte, was ich tat und bevor es mir selbst bewusst war, stach ich auf ihn ein und erwischte seinen Arm. Peyo schrie auf. Plötzlich brach Chaos aus. Justine schrie auf mich ein und versuchte, mich von ihm wegzuziehen. Ich ließ das Messer fallen.

Tamilo und Karima brachten Peyo in Sicherheit, wie sie glaubten, indem sie ihn zum Lehrerpult brachten. Markhart packte mich, schrie etwas. Alle schrien. Es war viel zu laut. Ich riss mich los, stürzte nach vorn und prügelte auf Peyo ein, bis sie es schließlich schafften, mich von ihm wegzuzerren. Ich hörte die Worte, die alle durcheinander riefen, aber ich verstand sie nicht. Karima und ein anderes Mädchen rannten nach draußen, wahrscheinlich um den Krankenwagen zu rufen. Die Hände, die mich gepackt hielten, ließen mich irgendwann los. Ich verstand nichts mehr. Ich verstand nicht, was ich getan hatte, warum ich es getan hatte. Ich musste raus. Sofort.

Kaum einer achtete mehr auf mich, alle kümmerten sich um Peyo. Erst als ich im Begriff war, das Zimmer zu verlassen, deutete

Justine auf mich und sagte etwas zu Markhart. Ich rannte die Treppe hinunter, rannte aus dem Schulhaus, über den Pausenhof, die Straße entlang und rannte auf die Wiese, bis schmerzvolles Seitenstechen mich zwang, langsamer zu laufen. Ich schaute über meine Schulter und sah, wie Justine mir folgte. Ich blickte zum Himmel. Die Wolken zogen zu. Bald würde es wieder regnen.

Regen. Ich erinnerte mich an die Gebärde, die Liv gemacht hatte, ohne sie zu begründen. Eine plötzliche Erkenntnis drängte sich in mein Hirn: Sie wusste es. Sie hatte es schon immer gewusst. Liv war weise gewesen, eine weise Kämpferin. Liv bedeutet Leben. Aber am Ende war sie doch gestorben.

Ich wusste nicht, was jetzt geschehen würde, wusste nur, dass ich mich dem stellen würde. Ich blickte auf meine Hände hinunter. Sie waren voll von Blut. Peyos Blut. Plötzlich klatschte ein fetter Regentropfen auf meine Stirn. Ich schaute wieder gen Himmel.

Ein letzter Sonnenstrahl strich über mein Gesicht, bevor eine graue Wolke die Sonne verdeckte. Jetzt fielen tausende und abertausende dieser winzigen, nassen Tropfen vom Himmel und durchnässten mein vom Wind zerzaustes Haar und meine Kleidung, wuschen das Blut von meinen Fingern. Die Bäume, deren Blätter sich langsam verfärbten, wiegten sich im aufkommenden Sturm.

Liv war nicht gestorben. Sie lebte weiter in jedem einzelnen dieser Regentropfen, in jedem Sonnenstrahl, der mir je das Gesicht wärmen würde.

Zukunftsmusik

Sara Lucia Köhl - 7. Klasse

Na ganz toll! Wo war ich denn jetzt gelandet? Im 18. Jahrhundert? Jedenfalls sah es ganz danach aus. Wütend zog ich mir die Stöpsel meines iTides aus den Ohren und rappelte mich hoch. Ich war bei meiner Ankunft ziemlich unsanft gelandet. Ich rieb mir meinen Ellbogen und sah mich um. Weiter vorne entdeckte ich einen Laden, dessen Fassade in riesigen Lettern „H&M" verkündete.

H&M? Na gut, wohl doch nicht das 18. Jahrhundert. Ich musste lachen, als ich an das scheußliche Strickkleid meiner Mutter dachte, das sie vor Ur-Zeiten mal im Winterschlussverkauf erstanden hatte. Aber hier liefen sie alle so rum! H&M war doch total out – klar, in meiner Zeit! Hier trugen die meisten Leute enge Jeans und T-Shirts mit Aufschriften wie „Peace" oder „Save the Earth". Kämpften die etwa für den Weltfrieden? Zu gerne hätte ich ihnen erklärt, dass es sinnlos war sich für den Klimaschutz einzusetzen, weil die Pole sowieso schmelzen würden!

Gerade umkurvte mich eine alte Dame mit Pudel. Jetzt erst merkte ich, dass ich mitten auf dem Gehsteig stand. Komisch, die ganze Zeit hatte ich mich nicht vom Fleck bewegt! Ich sah auf meine Füße. Kein Rollband. Ich stand auf einem echten, antiken Gehsteig aus Stein! Langsam fing das hier wirklich an, spannend zu werden. Ich kannte diese Gehsteige nur von Bildern oder alten Filmen. Niemals hätte ich erwartet, so weit zurück zu reisen.

Aber dann wurde mir klar, dass ich ein echtes Problem hatte. Eigentlich hätte längst das Rückreisesymbol auf meinem Display blinken müssen! Ich saß fest. Womöglich im letzten Jahrhundert. Oder noch früher.

„Ähm…Hallo!"

Ich schreckte hoch. Ein Mädchen mit zwei vollen Galeria-Kaufhof-Tüten versuchte, sich an mir vorbei zu schieben. Ich hatte mich, völlig geschockt von meiner erschreckenden Erkenntnis für immer in der Vergangenheit fest zu sitzen, an einen Fahrradständer gelehnt. Oder besser gesagt an ein blaues Fahrrad, das ganz offensichtlich diesem Mädchen gehörte. Aber was war das für ein komisches Gefährt? Es hatte zwei Räder und einen Lenker. Genau wie mein Trimm-Rad zu Hause. Doch es schien keinen Motor zu haben. Nur zwei Pedale, die an je einer Seite angebracht waren. Musste man sich da selbst vorwärts schieben? Sichtlich genervt klemmte das Mädchen die zwei Tüten auf ihren Gepäckträger.

„Sprichst du kein Deutsch?"

Das Mädchen sah mich erwartungsvoll an und ließ – zum Zeichen, dass ich immer noch im Weg stand – ihren Fahrradständer hochschnappen.

„Doch, klar! Entschuldigung!" Ich sprang zur Seite.

„Eine Frage…" Ich zögerte. „In welchem Jahr sind wir hier?"

„Was?" Das Mädchen lachte jetzt und sah mich dann an. „Du musst doch wissen, in welchem Jahr wir uns befinden!"

Langsam wurde ich ärgerlich. „Nein, weiß ich gerade zufällig mal nicht! Kann doch sein, dass man mal ein Blackout hat, oder?" Giftig erwiderte ich ihren Blick.

„Schon gut! In welchem Jahr bist du denn geboren? Dann kannst du's doch ausrechnen! Dürfte ich jetzt?"

Pah, dachte ich. Dieser Tussi mein Geburtsjahr zu verraten, war wirklich komplett gegen die Warnung für Gesundheit und Sicherheit, die immer aufleuchtete, wenn ich meinen iTide anschaltete.

„Also", sagte ich entnervt, „sagst du mir jetzt das Jahr? Oder ist das ein Geheimnis?"

„Quatsch! Aber ich lasse mich doch nicht von dir verschaukeln! Kommst du vom Mond oder macht es dir einfach Spaß, Leute aufzuhalten?"

So ähnlich, dachte ich. Das Mädchen mit den Galeria-Kaufhof-Tüten stand immer noch vor mir und sah mich aufmerksam an.

„Wolltest du nicht los?", pampte ich sie an. Von diesem Mädchen war keine Hilfe zu erwarten.

„Du kommst echt vom Mond, oder?"

„Na, siehst du doch!"

Ich zeigte auf meinen giftgrünen Pulli von „Lanna", meiner Lieblingsmarke. Total kuschelig und warm! „Ich bin grün! Ein Marsmensch!" Ich wollte mich umdrehen und weggehen, aber das Mädchen sagte laut:

„2010"

„Was?"

„Naja, du wolltest doch wissen, in welchem Jahr wir sind!"

Ach so! Au Mist! 2010... Über diese Zeit hatten wir neulich etwas in Geschichte gelernt. Blöd, das ich da nicht aufgepasst hatte, sonst wüsste ich jetzt, ob es da schon Autos gab. Ich wusste nur, das 2010 ziemlich weit in der Vergangenheit lag. Verdammt weit. So weit, dass es bestimmt noch keine iTides gab. Die waren schließlich brandneu auf dem Markt und gingen weg wie warme Semmeln.

„Der 27. November 2010. Ich habe schon Weihnachtsgeschenke besorgt!"

Sie hielt ihre Galeria-Kaufhof-Tüten in die Höhe. Als ob mich das jetzt interessierte! Ich musste versuchen, schleunigst in meine Zeit zurück zu reisen. Oder sollte ich etwa für den Rest meines eigentlich noch gar nicht vorhandenden Lebens im Jahr 2010 rumgammeln, wo sich alle in viel zu enge Jeans quetschten, mit Kaufhof-Tüten herumrannten und diese auf nicht überdachte Gepäckträger von nicht fahrtüchtigen Fahrrädern klemmten?

Was passierte eigentlich, wenn es durch den starken Klimawandel plötzlich anfing zu regnen? Dann wurden alle, die auf ihren komischen Zweirädern durch die Gegend kurvten, klitschnass. Echt super. Schöne Vorstellung. Deprimierende Vorstellung.

Okay, sagte ich mir. Tief durchatmen. Nachdenken und dich auf keinen Fall verplappern!

„Ähm…Ja…Weißt du zufällig, ob hier in der Nähe ein Apple-Store ist?“

Na toll! Was Besseres hätte mir echt nicht einfallen können. Apple Store! Was wollte ich denn da? Klar, wenn es schon iTides gäbe, könnte ich ganz einfach in diesen superschicken Store hinein marschieren und sagen: „Ich will meinen iTide reklamieren!“

Ich könnte mich informieren, wie man diese Zeitsperre richtig einstellte und – vor allem – wie ich jetzt, wo mein Rückreise-Lämpchen ganz offensichtlich nicht mehr funktionierte, nach Hause kommen sollte.

„Ein Apple-Store? Hier in der Nähe ist keiner. Aber du könntest mit der U-Bahn zum Marienplatz fahren. Ich glaube, da ist einer.“

Das Mädchen lächelte freundlich und wollte ihr Fahrrad über die Straße schieben. Stopp, ich muss doch zurück in die Zukunft, hätte ich am liebsten gerufen. Und da war es schon passiert.

„Warte mal!“

Das Mädchen drehte sich um. „Ja…?“

„Okay“, ich holte tief Luft. „Ich komme aus der Zukunft.“ Dann zog ich meinen iTide aus der Tasche. Sofort blinkte Warnung für Gesundheit und Sicherheit. Ich drückte auf ‚Menü‘ und hielt ihn dem Mädchen hin.

„Mit Hilfe dieses Geräts bin ich in eure Zeit gereist. Mehr oder weniger unfreiwillig. Und jetzt sitze ich hier fest und weiß nicht, was ich machen soll, weil iTides ja noch gar nicht erfunden sind!“

Ich hörte mich an, wie ein quengelndes Kleinkind, das seinen Teddy verloren hatte und zum Ausgleich ein neues Puppenhaus forderte. Aber so ähnlich fühlte ich mich auch. Denn ich saß hier in diesem doofen 2010 und hatte zu allem Überfluss auch noch sämtliche Sicherheitsregeln der Zukunft gebrochen. Das Mädchen würde mich entweder für komplett verrückt halten oder mich in ein Heim für „schwierige Fälle" einweisen lassen.

„Echt?", fragte sie und sah wirklich interessiert aus. „Ist ja cool! Heißt das, ich kann auch mal bei euch in der Zukunft vorbeischauen?"

„Nein", sagte ich geduldig, „weil iTides noch nicht erfunden sind."

„Ach so. Kann ich mal sehen?"

Ich gab ihr den iTide, drehte mich um und studierte die Schaufenster.

„Cool! Da steht ja echt Zeitreisen!"

Ach nee.

„Wie funktioniert das denn?"

Oh Mann! So würde ich nie weiter kommen. Außerdem wunderte es mich wirklich, dass sie mir so einfach glaubte. Aber anscheinend hatten die Kinder aus 2010 ziemlich viel Fantasie! Genervt drehte ich mich wieder um.

„Ganz einfach. Auf der ganzen Welt sind Satelliten verteilt, die zusätzlich zu Handysignalen auch diese Zeitwellen wahrnehmen. Sie speichern sie und wissen dann, in welcher Zeit du dich befindest. Datum, Wochentag und die genaue Uhrzeit. Und dann schicken sie dich in eine andere Zeit. Die Zeitwellen, also die Signale, die von einem iTide ausgehen, werden weitergeleitet und auf eine andere Zeit übertragen. Und dann wirst du in der Vergangenheit – sozusagen – neu erfunden. Meistens reist man nur ein paar Jahre zurück, manchmal auch nur eine Woche oder so. Dabei kann eigentlich nichts passieren, weil sich in so kurzer Zeit nicht viel verändert. Damit man nicht ins Mittelalter oder so zurückfliegt, gibt es eine Zeitsperre."

Meine Mutter hatte mir verboten weiter als eine Woche zurück zu reisen, was sich als ziemlich langweilig erwies. Aber ich war tatsächlich noch nie weiter als ein Jahr zurückgeflogen. Dank Zeitsperre.

„Na, und jetzt ist meine Zeitsperre irgendwie kaputt. Deswegen bin ich hier!“

Ade, Warnung für Gesundheit und Sicherheit…

„Cool!“, wiederholte das Mädchen. „Können wir denn nicht versuchen, dieses Gerät nachzustellen? Also quasi neu erfinden. Passend für diese Zeit.“

Klang ja echt ganz easy. Ha.

„Nein. Und außerdem gibt es kein ‚wir‘. Ich schaue jetzt, dass ich schleunigst nach Hause komme. Und du posaunst jetzt bitte nicht gleich herum, dass du ein Mädchen aus der Zukunft getroffen hast, okay?“

„Entweder, du erlaubst mir, dir bei deiner Zeitreise zu helfen und dieses Teil hier mal genau unter die Lupe zu nehmen, oder ich sag es allen, die mir über den Weg laufen“, widersprach das Mädchen und lächelte verschmitzt. „Diese Dame da drüben wird das alles sicher brennend interessieren!“

„Gut. Also, ich muss in spätestens…“, ich sah auf die Zeitanzeige, „in zwei Stunden zu Hause sein, da gibt es Abendessen und meine Eltern würden sich wundern, wo ich bin.“

„Zwei Stunden? Das schaffen wir nie! Wobei…Gib mal her!“

Sie lehnte ihr Fahrrad an eine Hauswand und untersuchte meinen iTide gründlich von allen Seiten.

„Sieht fast aus wie meiner!“ Sie zog einen ebenfalls silbernen iPod aus ihrer Tasche und hielt ihn mir hin.

„Hey! Stimmt!“, rief ich. „Wir könnten ja mal versuchen, mein Lieblingshit auf deinen iPod zu überspielen!“

„Wieso das denn?“

„Na ja“, erklärte ich, „Wenn wir ein Lied aus der Zukunft sozusagen neu komponieren, jedenfalls in dieser Zeit, sind unsere Zeiten verbunden und vielleicht erkennen mich dann eure Satelliten. Ich habt doch schon Handys, oder?"

„Klar. Aber ich glaube, das mit dem Lied überspielen wird nichts. Bis zu mir nach Hause ist es sicher eine halbe Stunde mit U-Bahn und Bus."

„Okay. Wie wäre es dann, wenn du dir das Lied mal anhörst? Vielleicht reicht es ja, wenn du es kennst."

Julia, so hieß das Mädchen wie ich später erfuhr, war nicht sehr begeistert von meiner Zukunftsmusik. Sie stand auf Rihanna und die Sportfreunde Stiller, von denen ich noch nie gehört hatte. Aber nur kurze Zeit später hatte sie einen totalen Ohrwurm von meinem Lieblingslied. Das einzige Problem war, dass das Lied damit noch nicht richtig erfunden war und wir es irgendwie unter die Leute bringen mussten.

„Tja…" Julia sah ziemlich ratlos aus und mir blieb höchstens noch eine knappe Stunde. Außerdem wusste ich nicht, wie lange ich in der Vergangenheit überhaupt existieren konnte.

„Hey, warte mal! Ich kann das Lied aufnehmen, während du es singst."

„Nein. Ich kann überhaupt nicht singen!", widersprach ich

„Na gut! Dann wirst du dich in Zukunft wohl in enge Jeans quetschen müssen. So komische Klamotten", sie deutete auf meinen giftgrünen Pulli und meine graue, super angesagte Schlabberhose, „gibt es hier nämlich nicht zu kaufen."

„Okay, ich singe."

Julia drückte einige Knöpfe auf ihrem iPod und hielt ihn mir dann direkt unter die Nase.

„Dann fang mal an!"

Ich sang. Viel zu hoch und dann wieder schrecklich schief. Zu meiner ohnehin schon piepsigen Stimme kam ein komisches Zittern. Wir hatten uns zwar in eine enge Seitenstraße verkrümelt, aber ab und zu fuhren Autos vorbei. Dabei fiel mir erstens auf, dass es 2010 schon Autos gab und zweitens, dass diese schrecklich langsam über den Asphalt robbten. Zu dem kurbelten auch noch einige ihre Fenster herunter, wohl um sich über mich lustig zu machen. Aber ich glaube, man konnte das Lied erkennen, vorausgesetzt man kam aus der Zukunft.

„Ja", rief Julia schließlich begeistert, „ich hab's! Jetzt schicke ich eine MMS an irgendeine Nummer, damit das Ganze irgendwie an die Satelliten gerät. Ich bin mir nicht sicher, ob das funktioniert, aber du musst auf jeden Fall im selben Moment auf „Zeitreise" klicken, wenn ich die MMS sende!"

Wir übten das Ganze, indem Julia sämtlichen ihrer Freundinnen ein freundliches „Hallo" schickte. Ich würde bestimmt nicht genau in meinem Jahr landen, aber hoffentlich weit genug in die Zukunft reisen, um von dort aus auf das Blinken des Rückreise-Symbols zu warten. Denn das Lied würde sicher erst einer späteren Zeit zugeordnet werden können.

„Halte dich lieber irgendwo fest!", sagte ich, als ich startklar war. „Nicht, dass du aus Versehen mitfliegst!"

Julia umklammerte mit der freien Hand einen Laternenpfahl, während sie mit der anderen eine MMS erstellte.

„Danke!", sagte ich noch.

„Kein Problem! Ich finde diese Zeitreisegeschichte ziemlich lustig! Kommst du mich mal wieder besuchen?"

„Mal sehen!" Ich hatte erst einmal genug von 2010.

Das war wirklich eine komplizierte und verwirrende Zeit. Ich summte vor mich hin, als ich mir die Stöpsel in die Ohren steckte. Dieses Lied würden jetzt also zwei Menschen aus der Vergangenheit kennen. Ich konnte nur hoffen, dass diese nicht singend durch die Gegend laufen, oder mein Video ins Internet stellen würden, denn das wäre ziemlich peinlich für mich, und vielleicht verwirrend für die Nachwelt.

Vielleicht wäre es aber auch rettend für die Pole?

2024

Maximilian Kroner - 9. Klasse

Prolog

Wir befanden uns im Jahre 2014. Es war das Jahr, in dem der Mayakalender zu Ende ging. Das Jahr, in dem die Welt untergehen sollte. Doch hatte der Kalender Recht? Oder passierte genau das Gegenteil? Doch was war das Gegenteil von Weltuntergang? Der Weltaufgang? Gab es so etwas überhaupt? Wie aber könnte etwas untergehen, das schon seit Milliarden von Jahren existiert? Wie könnte etwas wie die Erde, welche schon seit Millionen von Jahren unter den Menschen und seinen revolutionären Ideen aufblüht, untergehen? Die Antwort darauf war ganz einfach. Sie blühte und ging auf, wie sich das kein Mensch vorher denken konnte. Es kam zu einer Neuerung, die die ganze Welt und ihre Ideologien umstülpte. Es kam etwas, was es davor schon gab. Aber noch nie in diesem Ausmaße. Es kam die TECHNIK. Und mit ihr die ÖRR.

Im Jahr 2024

Ich eilte die Treppe hinunter, zog meine Chipkarte und steckte sie in den Leseschlitz an der Haustür, tippte den PIN ein. Die Tür schwang auf. Wie froh war ich, als ich sah, dass sie bei mir noch nicht gewesen waren. Alles lag aufgeräumt an seinem Platz und es herrschte eine angenehme Wärme, auch wenn draußen Winter und es eisig kalt war.

Mein Haus stand in einem großen Wald, der sehr nah ans Wasser herangewachsen war. Dieser Ort war so etwas wie eine Art Unterschlupf oder ein Versteck, um der Verfolgung durch die ÖRR zu entgehen. Das konnte nur heißen, dass man aus Tim meinen Standort noch nicht herausbekommen hatte. Gleich fühlte ich mich ein wenig sicherer.

Ich ging nochmal zur Tür, nur um den Riegel vorzuschieben. Man konnte ja nie wissen. Die Tür mit dem Riegel, die Treppe und noch weitere Vorrichtungen waren noch nicht von der TECHNIK überholt worden. Es waren noch die gleichen Dinge wie vor zehn Jahren.

„Ach, war das eine schöne Zeit, als es nur die Elektronik gab, die von den Menschen erfunden worden war. Computer, die eine Leistung hatten, mit der man nur die einfachsten Programme laufen lassen konnte. Kabelfernsehen, das man auch mit einem Röhren-Fernseher benutzen konnte. Ja, das waren noch Zeiten“, dachte ich und seufzte.

Da fiel mein Blick auf ein Blatt Papier. Eines der wenigen nicht-technischen Dinge, die es noch gab. Auf diesem Blatt hatte ich die Geschichte unseres Kontinents aufgeschrieben, von dem verhängnisvollen Silvesterabend im Jahr 2014 an bis heute, an die ich mich nun wieder erinnerte. Es passierte am 31.12.2014.

Jedermann freute sich auf das kommende Jahr. Man hatte gute Vorsätze, die man zukünftig verwirklichen wollte. Fast jeder war zu Hause bei seiner Familie und wartete darauf, seine Silvesterraketen abschießen zu dürfen und damit das neue Jahr gut einzuleiten.

Nur ich befand mich mit Tim, meinem besten Freund, auf einem kleinen Boot mitten im Pazifischen Ozean. Unser eigentlicher Kurs ging von den Galapagos-Inseln zu den Osterinseln. Doch durch einen heftigen Sturm wurden wir kurz nach Verlassen des Hafens von einer der Galapagos-Inseln stark nach Westen abgetrieben.

In der schon so oft genannten folgenschweren Nacht befanden wir uns circa 5000 Kilometer vom amerikanischen Festland entfernt. Da wir kaum technische Geräte an Bord hatten, bemerkten wir nicht wirklich, dass es uns so weit abtrieb. Genau das rettete uns das Leben.

Doch zurück zu den Menschen auf dem Festland, die angespannt auf den frohlockenden 12-Uhr-Schlag warteten. Keiner damals glaubte, dass die komplette lebende Menschheit in diesem Moment selbst Ziel von sieben Silvesterraketen war. Sieben Raketen – sieben Kontinente.

Es war grausam. Die Raketen schlugen um 23 Uhr 59 und 55 Sekunden ein. Die vernichtende Wirkung machte sich sofort bemerkbar. Innerhalb von Sekundenbruchteilen wurde alles im Umkreis von mehreren tausend Kilometern zerstört. Alles wurde vernichtet und das hatte mehrere Gründe: Erstens war niemand auf einen Angriff vorbereitet, da niemand davon wusste. Weder die Raketenabwehrsensoren noch die dazugehörigen Raketenbasen schlugen Alarm. Zweitens waren es auch keine normalen Raketen, wie man sie bis dato kannte. Sie waren weder mit Sprengköpfen noch mit sonstigem explosiven Material geladen. Ein dritter Punkt war vielleicht die Größe der Raketen, die damals in der Erde einschlugen. Denn sie waren nur einen Meter lang und circa 30 Zentimeter breit.

Den Sprengstoff, mit dem diese Bomben beladen waren, konnten wir, die Menschen, zu diesem Zeitpunkt noch gar nicht herstellen. Eine hochkonzentrierte Energieladung, die bei der Verbindung mit Erde oder auch beim Kontakt mit Sauerstoff sofort explodierte und eine gewaltige Kraft entwickelte, die aber nur über dem Land ihre Kraft beibehielt.

Diese Sprengkraft betrug ungefähr das 8000-fache der Sprengkraft der Hiroshima-Bombe. Fast die komplette Menschheit wurde bei diesem Attentat vernichtet. Grausam!

„Diejenigen, die dafür verantwortlich sind, werden irgendwann dafür zur Rechenschaft gezogen werden“, dachte ich mir damals und ich war nicht der Einzige, der so dachte.

Doch eine Sache hatten die Befehlshaber der angreifenden Macht damals vergessen: die Weltmeere. Da die Kraft aus einem bis jetzt noch nicht definierten Grund nur bis zur Küste Bestand hatte, konnten viele Personen, die sich zum Zeitpunkt der Detonation auf dem Meer befanden, überleben. Der Großteil starb trotz alledem. Aufgrund der durch den Einschlag und den daraus resultierenden Erschütterungen, unter denen ganze Bergketten in sich zusammenstürzten, und den sich bildenden hundert Meter hohen Wellen wurden viele Schiffe unter den Wassermassen erdrückt. Nur eine Anzahl von knapp tausend Menschen überlebte das Unglück, welches seine verheerenden Ausmaße erst Wochen danach offenbarte. Zu diesen Menschen gehören auch mein Freund Tim und ich.

Als wir wieder zum südamerikanischen Festland zurückkamen, strandeten wir in der Nähe von Rio de Janeiro, nachdem wir bei Kap Horn einen Zwischenstopp eingelegt hatten. Wir sahen schon von Weitem die Veränderungen, die sich durch den Einschlag der Raketen ergeben hatten. Was uns aber am meisten verwunderte und was wir als Erstes beim Anlegen bemerkten: Es hatte sich ALLES verändert.

Man sah keine Menschen und nichts, was auf dieselben hingewiesen hätte. Das Einzige was man sah, war auch das Ungewöhnlichste am ganzen Schauspiel: Hochhäuser, die kilometerweit in den Himmel ragten, kleine Gestalten, die mehr Roboter als Lebewesen sein konnten. Fluggeräte, die mehr einem Schreibtischstuhl mit viel technischem Schnickschnack als einem Flugzeug ähnelten. Roboter, die durch die Luft flogen und dabei immer ein Geräusch machten, das sich anhörte, wie „Örr, Örr". Seit dem hießen diese Lebewesen bei uns Menschen ÖRR.
Diese ganze Stadt musste in weniger als einem Monat wieder komplett aufgebaut worden sein.

„Die Wesen scheinen sehr tatkräftige Bauarbeiter zu sein, das muss man ihnen lassen", dachte ich mir damals.

Wir nannten sie TECHNIK, denn uns fiel kein anderer Begriff für diese Anhäufung von Elektronik ein. Doch dann mussten wir aufpassen, denn es kam eine riesige Roboterarmee mit lautem ÖÖÖÖÖÖRRRRRRRRRRRRRRRRRRRRRR auf uns zugeflogen.

Sie hielten lange, vor Energie zitternde und flackernde Stäbe in ihren „Händen“ und sahen nicht gerade freundlich aus. Sie versuchten uns zu ergreifen, doch uns fiel ein, dass die Kraft der Raketen im Wasser nicht funktionierte. So flüchteten wir so schnell wir konnten wieder in unser Boot, um ins Wasser zu entkommen. Wir hatten Recht. Die ÖRR kamen uns nicht nach, denn sie hatten, so sah es jedenfalls aus, Angst vor dem Wasser. Das war leicht zu erklären. Strom bzw. elektrische Geräte vertragen sich bekanntlich nicht so gut mit Wasser. Was aber trotzdem zu einer Gefahr für uns werden konnte, war die Tatsache, dass Wasser Strom leitet. Und so mussten wir uns immer wieder vor den Patrouillen verstecken. Mit der Zeit fanden wir damals immer mehr Leute, die das Unglück ebenfalls überlebt hatten.

Auf dem Zettel las ich nun: „Wir, die Menschen, die das Unglück überlebt haben, werden irgendwann im Verlauf der nächsten fünfzig Jahre die Erde zurückerobern und ihren alten Zustand wieder herstellen!“

Bei diesen Worten kamen mir die Tränen. Ich musste wieder an die Männer und Frauen denken, die das gleiche Schicksal hatten wie ich. Die dazu bestimmt waren, stark zu bleiben und den bitteren Kampf gegen die ÖRR zu gewinnen. Einen Kampf, den man kaum gewinnen konnte. Einen Kampf, den man gegen gut ausgerüstete Roboter, die keinerlei Gefühl für irgendetwas hegen, gewinnen musste!

Ich suchte nun unter all den Klamotten mein Telefon, welches mit Touch funktionierte und rief einen Freund an. Er war ausnahmsweise bis jetzt noch nicht von den ÖRR aufgespürt worden. Ein wahres Wunder! Er sagte mir, dass er bis jetzt noch nichts über den Verbleib von Tim sagen konnte. Es betrübte mich sehr, doch ich hatte keine Zeit darüber zu trauern.

Da klingelte es an der Haustür und ich sprang auf, da ich ja nicht wissen konnte, wer da vor der Haustür stand. Ich ging hin, öffnete aber noch nicht. Erst schaute ich durch den Türspion und sah dort meinen Freund. Wie freute ich mich, als ich ihn sah. Ich riss die Tür auf und Tim stürmte herein. Dort erzählte er mir, dass wir so schnell wie möglich aufs Wasser fliehen müssten, um dieser Bombe zu entkommen. Er erzählte mir auch, dass er es war, der die Bombe zünden würde. Damit verfolgte er das Ziel – und das war das von uns allen ersehnte –, die TECHNIK zu zerstören und die Hinterlassenschaften ihres Daseins zu beseitigen.

Während seiner Haft war er an geheime Informationen gekommen, aus denen zu entnehmen war, wie man damals die Bombe gebaut hatte. Außerdem hatte sich für ihn auch ein Fluchtweg gefunden, den er dankbar nutzte, um zu entkommen. Damals war ich mir zwar schon über die Auswirkungen des Abschickens einer solchen Bombe bewusst, hätte mich aber nie darüber so gefreut, wie ich es dann auf hoher See mit Tim und vielen anderen Freunden tat.

Nachdem ich Tim angeboten hatte, bis auf Weiteres bei mir zu bleiben, holte ich erst einmal per Telefon alle anderen herbei, um ihnen die gute Nachricht zu überbringen. Wir trafen uns bei mir und besprachen die weitere Vorgehensweise. Zwei von uns machten sich an dem Tag auf den Weg, an dem wir die Welt wieder zum Guten zurückerobern wollten, um den Zeitzünder zu aktivieren. Wir anderen warteten am Strand gespannt auf die Rückkehr der beiden, um dann sofort mit zwei Schnellbooten Kurs auf den Ozean zu nehmen.

Als sie kamen, taten sie das mit großen Sprüngen. Sie hatten sich verrechnet, so dass die Bombe früher hochgehen würde, als sie sollte. Das hinderte uns jedoch nicht daran, unsere Aktion auszuführen. Wir befanden uns weit draußen auf dem Ozean, als die Bombe und mit ihr die TECHNIK explodierte.

Zwei Stunden nach der Detonation ließen wir die Boote wieder in Richtung Festland fahren. Dort kamen wir im Nordwesten der Halbinsel Yucatán an, auf der auch die bedeutende Mayastadt Uxmal liegt. Dorthin gingen wir nun, um nach dem Rechten zu sehen. Wir fanden dort weder ÖRR noch eine andere Zivilisation. Um alles besser im Blick zu behalten, stiegen wir auf die Pyramide hinauf.

Oben angekommen wollten wir uns gerade setzen, als mir eine Vertiefung im Altar auffiel. Sie hatte eine quadratische Form und war noch dazu in keinem, mir damals bekannten, Lexikon aufgeführt. Ich schaute mir die Öffnung genauer an und entdeckte einen weiteren Hohlraum. Nach dem Öffnen desselben bewegte sich auf einmal der Altar auf der Spitze der Pyramide. Wir gingen hin und fanden im Inneren eine große Papyrusrolle. Zum Glück hatten wir einen Wissenschaftler bei uns, der einen Teil der Rolle entschlüsseln und übersetzen konnte. Was er uns mitteilte, war eine riesige Überraschung.

Die Überschrift und der Anfang des von uns gefundenen Schriftstücks lauteten wie folgt: „Fortsetzung des Mayakalenders, der am 31.12.2014 aufgehört hat. 1.Tag: 1.1.2024".
Das war ein Zufall, denn der Tag, an dem der „neue" Mayakalender weiterging, war heute. Wie freuten wir uns da, denn wir konnten uns zu Recht „Entdecker der neuen Menscheitsperiode" nennen. Eine Menschheit, die noch die nächsten Millionen Jahre auf der Erde verbringen würde, um sie in nie gekanntem Maße aufblühen zu lassen.
Auf eine bessere Zukunft, die uns und unseren Kindern hoffentlich beschert ist.

!Roron sumus!

Johannes Dollinger - 7. Klasse

Wir schreiben das Jahr 1 vor dem großen Trojaner. Es herrscht fröhliches Treiben in Terra G. Einer Welt aus Metall, bevölkert von USB-Sticks, zehn Zentimeter großen Wesen aus Metall, die Arme und Beine ausfahren können. An ihrem Hinterteil haben sie Anschlüsse, aus denen sie Feuer schießen können, so dass sie geradeaus fliegen können. Brennmaterial dafür liefern kleine Metallkugeln.

Von überall hört man: „Ach komm schon Mama, nur noch ein Kügelchen. Komm, Rigatron, gehen wir zu der großen Halle.“

Aus der Ferne hört man das rhythmische Stampfen schwerer Hammer auf Metall. Dort liegen die Eisenbergwerke, in denen die kleinen Metallkugeln – das Hauptnahrungsmittel der Sticks – hergestellt werden. Diese nehmen sie über ihre Anschlüsse auf.

Die USB-Sticks sind tagsüber in einer großen Halle, die so hoch ist, dass man die Decke nicht sehen kann. Eine Halle, die so lang ist, dass man das andere Ende nicht erahnen kann und so breit, dass es ein Wochenmarsch wäre, um an die andere Seite zu gelangen. Das alles sind unvorstellbare Größen für die Sticks. Diese Halle ist von zig Millionen USB-Anschlüssen überzogen, an die sich die Sticks andocken können. Der Saal ist die ganze Zeit über mit einem durchdringenden Summen erfüllt, das an einen Schwarm tausender Wespen erinnert.

Hier erledigen die Sticks ihr Tagwerk. Wenn sie angeschlossen sind, können sie zum Beispiel Programme zur Verbesserung ihrer Welt oder Spiele für die Kinder sowie Virenabwehrprogramme programmieren. Wenn sie gerade nichts programmieren wollen, sitzen sie in einer Ecke und unterhalten sich. Themen sind die neusten Spiele, Ereignisse aus anderen Hallen oder die vielen anderen Dinge, die sie beschäftigen. Sie können auch, wenn sie helfen wollen, die Anschlüsse warten oder die Wege zu den Anschlüssen ausbessern.

Die Kinder, die noch nicht programmieren dürfen, spielen meistens Weitfliegen oder werfen sich gegenseitig mit Metallbällen ab. Hauptsächlich spielen sie aber die Videospiele, die ihnen ihre Väter programmiert haben. Nachts schlafen alle Sticks in Schutzhüllen und laden so ihre Energiereserven wieder auf. Überall sind solche Schutzhüllen angebracht, so dass, falls die Energiereserven eines Sticks einmal leer werden sollten, er sie sofort wieder aufladen kann.

Wir schreiben jetzt das Jahr des Trojaners. Es ist Mittag und alle versammeln sich in den Metallwerken, um Metallkugeln zu holen. Plötzlich ertönt ein Grollen, dann noch ein lauteres. Dann bebt die Erde und ein Spalt öffnet sich. Die erschrockenen USB-Sticks laufen alle davon. Ein dunkles, schwarzes und finsteres Etwas erhebt sich aus den Tiefen. Ihm entringt ein greller, schriller Schrei. Überall um es herum erscheinen weitere kleine Spalten, aus denen sich kleinere Geschöpfe erheben. Dann kommen noch zwei riesige Gestalten durch die Schlitze ans Tageslicht.

An einem anderen Ort auf der anderen Seite von Terra G ertönt in einer Halle auch ein Grummeln, doch dieses Mal kommt es aus der Wand. Eine Tür öffnet sich und vier Gestelle mit darauf geschnallten USB-Sticks kommen zum Vorschein. Die Halterungen öffnen sich und die vier USB-Sticks fahren ihre Beine und Arme aus.

„Venite!", ertönt es aus ihren Mündern.

Weitere Türen, aus denen kleinere USB-Sticks heraustreten, öffnen sich. Mechanisch, von einem großen Etwas gelenkt, bewegen sich alle unter eine große Kuppel, die gleich darauf herunterfährt. Ein Blitz fährt herab und alle fallen um.

Einer der großen Sticks wacht auf und ruft: „Wie? Wo? Was?"

Immer mehr Sticks wachen auf und bleiben benommen am Boden liegen. Die Kuppel ist wieder hochgefahren. Plötzlich öffnet sich in der Hallenwand eine Klappe, hinter der ein Fernseher steht. Verdutzt schauen alle auf den Bildschirm, auf dem jetzt das Bild eines sehr alten USB-Sticks erscheint.

„Getreue USB-Sticks. Ich habe euch aktiviert, weil etwas Schlimmes in unsere Welt gekommen ist! Ein Trojaner! Ihr seid die Atxitiarions und ihr gehört der Gemeinschaft des Roron an. Dies ist eine Eliteeinheit der Fedamabygiron, der Vereinigten Armee von Terra G."

Ein Scheinwerfer wirft sein Licht auf den ersten der vier Sticks, die auf die Gestelle geschnallt sind.

Die Stimme aus dem Bildschirm fährt fort: „Eure Führer sind Datatron, Maxiron, Bytiron und Gigaron. Mögen sie euch bis in euren Tod führen!"

Der Reihe nach werden alle genannten Sticks mit dem Scheinwerfer abgetastet. Die vier stellen sich auf ein Podest, das aus dem Boden fährt. Ihnen wird von allen Seiten zugejubelt.

„Leise!", ertönt wieder die Stimme aus dem Bildschirm. „Eure Aufgabe wird es sein, in das Innere dieser Welt vorzudringen, zu dem Zentralrechner. Der Trojaner will sich in Form dreier Sticks in ihn einhacken, um unsere Welt zu zerstören. Ihr Anführer könnt euch zu dem Roron vereinen, einem Superkampf-Stick, der es mit fast jedem aufnehmen kann. Dafür verwendet ihr den Ruf ,!Roron sumus!'. Nutzt diese Fähigkeit gut, denn der Trojaner hat bereits einen Vorsprung. Nehmt den kleinen Nebenweg, den ich euch gleich zeigen werde, damit das Böse nicht merkt, dass ihr kommt. Atxitiarions, Kämpfer für das Gute, ihr habt Raketen auf eurem Rücken. Mit denen könnt ihr beim Fliegen lenken, sie im Notfall aber auch als Fernwaffe verwenden. Aus euren Armen könnt ihr Säurekugeln schießen. Diese ätzen Metall mit der Zeit weg, doch beeilt euch, denn ihr habt nicht mehr viel Zeit."

Der Bildschirm verschwindet wieder in der Wand und eine Tür öffnet sich daneben. Dahinter liegt ein langer, langer Gang, der immer breiter wird. In unregelmäßigen Abständen hängt eine mit Metallkugeln betriebene Lampe, die ein mattes Licht auf einen unebenen Boden wirft. Eine weitere Tür öffnet sich, hinter der ein Raum voller Metallkugeln und Transportbehältern für sie liegt.

„Alsdann", ruft Datatron. „Folgt mir, getreue Männer!"

Diesem Ruf folgend, rüsten sich die Sticks mit Metallkugeln aus und laufen in den langen Gang.

„Du bist also Datatron?", fragt Bytiron. „Du wirkst traurig. Kann ich dich irgendwie aufheitern? Ah ja, ich weiß etwas!"

„Spar dir deine Puste fürs Laufen", antwortete Datatron.

„Doch, doch, die Witze sind ganz gut. Warte. Was ist grau und von Erde umgeben? Weißt du´s nicht? Ha, ha, es ist eine Metallkugel in der Erde! Ha, ha, ha. Der war gut, nicht? Warte, ich kenne noch einen. Was ist grau, und von Metall umgeben? Ha, ha, du weißt es wieder nicht! Es ist eine bereits gegessene Metallkugel. Hi, hi, hi".

Bytiron plappert vor sich hin.

„Der war wirklich gut. Ho, ho, ho. Da wäre ich nicht drauf gekommen", ertönt von hinten die tiefe Stimme von Gigaron. „Erzähle bitte noch einen."

„Aber gerne", erwiderte Bytiron. „Also, ging ein Schwein..."

Die beiden lachen den ganzen Weg über, während Maxiron sich zu Datatron gesellt.

„Wie es wohl ist, wenn wir zu Roron vereint sind? Vielleicht sollten wir es mal ausprobieren. Und ganz nebenbei: Die Witze von Bytiron sind hirnlos."

Sie gehen Tag und Nacht weiter und machen nur Pause, wenn sie etwas essen wollen oder schlafen müssen. Nach drei Tagen anstrengender Reise spürt man, dass es zur Mitte des Planeten immer wärmer wird. Sie kommen in eine völlig verwüstete Stadt, in der alles mit von Säure geätzten Löchern überzogen ist.

„Was für ein Schlachtfeld! Das war sicher ein Teil des Trojaners! Wir müssen uns beeilen, damit wir als Erste ankommen!", ruft Datatron sogleich.

Ein leises Rascheln ertönt aus einer der Schutzhüllen und heraus steigt ein wunderschönes Stickmädchen, das sogleich mit zittriger Stimme wimmert: „Hilfe, Hilfe, rettet mich. Böse Sticks! Wahrscheinlich sind noch welche hier. Sie haben alles verwüstet!"

Kaum hat sie fertig gesprochen, da fliegt ein Säureball durch die Luft und verfehlt sie nur knapp. Eine Schar kleiner USB-Sticks springt hervor und versucht, einem der vier Anführer einen Säureball an den Kopf zu schießen. Doch sie werden sofort von den Atxitiarions umringt, die sie auch ziemlich schnell wegätzen. Dann kommen immer mehr kleine Sticks und versuchen, Feminara, so heißt sie, umzubringen. Doch dieser Versuch ist erfolglos und der Kampf bald beendet.

„Sie muss etwas Wichtiges wissen, weil diese Sticks so hinter ihr her sind", flüsterte Maxiron seinem Kollegen Datatron ins Ohr.

„Komm, frag sie!"

„Oh, Du Schönheit aller Schönheiten. Würdest du uns sagen, was du genau weißt?", fragt er mit schmeichlerischer Stimme.

Es sieht aus, als würden zwischen den beiden Funken springen.

„So also sieht Liebe auf den ersten Blick aus", murmelt Maxiron.

„Oh ja, Herr. Gerne. Soweit ich weiß, war dies der erste Teil vom Trojaner, der alle Hindernisse aus dem Weg räumen sollte. Er heißt Tritriko und erledigt die niederen Aufgaben für Meatro und Rigatro. Die beiden kommen später nach. Mehr weiß ich leider nicht."

„Auf geht´s", ruft gleich darauf Datatron. „Wir müssen Tritriko überholen. Komm doch mit uns, Feminara!"

Sofort setzt sich die Gruppe mit einem Mitglied mehr in Bewegung. Die Anspannung löst sich langsam, als sie in einen Raum kommen, der von einem tiefen, dumpfen Brummen erfüllt ist. Der

Boden ist mit Heerscharen kleinerer Sticks überzogen, die auch sogleich die Eindringlinge sehen und das Feuer eröffnen. Die USB-Sticks gehen nach Sekunden der Besinnung sofort in Deckung.

„Sieh mal, das muss der Zentralrechner sein. Der Große mit dem Schutzschild um sich herum, das muss Tritriko sein. Auf ins Gefecht!", sagt einer.

Sofort stellen sich die vier Anführer zusammen und rufen: „!Roron sumus!"

Aus ihren Körpern fahren kleine Greifarme und an manchen Stellen öffnen sie sich. Sie wachsen zu einer dreißig Zentimeter großen Figur zusammen, die nicht nur fliegen, sondern auch Bomben aus ihren Armen und Raketen aus ihrem Mund schießen kann.

„Das ist es also. Roron, Attacke!", ertönt es in vier verschiedenen Stimmen aus dem Mund des Wesens.

Mit diesem Kampfschrei stürzt es sich in die Schlacht zu seinen getreuen Verbündeten, immer darauf fixiert, zu Tritriko zu kommen, denn seine Bomben können Roron nichts anhaben. Immer weiter tobt die Schlacht. Die Atxitiarions sind deutlich überlegen.

Die Mearitritros, so heißen die kleineren Sticks nach Feminaras Aussage, fallen einer nach dem anderen. Die Schlacht scheint beinahe schon entschieden, als sich plötzlich ein Gang öffnet aus dem weitere kleinere Sticks strömen. Der Fluss ist unaufhaltsam, bis er schließlich versiegt. Die Tür schließt sich wieder. Die letzten Sticks werden noch mit Säurebällen weggeschossen, bis nur noch der Virus da ist. Dessen Schutzschild läßt sich nicht durchdringen.

„Was ist das denn für ein Ding?", fragt Gigaron „Sieht böse aus. Wie sollen wir das kaputt bekommen?"

„Anscheinend gar nicht. Wir müssen warten, bis wir einen Weg finden. Ich würde vorschlagen, wir bauen einen Schutzwall, damit wir uns besser verteidigen können, wenn der Rest des Trojaners kommt. Vielleicht muss man ihn vereinigen, um das Schutzschild zu deaktivieren", antwortete Datatron sogleich

„Also an die Arbeit. Hier liegen jetzt ja auch Haufen von wertlosem Metall. Daraus können wir den Wall bauen. Versorgt die Verletzten und baut eine Gefängniszelle für den Trojaner. Baut auch Bunker, in die wir uns zurückziehen können, wenn wir am Verlieren sind...“

So geht es noch eine ganze Weile, bis eine Wehranlage mit dicken Mauern und hohen Türmen erbaut ist. Eine Festung aus Stahl. Eine wie diese hat Terra G. noch nie gesehen. Sie umsäumt das gesamte Herz des Planeten und wird noch in tausenden von Jahren stehen, wie ein Fels in der Brandung. Als Datatron gerade die Bunker anschauen will, kommt Feminara auf ihn zu.

„Weißt du, ich hätte gerade Zeit. Wir könnten doch einen kleinen Spaziergang machen. Ich habe hier ein schönes Plätzchen gefunden, zu dem wir laufen könnten.“

„Wenn du meinst“, sagt Datatron geschmeichelt.

So gehen sie und verstehen sich prächtig. Doch als sie gerade zu dem Plätzchen kommen, wird Datatron plötzlich von hinten umgestoßen. Ein Schrei ertönt und Feminara wird von einer Gruppe Mearitritros verschleppt und an einen Pfahl gebunden.

Als Datatron wieder zur Besinnung kommt, sieht er nur eine Gruppe Sticks und Feminara. Das macht ihn wütend, sehr wütend. So wütend, dass er mit einem Kampfschrei zu der Gruppe stürmt und den ersten der verschreckten Sticks mit einem gezielten Fußkick aus dem Sprung umlegt. Dem Nächsten, der auf ihn zustürmt, weicht er aus und schlägt ihn auf den Boden, wo er zu Altmetall zerbirst. Bei den nächsten drei, die ihn abzuschießen versuchen, weicht er mit einer akrobatischen Glanzleistung und zwei Rückwärtssalti aus, bevor er sie mit drei Säurebällen auflöst.

Der Rest flieht, doch den erlegt Datatron mit den Raketen auf seinem Rücken. Sofort läuft er zu Feminara und bindet sie los. Seine Liebe zu ihr hatte ihm Bärenkräfte verliehen. Halb ohnmächtig fällt sie ihm in die Arme. Er muss sie den ganzen Weg bis zur

Festung zurück tragen, doch das tut er mit Freuden, denn für sie hätte er alles getan. Als er ankommt, hört er, dass die Späher in zwei Kilometern Entfernung eine riesige Gruppe Mearitritros im Anmarsch gesehen haben.

„Sie müssen irgendwie erfahren haben, dass wir hier sind", meint einer. „Die Zeit wird knapp. Wir sollten uns zum Kampf rüsten. Sie fliegen zeitweise, also werden sie in einer Woche hier sein."

Die Tage verstreichen unter einer grausamen Anspannung und der Angst vor dem bevorstehenden Kampf. Alle sind unruhig und schweigsam. Dann ertönt ein Knall, eine Explosion.

„Arggh!", kommt es von draußen, „sie greifen an!".

Sofort fusionieren sich die vier Anführer zu Roron und stürzen sich in die Schlacht. Bomben fliegen. Säurebälle verätzen Metall und Raketen schießen mit tödlicher Präzision Sticks vom Himmel.

Der Trojaner greift mit solchen Heerscharen an, dass der erste Verteidigungsring gleich durchbrochen ist. Um das Gefängnis hat sich die Hauptstreitmacht der Atxitiarions versammelt. Sie leistet derart Widerstand, dass das Gefängnis uneingenommen bleibt. Sogar den Verteidigungsring nehmen sie wieder ein. Doch dann öffnet sich das Tor in der Wand.

Tausende von kleinen Sticks ergießen sich über die Fläche rund um den Zentralrechner.

„Das muss erst ihre Vorhut gewesen sein!", sagt ein verschreckter Soldat „Wir werden alle sterben!"

Diesem Ansturm kann selbst die Festung nicht standhalten. Der Kraft des Gegners, zu dem sich jetzt auch der gesamt Trojaner gesellt hat, ist nichts entgegenzusetzen. Die Säurekugeln zersetzen die Wände der Burg als wären sie Butter. Der Trojaner hat sich jetzt bis zu dem Gefängnis durchgekämpft und seinen letzten Teil befreit. Nun steuert er auf den Zentralrechner zu, der nur noch von

Roron und einer immer kleiner werdenden Gruppe Atxitiarions verteidigt wird.

Roron steht ganz allein gegen den Trojaner. Dieser greift zuerst an, indem er, durch einen Raketenhagel gedeckt, auf Roron zustürmt und ihn mit drei vereinten Kräften zu Boden rammt. Doch Roron steht sofort wieder auf und springt mit einem Rückwärtssalto aus dem Stand in Deckung, bevor er das Feuer eröffnet. Der Trojaner tut es ihm gleich und bombardiert den Gegner mit Säurebällen.

So geht es einen Tag und eine Nacht. Der Trojaner kann immer einen Teil von sich schlafen legen, während der andere Roron in Schach hält. Roron kann dies nicht. In den hintersten Ecken der Burg gibt es Bunker, in die sich die restlichen Atxitiarions zurückgezogen haben. Doch auch diese werden nicht mehr lange aushalten. Als Roron völlig geschwächt zu Boden geht, geschieht es. Es passiert wie in Zeitlupe. Ein Säureball fliegt auf Roron zu. Dieser versucht sich zu ducken, doch es half nichts. Der wohlgesetzte Schuss reißt ihm den Unterarm weg, der aus Maxiron besteht. Es gibt einen Knall. Der Arm fliegt in ein großes Loch im Boden

„Nein!!!", ertönt es jetzt nur noch mit drei Stimmen in einem lang gezogenen Schrei aus Rorons Kehle. Ein Knall, eine Explosion, Roron explodiert und alles ist still.

„Wach auf, oh bitte, wach auf", hört Datatron eine verweinte Stimme. Als er langsam aufsteht, ertönen tausende von Freudenschreien.

„Er lebt, er lebt!!!", jubelt es von allen Seiten. Als Datatron sich umsieht, ist er umringt von Sticks. Ihm wird schwindelig, und er fällt in die Arme Feminaras, die vor ihm steht.

„Die Schlacht ist geschlagen. Der Trojaner ist besiegt", sagt sie mit sanfter Stimme „Ihr lebt. Bis auf Maxiron. Er konnte nicht gerettet werden. Er fiel in ein Loch, wie du weißt. Es gibt keine Hoffnung mehr für ihn. Durch eure Explosion wurde der Trojaner vernichtet. Ihr hingegen nahmt dadurch wieder eure Einzelgestalten an.“

Doch plötzlich hört man ein leises Klacken. Da ist es nochmal. Und umgeben von einer Rauchwolke steigt eine Gestalt aus dem großen Loch im Boden.

„Maxiron!!!“

Jubelschreie, Lachen. Alle sind begeistert.

„Er lebt, er lebt.“

Alle sind im Siegesrausch und erbauen aus dem Altmetall auf dem Boden ein riesiges Podest, auf das sich ihre vier Anführer stellen. Die Gemeinschaft des Roron hat ihre Aufgabe erfüllt.

1000 Jahre später:

„Und so besiegten sie den Trojaner, von dem unsere Zeitrechnung stammt. Aber nun ans Aufladegerät mit dir“, sagte der Großvater liebevoll zu seinem Enkel.

Die Gemeinschaft des Roron war zu einer Legende geworden.

Hexe ohne Besen

Sarah Möhrlein - 6. Klasse

Glaubt ihr an Hexen? Wenn ihr das nicht tut, werdet ihr es ganz sicher am Ende dieser Geschichte tun. Ihr werdet auch viel vorsichtiger an euren Computer gehen. Das verspreche ich euch!

An einem wunderschönen Samstagmorgen hatte ich eine Verabredung mit meiner Freundinn Franzi. Zunächst war alles normal. Sie zeigte mir ihr neues Computerspiel, in dem man eine Hexe auf einem Besen mit einem Ball treffen musste. Ich fand das Spiel so toll, dass ich es gleich auf dem Rückweg beim nächstgelegenen Elektronikmarkt kaufte. Zuhause angekommen, probierte ich es sofort an meinem Computer aus.

Doch irgendetwas kam mir komisch vor – die Hexe, die ich mit dem Ball treffen sollte, hatte keinen Besen! Sie war meinen Zielversuchen total ausgeliefert. Ich dachte nur „Fehler in der Programmierung" und spielte weiter.

Plötzlich hörte ich eine leise unheimliche Stimme, die jammerte: „Au! Hör auf! Das tut weh!"

Vor lauter Schreck wäre ich fast von meinem Schreibtischstuhl gefallen. Als ich mich wieder erholt hatte, lauschte ich weiter der Stimme. Schließlich fragte ich die Hexe, ich nenne sie jetzt einfach mal Copa, warum sie hier so rumjammerte.

„Ich bin eine ganz normale besenlose Hexe. An einem Nachmittag ärgerte ich die Elektronikhexen in dem Computerspiel ein bisschen. Daraufhin wurden sie so böse, dass sie mich trotz zigtausend Entschuldigungen in ein Computerspiel gehext haben. Bevor du das Spiel gekauft hattest, war ja alles gut, weil ich von niemandem beworfen wurde. Dann wurde ich aber von dir getroffen, deswegen habe ich versucht mit dir Kontakt aufzunehmen, indem ich noch lauter jammerte. Zum Glück hast du mein Jammern gehört!

Und nun sitze ich hier und komme ohne Elektronikhexenbesen nicht heraus."

Erst war ich so überwältigt und fasziniert von der Geschichte, dass ich sprachlos war. Doch dann fand ich die Sprache wieder und fragte Copa, wie ich ihr helfen könne. Die Hexe aber antwortete nicht und verschwand einfach. Sie war weg, vom Bildschirm verschwunden. Ich dachte, ich probiere es morgen noch einmal.

Am nächsten Tag kam ich aber nicht dazu nochmal nach Copa zu sehen, weil ich bei Franzi zu einer Übernachtungsparty eingeladen war. Am Abend fragte ich Franzi, ob sie irgendetwas Merkwürdiges an ihrem Computerspiel gemerkt hatte und erzählte ihr auch, dass ich mir das Gleiche gekauft hatte. Sie fand es toll, verneinte aber die Frage. In der Nacht musste ich immer wieder über Copa nachdenken und mein Blick schweifte zum wiederholten Male zu der Hülle des Computerspiels auf Franzis Schreibtisch.

Plötzlich hörte ich ein Klacken und eine Sekunde später kam eine bildschirmgroße Hexe in lilafarbigem Kleid aus der Hülle. Und mir fiel noch etwas auf: Ihre Haare!!! Sie waren zuerst schwarz wie der Bildschirm eines abgeschalteten Computers, dann sahen sie aus wie lange Blitze, die immer wieder aufs Neue blinkten. Es war schrecklich.

Ich dachte: „Jetzt bloß nicht aufschreien! Schön ruhig bleiben und so tun, als würdest du schlafen."

Aber das war sehr schwierig in dieser Situation. Es klappte trotzdem. Die schreckliche Hexe merkte nichts. Sie stieg auf ihren Besen, hexte das Fenster auf, flog davon und irgendwann schlief ich dann auch ein.

Am nächsten Morgen konnte ich es kaum erwarten, nach Hause zu kommen und alles Copa zu erzählen. Als ich dann endlich zu Hause war, meinen Computer anschaltete und die CD-Rom einlegte, fragte ich erst einmal Copa, warum sie das letzte Mal so schnell weg war. Natürlich bewarf ich sie nicht, wie ich es in dem

Computerspiel eigentlich hätte tun müssen! Sie erklärte mir, dass es an dem Fluch läge, den die Elektronikhexen auf sie gelegt hatten. Dieser Fluch beinhaltete folgende drei Dinge:

1. Sie konnte ohne Elektronikhexenbesen nicht aus dem Spiel heraus.

2. Sie konnte mit einem Menschen nur genau 20 Minuten sprechen, danach verschwand sie einfach aus dem Bildschirm.

3. Sie konnte in dem Computerspiel nicht hexen.

Copa beantwortete mir auch die Frage, wie ich ihr helfen könnte.

„Ich brauche einen Elektronikhexenbesen, denn mit diesem Besen kommen die Elektronikhexen in der Nacht aus ihrem Computerspiel und fliegen dann zu einem virtuellen Chatroom, also zu einem geheimen Treffpunkt. Dort können sie ihre Erlebnisse austauschen und gegen Morgenrauen, wenn alle Kinder noch schlafen, kehren sie zu ihrem Spiel zurück. Ohne dass irgendjemand etwas gemerkt hat.“

Da fiel mir etwas ein und ich sagte zu ihr: „Copa, gestern Abend bei meiner Freundin hatte ich eine seltsame Begegnung: Ich lag mitten in der Nacht noch wach und plötzlich hörte ich ein Klacken und aus der Hülle des Computerspiels sprang eine Elektronikhexe. Ein paar Sekunden später stieg sie auf ihren Besen und flog los. Meinst du, wenn ich noch mal bei Franzi übernachten sollte und sich eine Möglichkeit ergäbe, dieser Hexe den Besen zu klauen, dass ich ihn dir geben könnte, so dass du hier rauskommst?“

Copa antwortete: „Wir könnten es versuchen. Aber eins musst du bedenken. Die Elektronikhexen sind sehr gerissen und schlau. Wenn du nicht aufpasst, sperren sie dich auch ein, so wie mich, dann kann uns niemand mehr helfen.“

Diese Worte, in einem Computerspiel eingesperrt zu sein, machten mir große Angst. Aber ich musste Copa helfen. Dieses Risiko musste ich eingehen. Und am nächsten Morgen verabredete ich mich gleich mit Franzi zum Übernachten. Die Jagd nach dem Besen konnte beginnen.

Am nächsten Morgen war ich so zittrig, dass mir meine Übernachtungssachen immer wieder aus der Hand fielen. Auch als ich bei Franzi war, besserte sich nichts, und Franzi fragte mich was mit mir los war.

Ich antwortete: „Ich, ich…", Sollte ich es ihr sagen? Ich entschied mich dagegen und lenkte mit einer „Wahrheit oder Pflicht"-Runde ab.

Als es dann endlich Abend war, trank ich noch einen Kaffee, damit ich wach blieb. Mitten in der Nacht hörte ich wieder das Klacken und sah die Hexe mit den grausamen Haaren. Doch diesmal erschrak ich nicht so sehr, sondern behielt einen kühlen Kopf. Am Abend davor hatte Copa mir ein Säckchen W-Staub besorgt (mit diesem Staub konnte man sich so klein wie ein Käfer machen). Doch der Staub hatte einen Haken. Wenn ich es nicht schaffte, der Hexe den Besen zu klauen, würde ich für immer so klein sein wie ein Käfer. Stellt euch das mal vor! So klein wie ein Käfer! Für immer!

Ich ließ den Staub lautlos über mich rieseln und in den nächsten Sekunden schrumpfte ich und schrumpfte und schrumpfte… Dann hüpfte ich ganz schnell in die Tasche der Hexe und flog mit ihr bis zum virtuellen Chatroom. Dieser Chatroom sah fantastisch aus: Überall hingen Lichterketten, standen Tische mit merkwürdig aussehenden Speisen wie z.B. Kuchen in Computerform, Tastaturschokolade und ähnliche Dinge.

Dann fiel mir noch etwas auf. Die Lichterketten waren keine Lichterketten, es waren Beeren. Leuchtende Beeren, die dem Raum Licht schenkten. Ab und zu schnabulierte eine Hexe eine Beere. Doch drei Sekunden später wuchs diese wieder nach und niemand merkte etwas, außer mir. Denn ich sauste zwischen den Tischen herum, probierte da mal etwas von der Tastaturschokolade, dort mal etwas vom Computerkuchen. Alles war wie bei einem Fest. Die anderen Hexen merkten nichts von meinen Erkundungen in der Elektronikhexenwelt und ließen es sich schmecken.

Da sah ich die Hexe mit den grausamen Haaren wieder und folgte ihr. Gerade in dem Moment legte sie ihren Besen ab und ging auf die Tanzfläche, um mit den anderen zu tanzen. Ich stahl mich zu ihrem Besen und setzte mich auf ihn, was ein großes Problem war, weil ich so klein war. So laut ich konnte befahl ich ihm, nach Hause zu fliegen, da bald die Sonne aufging. Zuerst zögerte er ein bisschen und wartete auf irgendetwas.

Da fiel es mir ein! Ich musste einen Hexspruch aufsagen! So hatte es auch die Besitzerin des Besens gemacht. Aber wie ging dieser Spruch? Ich war total verzweifelt. Da kam mir etwas in den Sinn. Der Hexenbesen, so hatte zumindest die Hexe ihn genannt, hieß Wirbelwind. Also, was reimt sich auf „Wirbelwind"? Genau! Auf Wirbelwind reimt sich „armes Kind"!

Ich versuchte es: „ Ene mene armes Kind, flieg nun los mein Wirbelwind! Hex hex!"

Es klappte. Wirbelwind setzte sich in Bewegung und wir flogen los. Ich drehte mich noch einmal um und sah all die feiernden Hexen. Nun verließ ich den Chatroom. Nach einigen Minuten konnte ich Wirbelwind sogar lenken. Nach ungefähr fünfzehn Minuten waren wir bei Franzi. Zum Glück schlief sie noch. Ich wuchs wieder zu meiner normalen Größe heran, packte schnell den Besen in meinen Koffer und legte mich wieder in meinen Schlafsack.

Plötzlich piekte mich etwas und ich schaute in meine Hosentasche und fand dort… Nein, das konnte ja nicht sein! In meiner Tasche fand ich zwei Lichterkettenbeeren, zwei Tastaturschokoladen und drei Computerkuchen. Was für ein Andenken! Ich freute mich so sehr, dass ich laut schreien hätte können! Aber ich hielt mich zurück, denn wenn Franzi das hören würde, dann…!

Das Frühstück bei Franzi war schön, doch ich war so aufgeregt, endlich zu Copa zu gehen und ihr alles erzählen zu können! Als ich zu Hause war und meinen Computer anschaltete, erwartete mich Copa schon sehnsüchtig.

Ich erzählte ihr von meinem Erlebnis: „… ich ließ den Staub über mich rieseln und dann war ich ganz klein, schlich mich in die Tasche von der Elektronikhexe und die flog los. Im Chatroom angekommen, war ich überwältigt. Ich sah eine Beerenkette, die leuchtete, einen Computerkuchen, Tastaturschokolade…! Dann ging die Hexe auf die Tanzfläche und ich nahm ihren Besen. Als ich den Elektronikhexenbesen zum Fliegen bringen wollte, gab es allerdings Probleme… Ich kam heil nach Hause und… hier ist der Besen!“

Ich hob ihn hoch, Copa freute sich und bedankte sich tausendmal bei mir.

Da fiel mir etwas ein: „Copa, wie kann ich dir denn den Besen geben? Ich kann ihn dir schlecht durch den Computer hindurch reichen!“

Auch Copa musste kurz überlegen, doch dann kam ihr eine Idee: „Du könntest den Besen fotografieren und das Bild als Anlage in eine E-Mail tun, die du dann an die E-Mail-Adresse: …“, sie stockte.

„Was ist los Copa?“

Copa antwortete: „ Ich weiß nicht, ob ich dir die E-Mail-Adresse von den Elektronikhexen sagen darf! Sie ist streng geheim und nur Elektronikhexen dürfen sie wissen. Doch als ich sie geärgert hatte, hat sich eine von ihnen verplappert, und deswegen weiß ich sie nun. Aber ich werde sie dir verraten, sie lautet:

> ‚elektronikhexen.geheim@capscovil.com‘

Hüte sie gut!“

Sogleich fotografierte ich den Besen und schickte ihn den Elektronikhexen. Währenddessen machte sich Copa unsichtbar und ging in den Chatroom, wo zu dieser Zeit zum Glück nur Aufräumarbeiten stattfanden und fast niemand anwesend war, um dort an dem großen Bildschirm der Elektronikhexenwelt die Mail abzurufen. Es klappte und Copa kam mit dem Hexenbesen in der Hand zurück.

Ich fragte sie: „Copa, wie hast du das Foto von dem Besen aus der Mail in einen echten Besen verwandelt?"

Sie antwortete: „Das ist ganz einfach: Wenn ein Foto in einer Mail existiert, dann muss es diesen Gegenstand auf dem Foto irgendwo auf der Welt geben. Ein raffinierter Drucker holt diesen Gegenstand dann von diesem Ort. Wenn du es nicht glaubst, schau neben dich, du wirst den Besen nicht finden!"

Tatsächlich, neben mir, wo vor drei Minuten noch der Hexenbesen gestanden hatte, war jetzt nichts. Absolut nichts.

Ich rief: „Jetzt haben wir genug geredet. Steig auf den Besen und flieg aus dem Computer!"

Copa sagte, sie wüsste den Spruch nicht, der den Besen zum Fliegen bringt, aber da konnte ich ihr helfen. Ich sagte ihr den Spruch, und sie konnte ohne Weiteres aus dem Computer herauskommen. Sie freute sich so sehr, dass sie mir ein Tütchen Flugstaub, ein Tütchen W-Staub und ein Tütchen U-Staub (mit diesem Staub konnte man sich unsichtbar machen) schenkte.

Dabei sagte sie: „Setze jeden Staub mit Bedacht ein! Ich werde dich vermissen, aber ich komme dich besuchen. Auf jeden Fall!"

Ich verabschiedete mich und Copa nahm den Besen mit. Was glaubt ihr, was aus unserer Besitzerin des Besens geworden ist? Ich denke, sie kann auch ohne Besen weiterleben. Das ist die Strafe dafür, dass sie jemanden in einen Computer eingesperrt hat. Ich spiele dieses Spiel nie wieder. Noch so ein Erlebnis und ich fasse mit keinem meiner Finger meinen Computer mehr an.

„Und Copa – ärgere nie wieder die Elektronikhexen, hörst du?!"

„Nein, wer würde denn so etwas tun? Hihihi! "

Der Schmied von Tenoria

Alexandra Scheffler - 7. Klasse

Es war ein Freitag, als ich, Hedwig, mit meinem Stiefvater Livon in seiner Werkstatt stand und ihm half, ein neues Schwert für den Prinzen zu schmieden. Mein Stiefvater war ein großer Mann mit braunen Haaren und grünen Augen. Der König hatte ihm aufgetragen, ein Schwert aus schwarzem Kristall zu schmieden.

Es war eine schwere Aufgabe, einen schwarzen Kristall zu schmieden, denn es war der härteste der Welt. Doch für Livon war das kein Problem, er hatte schon oft mit schwarzen Kristallen gearbeitet. Der Griff sollte eine blaue Drachenzeichnung haben. Ich schaute immer zu und manchmal durfte ich auch mithelfen. Mein Traum war es, auch einmal ein Schmied zu werden und für den König arbeiten zu dürfen.

Es dauerte zwanzig Tage bis das Schwert fertig war. Die blaue Drachenzeichnung war aus einem Saphir herausgeschnitten worden. Ich durfte das Schwert ins Schloss bringen. Die Werkstatt befand sich am Ende der Stadt und so dauerte es eine Stunde, bis ich an die Tore des Schlosses gelangte. Die Wachen fragten nach meinem Namen: „Wer bist du?"

„Ich bin Hedwig, der Sohn des Schmiedes. Ich bringe das angefertigte Schwert, das der König bestellt hat."

Als mich die Wachen rein ließen, empfing mich ein Diener. Er bat mich, ihm zu folgen. Das Schloss war groß, an den Wänden hingen Bilder von verschiedenen Königen und Prinzen. Der König saß in einem großen Saal, in dem sich einige Zwerge und Hofdamen um seine Gesellschaft kümmerten. Als er mich sah, stand er auf und ging auf mich zu. Detlef, der König, war ein nicht gerade großer Mann. Er war ungefähr 1,60 m groß und hatte kurze schwarze Haare. Als er vor mir stand, verbeugte ich mich vor ihm.

Er sagte: „Du bist bestimmt der Sohn des Schmiedes und bringst mir das Schwert, dass ich bestellt habe."

„Ja, wie ihr es gewünscht habt, mit der blauen Drachenzeichnung und der Klinge aus schwarzem Kristall."

Er bedankte sich bei mir, und gab mir das Geld. Danach führte mich der Diener wieder bis dahin, wo er mich empfangen hatte. Die Wachen öffneten mir das Tor und ich ging nach Hause. Unterwegs begegnete mir Felizia. Sie brachte ihrem Pferd einen Apfel.

Als ich in die Werkstatt kam, war sie leer. Auf dem Tisch lag ein Zettel, auf dem stand: „Hedwig, ich bin bei den Pertolds." Ich steckte das Geld in einen schwarzen Sack und ging in mein Zimmer. Am Abend stand Livon wieder in der Werkstatt, um einen Dolch zu schmieden. Ich träumte davon, auch einmal ein Schmied zu werden, doch ich wusste, dass das noch ein Weilchen dauern würde. Der Morgen brach an und Livon stand wieder in der Werkstatt. Um sieben Uhr kam er in mein Zimmer und sagte mir, dass er für einige Tage aus dem Haus sei, um den Dolch, den er die ganze Nacht geschmiedet hatte, in die Nachbarstadt zu bringen.

Während er weg war, suchte ich die ganze Zeit nach einem alten abgenutzten Schwert, um mir ein eigenes kleines zu schmieden. In einer Truhe unten im Keller fand ich einen Zettel, auf dem stand: „Es ist eine große Aufgabe ein Kind zu adoptieren. Achte auf ihn, denn er ist der Einzige, der überlebt hat." Ich traute meinen Augen nicht, ich war fassungslos. Warum hat er mir nicht erzählt, dass ich adoptiert wurde? Und warum war ich der Einzige, der überlebt hatte? Alle diese Fragen konnte mir nur Livon beantworten.

Als der fünfte Tag um war, klopfte jemand an die Haustür. Es war der Bote des Königs und er rief mich ins Schloss.

Der König sprach mit mir in einem Saal und sagte: „Lieber Hedwig, ich muss dir etwas gestehen. Ich glaube Livon hat dir noch nicht erzählt, dass du adoptiert wurdest. Es war nicht leicht für ihn, so eine große Herausforderung anzunehmen. Schließlich bist du einer der letzten Götter der Welt und das ist nicht einfach. Bestimmt warst du immer schon begeistert davon, einmal ein Schmied zu werden."

Ich sprang total erschrocken auf und stand da etwa zwanzig Minuten. Danach setzte ich mich wieder auf meinen Stuhl und Detlef erzählte, wo ich herkam, wer meine Eltern waren und wo sie mich gefunden hatten. Man sah mir an, dass ich weinen musste und als Detlef aufhörte, stellte er sich vor mich und sah mir tief in die Augen.

„Du bist der Sohn des Lichts. Es wird bald Krieg geben zwischen Gut und Böse. Wir können den Krieg nur mit dem Schwert von Tenoria beenden und nur du kannst dieses Schwert schmieden." Seine Stimme ging eine Okatve runter, als er mit dem Satz fertig war.

Ich war der Sohn des Lichts! Als der König mich wieder nach Hause schickte, gingen mir seine Worte durch den Kopf: „Und nur du kannst dieses Schwert schmieden."

Auf dem Weg kam mir Felizia entgegen und sie hatte weiße Blumen in ihrer Hand. Komischerweise blickte sie immer nur zu mir hinüber, wenn ich etwas Besonderes in der Hand hatte oder ich aus der Werkstatt kam. Sonst ging sie einfach an mir vorbei. Auch jetzt würdigte sie mich keines Blickes.

In der Werkstatt war alles dunkel und leer. Livon war immer noch nicht da. Auf dem Tisch lag ein Zettel: „Hedwig, es tut uns außerordentlich leid, aber dein Vater kommt nicht wieder. Er ist von den schwarzen Elfen entführt worden und ist schon seit drei Tagen nicht mehr da. Mit mitfühlenden Grüßen, deine Pertolds."

Ich ließ den Zettel fallen und lief so schnell ich konnte zu dem Turm, der am Ende der Stadt stand. Mit fünf Jahren war ich dort das erste Mal gewesen. Oben auf dem Turm setzte ich mich auf den Rand und schaute in die Ferne. Mir liefen die Tränen über das Gesicht und der Horizont wurde zu einem Wasserbild. Ich blieb dort den restlichen Tag und die ganze Nacht. Als es vier Uhr war, stellte ich mir vor, dass ich mit Livon in der Werkstatt stand. Livon wäre bestimmt stolz auf mich, wenn er wüsste, dass ich das Schwert von Tenoria schmieden sollte.

Am nächsten Tag packte ich meine Sachen, um mich auf den Weg zu machen. Der König war von seinem Spion, der mich schon die ganzen Jahre beobachtete, in denen ich hier lebte, informiert worden. Mein Ziel war es, ein Haus im dunkelsten Teil des Waldes zu finden. So ging ich also ohne zu wissen, ob ich es überhaupt finden würde.

Das Haus gehörte früher Livon. Er hatte es für seine Familie gebaut, als der erste Krieg ausbrach. Es war nicht gerade groß, aber in ihm befanden sich eine Werkstatt und ein Bett. Ich hatte das Haus auf einer Karte, die ich in einer Kiste unter Livons Bett gefunden hatte, entdeckt. Auf der Karte war ein Weg beschrieben und sie enthielt einen Kompass, der sich immer nach Norden drehte.

Als ich aus der Stadt herauskam, ging ich zwei Stunden lang auf dem Weg, der in die nächste Stadt führte. Bevor ich die Stadt Lorika erreichte, zeigte sich ein kleiner Gang auf der rechten Seite, der in den Wald führte. Als ich den Wald betrat, schloss sich hinter mir der Eingang und ich war in diesem Wald gefangen. Vor mir war ein kleiner Weg gezeichnet, der immer tiefer in den Wald führte. Mir war zuerst ein bisschen unheimlich, doch langsam wurde mir der Wald vertraut. Nach einigen Stunden gelangte ich auf eine Lichtung, in deren Mitte ein See lag. Darin schwammen Schwäne, Enten und es sprangen Frösche umher. In der Luft flogen Schmetterlinge und Elfen.

Die Karte, die ich in meinen Händen hielt, löste sich zu einer Art Stein auf, der in einem Loch verschwand. Plötzlich tauchte aus der Erde ein kleines Haus auf. Ich stand immer noch wie angewurzelt da und starrte auf die Stelle, wo sich vor ein paar Minuten noch eine Wiese befunden hatte. Als ich das Haus betrat, fand ich einen Brief auf dem Tisch. Darauf stand: „Hedwig, wenn du das Schwert des Lichts schmieden willst, musst du dich beeilen, denn der Krieg wird bald beginnen. Du hast einen Monat und zehn Nächte Zeit"

Plötzlich tauchten zwei Elfen vor mir auf und einer von ihnen sagte: „Du musst Hedwig, der Junge von Livon sein. Er hat uns von dir erzählt."

„Moment, er wusste davon?"

„Ja, er hat von Detlef einen Brief bekommen."

„Ihr wisst nicht zufällig, was ich für das Schwert brauche?"

„Doch! Aber es ist nicht einfach zu finden."

„Und was brauche ich?"

„Einen Kristall, der, wenn man ihn berührt, zu leuchten beginnt. Dieser Kristall ist der Schlüssel zum Ende des Krieges! Die Klinge wird aus einem weißen Zirkon gemacht und der Griff sollte aus der Seele eines Drachen bestehen."

„Wie soll ich die Seele eines Drachen bekommen?"

„Wir wussten, was du brauchst und haben uns bereits auf die Suche gemacht und dir den Zirkon und die Seele eines Drachen geholt."

„Aber wo soll ich den Kristall herbekommen?"

„Das musst du selber herausfinden!" Das waren die letzten Worte der Elfe.

Kurz bevor es dunkel wurde, ging ich an den Teich, der um das Haus verlief. Ich setzte mich an das Ufer und schaute ins Wasser. Immer wieder durchlief mich diese Frage und ich wusste nicht, wie ich an den Kristall kommen sollte. Plötzlich tauchte vor mir ein Bild auf. Eine junge wunderschöne Frau war auf dem Wasserspiegel zu sehen. Sie hielt ein Baby in ihren Armen und es sah so aus, als würde sie weinen. Das Baby hatte einen leuchtenden runden Kristall um seinen Hals. Nach kurzer Zeit wurde mir klar, wer dieses Baby war und was es um den Hals trug.

Mein Hals fühlte sich auf einmal so warm an und ich schaute unter meinen Mantel. Tatsächlich war das meine Mutter gewesen. Das warme Licht auf meiner Brust war der Kristall. Ich lief zurück ins Haus, um gleich mit dem Schwert anzufangen.

Ich nahm mir vor, zuerst den Griff zu schmieden. Der Griff sollte aus der Seele eines Drachen geschmiedet werden. Ich nahm die Seele aus einem Tuch, das neben mir lag. Sie war so warm und fast durchsichtig. Ich zweifelte daran, einen Griff aus einer Seele schmieden zu können.

Trotzdem fing ich gleich an. Ich nahm die Seele und hielt sie mit einer Zange ins Feuer, das ich schon vor einer Stunde angezündet hatte, bevor ich hinaus gegangen war. Es musste eine Temperatur um die 1000 Grad haben. Als ich die Seele ins Feuer hielt, flammte es blau auf. Ich ließ sie zehn Minuten darin, sodass sie schön weich wurde. Danach nahm ich sie heraus und legte sie auf eine 20 cm dicke Eisenplatte, die neben dem Ofen lag. Nun nahm ich den Hammer und schlug so oft auf sie ein, dass sich immer eine neue Schicht bildete, die ich immer wieder aufeinander klappen musste. Jede Schicht war nicht dicker als eine Feder. Es dauerte zwei Tage, bis ich damit fertig war. Erst jetzt konnte ich die Seele abkühlen.

Am dritten Tag begann ich mit einem Kristallbohrer oben ein Loch in die Mitte zu bohren. Das war nicht einfach, denn es war sehr mühsam, ein Loch in eine Seele zu bohren. Ich hatte nicht gerade die neuesten Werkzeuge und so brauchte ich fünf Stunden bis das Loch fertig war. Das Loch brauchte ich, um später die Klinge hinein zu stecken. Doch bevor ich das Schwert schmieden konnte, brauchte ich noch die Form für den Griff. Die Form musste ich zuerst zeichnen. Ich legte die Sachen auf die Seite, setzte mich an den Tisch und begann zu zeichnen. Es lagen schon nach zehn Minuten unheimlich viele zerknüllte Papierknödel am Boden. Meine

Zeichnung hatte an der oberen Hälfte einen kleinen Drachen, der Feuer spuckte. An der unteren Hälfte sollte eine Spitze sein.

Ich war kein perfekter Zeichner, aber ich schaffte es doch, nach einer Stunde eine brauchbare Zeichnung zu erstellen. Als ich fertig war, nahm ich die Zeichnung und schnitt sie aus. Danach legte ich die Zeichnung auf den Klotz, den ich schon davor angefertigt hatte. Ich klebte sie auf und holte die Sachen, die ich zum Arbeiten brauchte. Zuerst musste ich die Zeichnung mit einer spitzen Nadel Stück für Stück in die einzelnen Teile der Seele kratzen. Es war mühsam, so viele einzelne Teile nachzufahren.

Als ich fertig war, ging ich an den Ofen und hielt die wertvolle Seele ins Feuer. Wieder entflammte ein blaues Licht. Nach fünf bis sechs Minuten nahm ich sie heraus und legte sie auf meine Arbeitsfläche. Ich nahm den Hammer und schlug so oft auf die linke Kante, bis sich ein Teil abtrennte. Das machte ich mit jeder Kante. Es dauerte nicht sehr lange, bis ich damit fertig war. Nun musste ich mit einem kleineren Hammer aus der Seele den Griff formen. Die Seele musste ich mit der Zange öfter ins Feuer halten. Dabei wendete ich sie und konnte so mit dem Hammer auf jede Seite schlagen. Als ich damit fertig war, legte ich die Seele wieder ins Feuer, bis sie zum Formen geeignet war. Danach nahm ich eine andere Zange und knipste vorsichtig die abstehenden Stücke ab. Jetzt ritzte ich noch den Drachen in den Griff und danach war er fertig!

Jetzt brauchte ich nur noch die Klinge zu schmieden. Ich fing damit an, den weißen Zirkon mit einem kleinen Wattestäbchen von Unreinheiten zu befreien. Er musste ganz sauber sein, damit sich beim Schmieden keine kleinen Steine in die Klinge einbohrten. Als ich damit fertig war, nahm ich den Zirkon mit der Zange und hielt ihn in die Flammen. Ein Zirkon war nicht leicht weich zu bekommen. Doch es dauerte nicht so lange, wie ich befürchtet hatte.

Nach zehn Minuten war der Zirkon fertig. Ich nahm die Zange aus dem Feuer und legte das fast flüssige Mineral auf meine

Arbeitsfläche und begann damit, es in einen Brocken zu verformen. Dazu musste ich zuerst den Zirkon in eine längliche, sehr flache Scheibe schlagen. Diese flache Scheibe musste ich dann mit Hilfe der Zange wieder auf die andere Seite klappen und das musste ich ziemlich oft wiederholen, denn die Scheiben waren sehr dünn.

Es dauerte eine ganze Weile, bis ich damit fertig war. Danach legte ich den Zirkon zurück ins Feuer und wartete zehn Minuten bis er weich war. Ich legte ihn wieder auf meine Arbeitsfläche und nun schlug ich den weichen Brocken in eine längliche Fläche, die fast eineinhalb Meter lang war. Dazu nahm ich den Hammer und schlug an die Seiten des Schwertes. Vorne musste ich noch die Spitze formen und dazu nahm ich mir einen kleineren Hammer, der nicht die Form der anderen hatte, sondern aussah wie ein runder Ball. Seine Wirkung: Er schliff gleichzeitig, wenn man mit ihm auf einen Gegenstand schlug.

Ich brauchte den Zirkon nur um die Spitze herum etwas schärfer zu machen und mit Schleifpapier oder Feilen ging das nicht. Ich musste vorsichtig sein, um die Spitze nicht abzubrechen. Eigentlich war die Klinge jetzt fertig, doch ich musste noch den Stein des Lichts einsetzen, damit das Schwert vollendet war. Also versuchte ich, ein Loch in den Zirkon zu bohren, aber es klappte nicht. Ich versuchte es mit allen möglichen Sachen, aber nicht einmal ein Kratzer entstand und nach ein paar weiteren Versuchen gab ich auf. Es war so viel Arbeit gewesen und nun konnte ich an der letzten Stelle nicht weiter arbeiten.

Mit meiner Hand fasste ich an die Stelle des Pullovers, wo sich das Licht befand und plötzlich wurde das Licht ganz warm und eine Stimme sprach zu mir: „ Halte mich an dein Werk und du wirst sehen, was du erhofft hast".

Dann wurde das Licht wieder kalt und die Stimme verschwand. Ich tat, was das Licht mir gesagt hatte und nahm es von meiner

Brust. Sofort wurde das Licht heller und ich legte es in die Mitte der Klinge. Kurze Zeit später flammte das Licht auf und ich ging ein paar Schritte nach hinten. Bald konnte ich nichts mehr sehen, denn es war so grell geworden. Nach fünf Minuten verschwand das Licht. Als ich auf die Klinge schaute, befand sich das Licht in der Mitte. Es war genauso, wie ich es mir vorgestellt hatte.

Nun musste ich nur noch die Klinge und den Griff ineinander verschmelzen. Der Griff hatte sich in der Zwischenzeit schon ein bisschen abgekühlt und so konnte ich ihn ohne Probleme in die Hand nehmen. Die Klinge hingegen musste ich mit Handschuhen anfassen. Ich legte beide Teile nebeneinander und setzte vorsichtig das hintere Ende der Klinge in das Loch, das ich oben in den Griff gebohrt hatte. Zu meinem Glück passte es und ich musste nichts mehr ändern. Nun nahm ich das Ende der Klinge in die Hand und hielt es ins Feuer, bis es anfing zu schmelzen. Ich nahm das Ende wieder heraus und steckte es in das Loch. Jetzt wartete ich noch, bis es etwas fester war und kratzte dann das Abstehende ab. Das Schwert war fertig!

Ich schlief den ganzen restlichen Tag. Am nächsten Tag wachte ich um sechs Uhr in der Früh auf. Die Sonne ging gerade auf und ich schaute nur an die Decke. Die Gedanken waren bei meinem Schwert, das ich zehn Tage lang geschmiedet hatte. Plötzlich fiel mir ein, dass heute der Krieg begann und ich sprang auf, nahm das Schwert in die Hand und rannte so schnell ich konnte aus dem kleinen Haus.

Auf dem Weg war mir ein bisschen mulmig zumute und mir schossen viele Fragen durch den Kopf. Was, wenn ich zu spät war? Was, wenn ich auf dem Weg auf die Feinde traf? Das Schwert wurde warm und ich lief schneller und schneller. Als ich fast das Ende des Waldes erreicht hatte, öffnete sich vor mir ein Stück der Bäume und ich verließ den wundersamen Wald. Kurz danach blieb ich stehen und lauschte, ob sich irgendetwas in der Ferne tat. Nach zwei Minuten hörte ich einen leisen Schrei, der aus meinem Dorf kam.

Meine Gedanken wurden wahr. Sofort rannte ich in Richtung Heimat, ohne zu wissen, ob gleich etwas aus dem Gebüsch sprang. Ich wusste, dass der König der schwarzen Elfen nur die Stadt wollte. Wenn er sterben würde, wäre der Krieg gewonnen. Je näher ich kam, desto lauter wurden die Schreie und plötzlich war alles ruhig. Ich wusste nicht, was passiert war, doch es war nichts Gutes. Als ich um die letzte Kurve kam, sah ich nichts außer einem zerstörten Land.

Kein einziges Haus stand mehr und es war niemand zu sehen. Sogar das Schloss war nicht mehr ganz. Es war totenstill, bis sich hinter mir etwas tat. Es war der König der schwarzen Elfen. Er sah mich mit seinen großen dunklen Augen an und plötzlich kam es über mich. Ich nahm das Schwert ganz fest in die Hand und stieß es dem König mitten in das Herz. Vor lauter Schock ließ ich das Schwert los und der König sank zu Boden. Er löste sich in Luft auf und das Schwert lag am Boden. Ich schaute auf die Klinge und erst nach einer Weile wurde mir bewusst, was ich getan hatte. Doch ich freute mich nicht, denn meine Heimat war untergegangen und alle, die ich liebte und die mich geliebt haben, waren tot.

Plötzlich hörte ich eine Stimme. Sie kam aus dem Wald! Die Stimme würde ich überall wiedererkennen. Es war Felizia. Sie kam aus dem Gebüsch hervor und lief auf mich zu. Sie warf die Arme um meinen Hals und weinte bitterlich. Ich brachte sie in das kleine Haus, in dem ich das Schwert geschmiedet hatte, und sie erzählte mir alles. Nun führten wir unser eigenes Leben und in unsere alte Heimat kehrten wir nie wieder zurück.

Leonie und die Kugel

Angela Kovač - 6. Klasse

„Aufstehen! Leonie, du weißt ganz genau, dass die Nejons es nicht mögen, wenn du jeden Tag zu spät zum Frühstück kommst!"

„Ja, ja, Mami, nur noch fünf Minuten schlafen!"

Seit sie mit ihrer Mutter, ihrer 9-jährigen Schwester Nadja und ihrer 2-jährigen Schwester Sandra bei den Nejons in England wohnte, hatte Leonies Mutter die schreckliche Angewohnheit, sie jeden Morgen zu wecken. Das war einfach grauenhaft! Es waren Herbstferien in Deutschland – und da hatte ihre Mutter kurzerhand beschlossen, zu ihrem Papa nach England zu fahren. Der war dort auf Geschäftsreise, seit Anfang des Schuljahres. In seinen E-Mails hatte er geschrieben, sein Arbeitskollege Mr. Nejon hätte für sie noch ein „Plätzchen" frei und Mr. und Mrs. Nejon hätten auch drei Kinder. Den elf Jahre alte Luke, die 9-jährige Mary und den 2-jährigen Marc. Leonie streckte ihre Arme aus und gähnte. Draußen regnete es – immer noch!

„Leonie, komm jetzt endlich!"

Leonie murmelte: „Komme ja schon!"

Langsam zog sie sich an und ging genauso langsam die Treppe hinunter.

Mary und Luke mussten nun in die Schule.

„Do you want to have an orange juice?", fragte Mrs.Nejon.

„No, thanks", sagte Leonie, denn sie hasste Orangensaft. Stattdessen nahm sie sich noch ein Brötchen. Als sie mit dem Frühstück fertig war, schrieb sie sofort eine SMS an ihre Freundin Molly, die ihre Herbstferien bei ihrer Oma in Moosach verbrachte.

„Hi Molly. Hier ist es voll langweilig. Und Luke ist auch langweilig. Die ganze Familie Nejon ist langweilig. Schreib mir bitte bald zurück."

„Senden", murmelte Leonie.

Keine fünf Minuten später kam die Antwort.

„Hi Leo! Wieso gehst du nicht einfach raus, ein bisschen zu einem Laden? Kannst ja auch schon nach Weihnachtsgeschenken schauen! ;-)“

Leonie fand diese Idee nicht besonders gut, trotzdem ging sie aus dem Haus. Draußen hatte es aufgehört zu regnen und die Sonne schien zwischen den Bäumen hindurch. Leonie ging durch Pfützen und bog in die nächste Straße ein. Es war schon zwölf Uhr. Heute hatte Luke früher Schule aus und Leonie beschloss, ihm entgegen zu gehen. Denn sie wollte unbedingt Mamas Stadtplan testen.

„...und dort nach links... und anschließend nach rechts...“, murmelte Leonie vor sich hin, während sie auf den Stadtplan schaute.

Plötzlich machte es „BUMMS“ und Leonie war mit einem Mann zusammengestoßen.

„What a silly child!“, schimpfte er.

„Oh, I’m so sorry!“, erwiderte Leonie und ging weiter. Da blieb sie auf einmal stehen und drehte sich um.

„War das nicht Mr. Nejon?“

Der Mann war schon verschwunden und Leonie entdeckte etwas auf dem Boden. Es sah aus wie eine Geldkarte und sie hob sie auf, um sie näher zu betrachten. Die Karte war auf einer Seite mit völlig goldenen Metallbahnen bedeckt. Auf der Karte stand:

“Put it into a Future Machine!“

„Was um alles in der Welt ist eine Future Machine?“, fragte sich Leonie.

Als sie weitergegangen war, tauchte vor ihr ein seltsames, kleines Häuschen auf, mit einem Schild daran: Future Machine. Sie sah sich um, doch die Menschen liefen achtlos an ihr und dem Häuschen vorbei. Als wären sie Luft. Leonie platzte vor Neugier, gleichzeitig lief ihr ein Kribbeln den Rücken hinunter. Sie schluckte. Mit weichen Knien trat Leonie in das Häuschen ein und sah einen Raum voller Geräte, die wie Geldautomaten aussahen.

„Sind das Future Machines – Zukunfts-Automaten? Was passiert, wenn ich die Karte in einen Automaten einführe?", dachte Leonie.

Sie zögerte nur kurz und schob die Karte hinein. Ihre Augen waren nur noch auf den Automatenbildschirm gerichtet. Sie hörte, wie der Automat leise arbeitete. Der Bildschirm war immer noch schwarz und es geschah nichts. Auf einmal erschien ein kleines rotes Viereck, welches immer größer und größer wurde. Das Viereck wurde größer als der Bildschirm und Leonie wollte weglaufen, doch sie war wie gelähmt.

Der rote Kasten formte sich zu einer Kugel und Leonie war darin gefangen. Sie wehrte sich, doch vergebens, die Kugel war stärker als sie. Leonie spürte, wie Schweiß auf ihre Stirn trat und ihr Herz immer schneller schlug. Sie schrie um Hilfe, doch die Kugel ließ ihre Schreie nicht nach außen dringen. Tausende Gedanken schossen ihr durch den Kopf. „Wo war sie? Würde sie hier überhaupt noch herauskommen?"

Die Kugel wechselte ihre Farben von orange zu grün, dann wurde sie durchsichtig. Leonie blieb wie gelähmt stehen und hörte auf gegen die Kugelwand zu hämmern. Die Kugel war zu Glas geworden. Leonie war darin gefangen. Sie blickte durch das Glas hindurch und der Atem stockte ihr. Sie schwebte in der Kugel über einer Stadt! Doch schon bald bemerkte sie entsetzt, wie die Kugel genau auf einen Wolkenkratzer zuschwebte. Nicht mehr lange und die Kugel würde zerbrechen. Leonie kreischte laut und sah in die Tiefe hinunter. Alles Klopfen und Rütteln half nicht. Die Kugel würde zerbrechen! Panische Angst überkam sie. Hätte sie nur nicht diese Karte vom Boden aufgehoben!

Sie war nur noch einen halben Meter vom Wolkenkratzer entfernt und Leonie schloss ihre Augen. Aber es geschah nichts. Als

Leonie die Augen wieder vorsichtig öffnete, sah sie, wie die Kugel langsam absank. Erleichtert atmete Leonie wieder auf. Unten angekommen, zersprang die Kugel wie eine Seifenblase und Leonie hatte endlich wieder festen Boden unter ihren Füßen. Das war schon sehr merkwürdig. Wo war sie denn nur gelandet?

Die Häuser hier waren aus Metall und an ihnen waren überall Bildschirme angebracht. Auf einem der Bildschirme, der wohl als Straßenschild dienen sollte, stand „Welcome to Technic City“.

Dann erschien ein Datum auf dem Bildschirm: 15.10.2066. Nun verstand Leonie gar nichts mehr.

„Ist das die Zukunft?“, fragte sie sich.

Sie lief durch die Straßen. Überall standen überquellende Mülltonnen. Ratten, Mäuse und streunende Katzen suchten nach etwas Essbarem. Doch nicht nur die Tiere, sondern auch unzählige alte Menschen begegneten ihr. Was Leonie aber nicht fand, waren Kinder!

Sie fragte eine alte Dame auf der Straße: „Entschuldigung, wo ist hier denn ein Kinderspielplatz?“

Die Dame antwortete: „Kinder? Auf keinen Fall! Es gibt sie nicht mehr, diese kleinen Nervensägen.“

Leonie war wie vom Blitz getroffen. Sie klammerte sich an ihrer Geldkarte fest, denn sie konnte es nicht glauben. Doch in diesem Augenblick umschloss die Kugel sie wieder und schwebte zum Himmel hinauf. Um Leonie drehte sich alles und ihr wurde schwarz vor Augen.

Sie hörte eine Stimme aus einem Lautsprecher: „Verehrte Fahrgäste. Wir möchten uns dafür entschuldigen, dass Ihre Reise vorzeitig abgebrochen werden musste. Der technische Defekt wird bald behoben sein. Besuchen Sie uns wieder!“

Als Leonie sich in dem Automatenraum wiederfand, hatte sie nur noch einen Gedanken:

„Diese Zukunft werde ich verhindern!“

Der letzte Carmorientore

Quirin Friedel - 9. Klasse

Rom 4. Juli 1451

Ganz Rom war in Aufruhr! Die Kirche nahm Wissenschaftler gefangen, die Gott und den Papst in Frage gestellt hatten. Ein Verbrechen, das man nicht einfach so widerrufen konnte. Die Kirche machte mit solchen Leuten kurzen Prozess. Es verschwanden immer mehr Wissenschaftler. Ein Grund mehr, sich einigermaßen normal und unauffällig zu verhalten.

Mein Name ist Marco Chiellini. In meinem eigentlichen Leben war ich Schriftsteller. Ich besaß meine eigene Schreibstube an der Piazza del Popolo und verdiente auch viel Geld. Mein wirkliches Interesse jedoch galt der Wissenschaft. Ich war einer der zehn Carmorientori di Roma.

Die Carmorientori waren Wissenschaftler, die zusammen eine geheime Wissenschaftlerorganisation bildeten, die „comunanza segreta di Carmorientori". Sie waren auf ganz Italien verteilt, Florenz, Turin, Neapel, Palermo, sogar Venedig und dann natürlich Rom. Doch es war wichtig, dass in diesen Zeiten niemand von dieser Vereinigung Wind bekam, ansonsten würde das, wofür wir stehen und arbeiten, zerstört oder schlimmer noch, einfach vergessen werden.

Eine unserer wichtigsten oder eher die wichtigste Arbeit bei der wir kurz vor der Vollendung standen, war der „Springer". So etwas wie ein Portal, das von Romano Chiellini, meinem Vater und ebenfalls Carmorientore, entwickelt worden war.

Man konnte mit dem Springer von einem Ort im Land zu einem anderen Ort springen, also teleportiert werden. Es gab Springer an fünf unserer sechs Standorte in Italien. Es fehlte nur noch der in Rom, um ein funktionierendes Handelsnetzwerk aufzubauen.

Es war meine Aufgabe, diese wichtigen Springer zu bauen, zu installieren und zu schützen. Ich muss nicht betonen, dass es zu dieser Zeit als Wissenschaftler sehr gefährlich war, etwas Derartiges auf die Beine zu stellen. Das galt im Übrigen auch für die anderen Standorte. Zum Glück hatten wir bis jetzt alles erfolgreich geheim halten können. Doch in Rom war das etwas anderes.

Den Platz an dem man einen Springer aufstellen konnte, bestimmte man mit einem Sonnengradmesser, denn der Springer musste in einem bestimmten Winkel zur Sonne und den anderen Springern stehen. Ansonsten könnte es zu Komplikationen beim Transport kommen. Bei all den anderen Springerstandorten hatten wir enormes Glück, dass dieser Platz außerhalb der Stadtmauern lag.

Doch im Großraum Rom eignete sich bedauerlicherweise nur ein Platz und der war mitten auf der Piazza del Popolo, nicht weit vom Vatikan entfernt. Deshalb baute unsere Organisation seit Jahren an einem unterirdischen Kellersystem unter der Piazza del Popolo. Direkt unter dem Obelisken sollte der Springer angebracht werden. Der Obelisk, an dessen Spitze ein Strahlenkommuntator angebracht war, diente als Verlängerung des Transportstrahls. Von dort aus sollte dann die Verbindung zu den anderen Springern aufgebaut werden.

Der Eingang zu dem System befand sich in einem Kellergewölbe einer alten Kirche, die in der Nähe lag. Der Pastor dieser Kirche war mein Bruder Leonardo Chiellini. Das Besondere an ihm war, dass er volles Mitglied der katholischen Kirche und trotzdem ein Camorientore war. Ein Sinnbild der verrückten Welt in der wir lebten.

Heute, am vierten Juli 1451 wurde das unterirdische System fertig gestellt. Die meisten Teile für den Springer besaßen wir schon, nur noch der Parello-Rubin fehlte. Nur noch einmal zum Verständnis: Der Springer wurde zusammengesetzt aus einem Generator, der die Transportstrahlen erzeugte und in einen Rahmen leitete, wo sie dann eine plasmaähnliche Transportwand bildeten. Von dort aus wurde das Transportgut durch einen Leiter an den Strahlenkommuntator, der an der Spitze des Obelisken befestigt war, geschickt und an einen anderen Springer im Land gesendet. Natürlich war das alles viel komplizierter, als es in dieser Beschreibung scheint. Ein Springer bestand aus 845 Einzelteilen. Die meisten davon waren nur einfache Eisenteile, Zahnräder und Titanrohre, die für den Rahmen bestimmt waren. Diese Teile zu beschaffen stellte kein Problem dar. Eher schwieriger zu beschaffen, waren Dinge wie ein Strahlenleiter, ein Kommuntator oder ein Eronenfilter, alles Teile für den Generator und die Strahlenerzeugung.

Rom, 5-6.Juli 1451

Ich und zwei weitere Carmorientori, Felipe und Marcello, mussten den Parello-Rubin besorgen. Ein schwieriges Unterfangen, denn der letzte Parello-Rubin, den es im Großraum Rom zu dieser Zeit gab, befand sich in den Händen des Kardinals Morelli, der im Vatikan wohnte. Für den Kardinal hatte der Rubin keinen Nutzen, außer dass er viel Geld wert war.

Da wir dieses nicht besaßen, lag es an unserem Geschick, ihn zu stehlen, denn ohne ihn hätte der Springer nicht funktioniert. Um zwölf Uhr nachts brachen wir auf. Vor dem Vatikan wimmelte es nur so von Wachen. Doch dank eines Geheimgangs, der uns ins Innere führte, wurde uns das Herumschleichen oder Kämpfen mit den Wachen erspart. Der Gang führte nach ein paar Abzweigungen in die Gemächer des Kardinals. Er lag in seinem Bett und schnarchte friedlich vor sich hin.

Nachdem wir uns aufgeteilt hatten, schlichen wir durch die Räume. In jedem Kästchen, in jeder Schublade suchte ich. In einer großen Truhe aus Holz und Gold lag er schließlich. So groß, so schön, so glänzend rot wie ein Tropfen Blut. Und als ich mich so in der Schönheit des Rubins, der für unseren Springer so wichtig war, verfing, wurde es immer stiller um mich. Zu still! Das Schnarchen des Kardinals war verstummt. Vergeblich versuchte ich Felipe und Marcello zu finden.

„Suchen Sie diese beiden?"

Das war die Stimme des Kardinals. Ich blickte in Richtung Tür und sah meine beiden Freunde, wie sie von zwei Schweizer Gardisten festgehalten und mit Messern bedroht wurden.

„Was machen Sie hier?", schrie der Kardinal.

Doch ich antwortete ihm nicht. Ich war vor Schreck erstarrt. Eben das hatte ich vermeiden wollen. Das Schlimmste was uns passieren konnte, war eingetreten. Nicht nur der eine Rubin war in Gefahr, sonder unsere ganze Organisation. Ich musste irgendetwas unternehmen. Irgendetwas.

Während ich vor Angst zitternd und schwitzend da stand und überlegte, winkte der Kardinal in Richtung der Wachen und noch im selben Moment schnitten die scharfen Messer der Wachen wie durch Butter die Kehlen meiner Freunde durch.

"NEIN!"

Aber so schnell wie ich meinen Mund aufbekam, so schnell fielen die leblosen Körper von Marcello und Felipe zu Boden. Plötzlich ertönte ein Knall, als ob mein Kopf explodieren würde. Es wurde schwarz vor meinen Augen und ich klappte zusammen. Das Letzte was ich sah, war ein dritter Gardist der sich, mit einem Holzklotz in der Hand, über mich beugte.

Als ich aufwachte, drehte sich alles und mein Kopf fühlte sich an, als wäre eine Herde von Pferden darüber gelaufen. Ich konnte meine Augen kaum öffnen. Da öffnete sich eine Tür. Ein Mann kam herein und zündete eine Fackel an. In dem leichten Fackellicht erschienen Foltergeräte aus Holz und Metall und langsam erkannte ich, dass ich auf einer Holzbank lag. Über mir hing eine Lanze, die wie ein Beil aussah.

Der Mann begann mir Fragen zu stellen wie „Warum hast du das getan?“ und „Wer bist du?“.

Als ich keine Antwort gab, fing er an das Seil zu zerschneiden, an dem das Beil befestigt war. Es klang komisch oder irrsinnig, aber in diesem Moment, als ich von einem Mann gefoltert werden sollte, der sicher im Auftrag der katholischen Kirche handelte, betete ich zu Gott wie noch nie zuvor. Er brüllte immer weiter auf mich ein, doch bevor ich ihm verraten würde, was er wissen wollte, ginge ich mit dem Geheimnis ins Grab.

Mit dem sicheren Tod vor Augen dachte ich nur noch an schöne Sachen wie meine Familie und schloss die Augen. Zunehmend verdrängte ich den Lärm, den der Mann durch sein Geschrei erzeugte und wartete. Plötzlich knallte es. Ich bereite mich auf den Einschlag des Beils auf meinem Körper vor, doch es passierte nichts. Langsam öffnete ich meine Augen wieder und sah wie der Mann am Boden lag. Daneben stand Leonardo mit einem Knüppel in der Hand und lächelte mich an.

„Na, Bruderherz?“, flüsterte er mir zu, „da bin ich ja gerade noch rechtzeitig gekommen!?“

„Danke!“, war das Einzige, was ich aus meinem Mund bekam.

„Komm steh auf, die Wachen sind schon unterwegs!“, sagte Leonardo, während er mich losband und mir auf die Beine half.

„Schnell jetzt!“

Während wir einen breiten Gang in Richtung des Ausgangs liefen, kamen uns vier oder fünf Wachen entgegen. Mein Bruder packte mich und zog mich in eine kleine Nische. Als sie vorbei waren, liefen wir so schnell wir konnten Richtung Ausgang. Mit viel Glück und Geschick erreichten wir ihn, und es war kein Problem mehr bis zu unserem Versteck. Dort angekommen, fiel mir beim Umziehen der Rubin aus der Tasche. Natürlich, ich hatte ihn in die Hose gesteckt, als mich die Wachen überwältigt hatten. Sie hatten vergessen, ihn mir abzunehmen!

„Der Wille Gottes", meinte mein Bruder und ich fing langsam an, daran zu glauben. Die ganze Nacht über bauten wir an dem Springer bis er dann am Morgen des sechsten Juli fertig war.

6. Juli 1451

Es war soweit, der letzte Springer war vollendet. Auf dem Rahmen des Apparats standen die Namen der Menschen, die sich für diese Idee geopfert hatten, unter anderem die von Marcello und Felipe. Am späten Abend hatten sich die acht übrig gebliebenen Carmorientori versammelt, um den Opfern zu gedenken und den ersten „Sprung" zu feiern. Nach ein paar Gebeten war ich derjenige, der den Springer einschalten durfte. Ich startete den Generator und stellte ihn auf Florenz ein.

Auf einmal knallte es und die Plasmawand bewegte sich. Ein völlig verstörter, blutverschmierter Mann torkelte aus dem Springer und fiel auf den Boden.

„Ich bin Francesco Limorelli, einer der Carmorientori aus Florenz! Sie sind alle gefallen, Venedig, Palermo, Neapel, Turin und Florenz! Ich bin der Letzte!"

Plötzlich wurde es ruhig. Es herrschte keine Panik, zumindest noch nicht. Nein, wir waren alle nur verstört! So viel gearbeitet, so viel getan und jetzt.

„Aber wie", fragte ich den Mann. „Wer?"

„Die Kirche, sie hat alles zerstört! Ich hatte es als Einziger geschafft mich zu verstecken und bin zu dem Springer geflüchtet. Als Erstes dachte ich, es ginge nur uns so und bin zu den anderen Standorten gesprungen. Doch überall dasselbe, bis ich dann wieder zurück nach Florenz gesprungen bin. Als die Soldaten an das Versteck kamen, um den Springer zu zerstören, leuchtete die Verbindung nach Rom auf und da bin ich hierher gesprungen. Sie haben den Springer bestimmt schon zerstört. Bald werden sie hier sein, die Soldaten des Papstes! Wir werden alle untergehen!"

Nun kam Panik auf. Die restlichen Carmorientori rannten zum Ausgang. Nur ich, mein Bruder und der so schwer verletzte Francesco blieben zurück. Es vergingen mehrere Tage und nichts passierte. Am 9. Juli erlag Francesco seinen Verletzungen. Am 10. Juli wurde mein Bruder bei dem Versuch Brot zu kaufen festgenommen. Einen Tag später, nachdem er und die bereits gefangenen anderen Carmorientori gefoltert worden waren, fand die Hinrichtung meines Bruders statt.

Mit einem dunklen Mantel bekleidet und der Kapuze übers Gesicht gezogen, begab ich mich zum Platz der Hinrichtung. Dort sah ich, wie mein Bruder und meine Freunde hingerichtet wurden. Bei dem Versuch sie zu retten, wäre ich auch gestorben. Das durfte nicht passieren, denn ich hatte noch eine wichtige Aufgabe zu erfüllen, wie auch mein Bruder wusste. Es war für diesen Fall so ausgemacht. Als er mir bei der Hinrichtung in die Augen sah und mit letzter Kraft nickte, fühlte ich mich in meinen Gedanken bestätigt.

Ich weiß, es hat eine Bedeutung. Vielleicht wird eines Tages einmal die Zeit kommen, in der die Menschheit offen für neue Erfindungen ist, offen für neue Lebensweisen. Und falls dieser Tag kommt, möchte ich, dass diese Zeilen einmal in Hände gelangen, die das umsetzen wovon mein Bruder und ich geträumt haben!

Auf dass die Menschheit niemals vergessen wird, wer wir waren und was wir schufen! Ich bin Marco Chiellini, der letzte Carmorientore Italiens und Roms. Und das war meine Geschichte.

4. Juli 2011, Piazza del Popolo, Rom

Während Bauarbeiten an der Piazza del Popolo findet ein Bauarbeiter einen Hohlraum unter der Erde. Als er Archäologen den Fund meldet, steigen diese daraufhin in das unterirdische Kellersystem und finden dort eine Menge zerbrochener Gerätschaften und Rohre. In der Mitte des Raumes finden sie ein alte Truhe mit einer Art Bauplan für etwas und ein uraltes staubiges Buch mit der Überschrift: „DER LETZTE CARMORIENTORE“.

Die Reise zu einem anderen Stern

Iris Laner - 7. Klasse

„3..2..1...", ertönte es laut. Es herrschte riesiger Krach, bis die Rakete endlich abhob in Richtung Weltraum. Ich fühlte mich gar nicht wohl in meinem Fell. Wie sollte ich auch? Ich war in einen eigenartigen Anzug gesteckt worden mit einem noch eigenartigeren Helm. Ja! Der Helm störte am meisten, denn ich hatte gerade Flöhe und es juckte mich ganz fürchterlich am Ohr.

Traurig sah ich aus dem Fenster und konnte nur noch einen blauen Planeten erkennen. Na ja! Vielleicht haben Sie ja schon mal von mir gehört! Ich bin ein Hund und heiße Leica. Die Menschen wollten herausfinden, ob man mit diesem Fahrzeug, auch Rakete genannt, auf den Mond gelangen kann. Weil sie zu feige waren, um es selbst auszuprobieren, nahmen sie eben mich. Ich persönlich fand das ziemlich nutzlos, denn ich glaubte nicht, dass dies möglich sei. Vor allem hasste ich es, dass sie mich da mit reinziehen wollten.

In dem Raumschiff hatten die Menschen wahrscheinlich tausende von Kameras eingebaut. So konnten sie mich sicher die ganze Zeit über beobachten. Und ich hasste es, wenn man mich beobachtete. Damals genauso wie heute auch noch. Ich hatte mich verständlicherweise total aufgeregt und das machte mich müde. Da die Flöhe anscheinend schon eingeschlafen waren, juckte es nicht mehr. Ich nutzte die Gelegenheit und schlief kurz darauf tief und fest.

Am nächsten Morgen wachte ich nicht wie sonst durch das Jucken der Flöhe auf, sondern durch ein starkes Rumpeln. Ich schreckte auf und lief zum Fenster. Ich sah eine graue, holprige, mit Kratern übersäte Landschaft. Landschaft konnte man es eigentlich nicht nennen, denn es gab keine Pflanzen oder Teiche, Flüsse oder irgendeine vorstellbare Art von Lebewesen. Das musste er sein, der Mond. Ich konnte es gar nicht glauben. Es war von

Vorteil, früher einmal der Hund eines Astronomen gewesen zu sein. Dadurch wusste ich nämlich vieles, was andere Hunde nicht wissen konnten, zum Beispiel was Krater sind.

Die Raketentür öffnete sich und alle Lichter gingen aus. Die NASA hatte wohl bemerkt, dass ich gelandet war. Nun schalteten sie einfach alles ab und überließen mich dem Universum. Ich stieg langsam die Treppen hinab. Das Einzige, was noch an meinen Heimatplaneten erinnerte, war mein mit Bernstein besetztes Halsband. Es hatte ein wunderschönes Muster und bedeutete mir sehr viel, da ich es schon als Welpe besessen hatte.

Ich versuchte auf dem Boden zu bleiben, aber ich schwebte bei jedem Schritt etwa einen Meter nach oben. Es war ein tolles Gefühl, so im Universum herum zu schweben. Aber trotzdem wurde mir dabei ganz schwindelig zumute und ich schleppte mich mit viel Mühe zurück zur Rakete. Dort verschloss ich die Tür so gut es mit meinen Pfoten möglich war. Ich tapste zum Fenster und betrachtete von dort aus die atemberaubende Landschaft. Hier musste ich nun wahrscheinlich den Rest meines Lebens verbringen. Wovon sollte ich mich bloß ernähren? Sehnsüchtig dachte ich an meine Heimat und blickte verträumt aus dem Fenster.

Plötzlich sah ich durch die graue Atmosphäre einen riesigen Wirbelsturm auf mich zukommen. Es musste so eine Art Tornado sein, nur viel größer und mächtiger. Auf einen Schlag erreichte er meine Rakete. Diese wurde mitgerissen und mir wurde ganz schwindelig. Ich wagte es jedoch nicht mich zu übergeben, da das Ergebnis überall herum schweben würde. Der Tornado bewegte sich mit einer Wahnsinnsgeschwindigkeit. Zuerst sah ich noch die mir bekannten Planeten, wie Jupiter und Saturn, oder wenigstens ein paar Sterne. Doch irgendwann sah ich nur noch schwarz. Im wahrsten Sinne des Wortes schwarz, denn ich konnte nichts mehr erkennen. Ja selbst meine eigene Pfote konnte ich nicht mehr sehen.

Langsam gewöhnte ich mich an das ewige Schaukeln und schlief ein. Als ich etwa zwei Stunden später durch meine Flöhe aufwachte, sah ich endlich Sterne und Planeten. Doch ich erkannte keinen dieser Planeten wieder. Einer war pink- giftgrün gestreift und ein anderer hatte die Form eines Dreiecks. Der Tornado bewegte sich auf einen blau-grün gefleckten Stern zu, der mir auch gleich am sympathischsten war, da er unserer Erde in gewisser Weise ähnelte. Ich musste wohl in einem anderen Sternensystem gelandet sein.

Noch immer mit Schauen beschäftigt, landete ich mit einem lauten Poltern. Der Tornado war bald so weit weg, dass ich ihn gar nicht mehr erkennen konnte. Ich sah Gras. Ja zweifellos, das musste Gras sein. Was mich allerdings sehr irritierte: es war blau, himmelblau. Und weiter drüben war ein See. Doch der war keineswegs blau. Nein, er war grün. Blaues Gras ließ ich mir ja noch eingehen, aber grünes Wasser, nein, das wollte ich mir genauer ansehen!

Ich stieg also aus und tapste zum See. Da ich ja meinen Lufthelm auf hatte, war es auch kein Problem zu tauchen. Unsicher watete ich ins Wasser. Erst schwamm ich ein bisschen darin herum, und als sich dies so anfühlte wie auf der nun wahrscheinlich weit entfernten Erde, hatte ich keine Scheu mehr zu tauchen. Ich holte tief Luft, da ich es so gewohnt war und steckte meinen Kopf unter Wasser. Erst da fiel mir ein, dass ich ja wegen dem Helm ganz normal weiteratmen konnte. Doch als ich mich umsah, verschluckte ich mich erst einmal.

So etwas hatte ich noch nie gesehen, noch nicht einmal auf dem Mond, auf dem ich kürzlich gewesen war. Mit dem Mond konnte man das sowieso nicht vergleichen, denn hier war Leben angesagt. Ich sah alle möglichen Wesen. Fische mit rotem Fell schwammen herum. Sie erinnerten mich ein wenig an Kuscheltiere, immer fünf bis sechs von ihnen in einer Gruppe. Sie jagten kleinere gelbe Quallen. Doch die waren so schnell, dass man sie kaum sehen konnte. Dann waren da auch noch pinkfarbene Seeschlangen.

Zuerst fürchtete ich mich etwas vor ihnen, denn sie waren doppelt so lang wie ich, doch sie erwiesen sich als außerordentlich friedlich. Es gab auch braune Krebse dort unten. Die versteckten sich immer zwischen den Algen. Vereinzelt sah ich noch Fische, die eine Art Lampe vor ihrem Gesicht baumeln hatten. Die leuchtete in allen Farben und war heller als eine Diskokugel. Noch viel mehr solcher Wesen gab es dort unten und mit der Zeit wurde mir auch klar, warum das Wasser so grün aussah. Die Korallen und Algen hatten ein so stechendes Grün, denn das Wasser war ganz klar. Als ich mich sattgesehen hatte, tauchte ich wieder auf und kletterte aus dem Wasser. Das war gar nicht so einfach, denn ich rutschte immer wieder an den Algen ab.

Als ich es endlich geschafft hatte, sah ich mir die Gegend an, die ich von der Rakete aus nicht hatte erkennen können. Ich sah Bäume und komische Ameisenhügel. Die Bäume sahen aus wie bei uns, doch die Ameisenhügel sahen völlig fremd aus. Sie waren etwa zwanzigmal größer als ich und an der Oberfläche glatt. Hier konnte man sie in allen Farben sehen, und sie hatten Türen und Fenster eingebaut. Das mussten Häuser sein, doch das wollte ich mir einmal genauer ansehen. Ich folgte dem mit schwarzem Kies bedeckten Weg.

Während ich so schlenderte, sah ich vieles was mir bekannt vorkam. Ich sah Bäume, ähnlich wie bei uns, nur dass statt Früchten verschiedene Getränke auf ihnen wuchsen, abgepackt in kleinen Tütchen. Auf dem ersten Baum hingen Colatütchen, auf dem daneben wuchs Eistee und auf wieder einem anderen konnte man Kokosmilch ernten. Auch einen Spielplatz konnte ich erkennen. Auf den ersten Blick sah er ganz normal aus, doch bei genauerem Hinsehen fielen mir mehrere Besonderheiten auf. Die Schaukel bestand beispielsweise aus einem Sessel, der durch eine Art Laser in der Luft schwebte.

Voller Neugier sprang ich auf den Sessel. Der fuhr plötzlich seine Propeller aus und flog los. Das war wirklich ein Wahnsinnsgefühl. Ich war ja auf der Erde schon ein paar Mal mit dem Flugzeug geflogen und dabei war mir immer schlecht geworden. Aber diesmal fühlte ich mich richtig gut dabei. Von dort oben hatte man einen super Ausblick. Ich konnte den Weg sehen, auf dem ich hergekommen war. Weiter hinten waren die Rakete und der See, der von oben noch grüner aussah als von unten. Ich sah die merkwürdigen Häuser und beschloss, mir diese als Nächstes anzusehen.

Als ich landete, wäre ich zwar gerne noch eine Runde geflogen, doch der Hunger trieb mich weiter. Ich konnte gar nicht genug sehen, denn hinter jeder Ecke wartete etwas Neues. Plötzlich hörte ich etwas summen. Als ich genauer hinsah, erkannte ich es. Es war eine Libelle! Ja, zweifellos. Ich war ziemlich begeistert, dass es die auch hier gab. Libellen waren neben Hunden und Wölfen meine Lieblingstiere, da man sie so schön jagen konnte.

Rein instinktiv musste ich sie jagen und das tat ich auch. Ich flitzte sofort hinter ihr her, doch sie war ein harter Gegner. Davon ließ ich mich jedoch nicht einschüchtern. Ich wusste nicht, wo ich hinlief oder ob ich bald einem menschlichen Wesen begegnen würde, was mich in diesem Moment allerdings überhaupt nicht interessierte. Das Einzige, worauf ich mich konzentrierte war die Libelle, die übrigens wie mir später erst auffiel knallrot war. Sie flog in eine Gasse mit Büschen auf beiden Seiten und bald verlor ich sie aus den Augen. Es war schon ziemlich dunkel geworden. Hungrig und erschöpft rollte ich mich am Rande eines Busches zusammen. Hier war es gar nicht so schlecht, es gefiel mir, hier wollte ich bleiben.

Auf einmal rissen mich grelle Scheinwerfer aus meinen Gedanken. Jemand kam näher und immer näher. Dann streckte er seine Hand nach mir aus. Ich kauerte mich zusammen und dabei lief mir ein Schauer nach dem anderen den Rücken hinunter. Dieser jemand stach mir irgendetwas ins Hinterteil, meine Augen wurden schwerer und ich schlief ein.

Als ich wieder aufwachte, fand ich mich in einer Glaskugel wieder. Ich sah alles noch ganz verschwommen und fühlte mich sehr schwach. Die Glaskugel, in der ich mich befand, stand inmitten eines Labors mit tausenden von Knöpfen an den Wänden. Wie konnten sich die nur merken, welcher Knopf wofür stand? Viele Menschen standen im Raum. Diese Menschen sahen äußerst merkwürdig aus, denn sie hatte drei Augen und riesige Segelohren. Die Frauen sahen aus, als wäre ihnen gerade etwas explodiert, denn ihre Haare standen zu Berge. Das musste wohl gerade im Trend sein! Lustig sah es jedenfalls aus.

Davon abgesehen sahen die Menschen ganz normal aus. Sie waren alle damit beschäftigt, etwas in ihre Notizblöcke zu schreiben. Doch als die sahen, dass ich wach war, liefen sie herbei und beobachteten mich, so als wäre ich ein Alien. Zugegeben, für sie war ich ein Alien. Trotzdem machte mir das Angst. Einer von ihnen lief zu den Knöpfen und drückte einen davon. Dadurch öffnete sich die Unterseite der Kugel, in der ich saß. Etwas wurde hochgeschoten und die Kugel schloss sich wieder.

Es waren mehrere Näpfe, gefüllt mit verschiedenen Leckereien. Ja, das war etwas Essbares, ich roch es genau. Wie in einem der Fünf-Sterne-Restaurants, die mein Herrchen früher immer besucht hatte. Ich nahm genüsslich den ersten Bissen von einem der Näpfe, wobei die Menschen mich gespannt anschauten. Doch was war denn das für ein Zeug? Das schmeckte ja wie eine alte Sportsocke. Ich spuckte es sofort aus und probierte schnell das daneben stehende Wasser, das zusätzlich auf dem Tablett stand. Ich schlürfte vorsichtig davon in der Hoffnung, es schmecke nicht so grausig wie das Zeug im ersten Napf.

Lange und sorgfältig schmeckte ich es ab und fand, das es einen Mango-Geschmack hatte. Ich kannte das, denn im Garten von

Herrchens Nachbarn gab es viele Mangos, die ich mir immer stibitzte. Leider war dieser Diebstahl meinem Herrchen nicht lange verborgen geblieben, da meine Hinterlassenschaften danach die Farbe geändert hatten. Das Wasser hier erinnerte mich an meinen Heimatplaneten und deshalb schmeckte es auch so gut. Ich nahm gleich mehrere Schlucke davon und die Forscher bemerkten dies. Alle sahen fröhlich aus, bis auf einen. Der blickte nur grimmig in der Gegend herum und hatte zu allem Überfluss noch eine Riesennase.

„Hätte ich so eine dicke Nase", dachte ich mir, „wäre ich auch schlecht gelaunt!"

Ich probierte die Inhalte der restlichen Näpfe, die mir auch sehr gut schmeckten. Zufrieden legte ich mich in die andere Hälfte der Kugel zurück. Von dort beobachtete ich, wie sich ein Teil wieder öffnete, um die Reste nach draußen zu entlassen.

Jetzt erst fiel mir auf, dass sie mir den lästigen Anzug ausgezogen hatten. Aber es fehlte nicht nur der Anzug. Irgendetwas anderes fehlte noch, das ich in der Hand eines der Menschen entdeckte: mein Bernsteinhalsband! Alles durfte man mir wegnehmen, nur nicht das! Nicht mein Halsband. Ich wurde so sauer! Ich wollte es zurück und ich wollte es auf der Stelle zurück! Wahrscheinlich wollten sie nur das Gestein untersuchen, aber das war mir egal. Ich nahm Anlauf und löste dabei die Kugel aus der Rampe, auf der sie deponiert war. Ich rollte zielgenau auf den Mann zu, der das Halsband daraufhin losließ und auswich. Die Kugel raste gegen die Wand und zerbrach. Da schnappte ich mir das Halsband und schoss zur Tür hinaus. Ich hatte Glück und fand schnell den Ausgang.

Bald merkte ich, dass das nicht der Ort war, an dem ich gelandet war. Nein, das war eine Großstadt, nicht wie bei uns, sondern eine größere Großstadt mit mehr Technik. An jedem Haus hing ein Riesenfernseher, Autos fuhren in der Luft, es waren Fließbänder am Boden, die durch die ganze Stadt gingen und manche Häuser schwebten fünf Meter hoch in der Luft. Dort konnte man mit einem schwebenden Aufzug oder einem Raketenauto hingelangen. So stellte ich mir die Zukunft auf der Erde vor. Doch ehrlich gesagt fand ich nach einiger Überlegung diese Art von Zukunft nicht mehr sehr erstrebenswert.

Man musste sich nur einmal den Obststand ansehen. Da gab man in einen Computer ein, was man kaufen wollte. Ein Roboter richtete alles auf ein Fließband, und am Ende der Röhre bekam man das Obst in eine Tüte verpackt. Was mir auch auffiel war, dass die Leute hier nicht mit Geld oder Kreditkarte bezahlten, sondern ihre Hände auf bestimmte Flächen legten, wodurch ihre Daten eingespeichert wurden. So eine Art Handkreditkarte.

Ich hatte leider keine Zeit, mich weiterhin umzusehen, denn ein Teil der Menschen war schon wieder hinter mir her. So schnell es ging rannte ich auf ein Fließband. Das war fast wie Autofahren, nur wurde mir dabei nicht schlecht. Wenig später hüpfte ich schnell vom Fließband und versteckte mich hinter einer Ecke. Ich sah meine Verfolger vorbeilaufen und war ganz erleichtert, bis ich auf einen der riesigen Fernsehbildschirme sah.

Hey, ich war im Fernsehen. Aber die berichteten in den Nachrichten wohl nichts Gutes über mich, denn der Nachrichtensprecher sah ganz grimmig aus. Ich sah Bilder, aus denen man das Schlimmste lesen konnte. Sie versprachen demjenigen eine Belohnung, der mich ihnen zum Einschläfern auslieferte. Sie stellten mich als gewalttätig dar, dabei hatte ich doch nur mein Halsband zurück gewollt.

Plötzlich kam hinter mir jemand hervor und hielt mich fest. Es war derjenige mit der großen Nase. Mist! Der war sowieso schon so böse drauf. Mir war klar: jetzt ist alles vorbei. Er bückte sich zu mir herab, streichelte mich zuerst ein wenig und legte mir dann mein Halsband an. Er schmuggelte mich unter seine Jacke und brachte mich zu seinem Flugauto. So sehr ich mich auch wehrte, es nützte nichts.

Wir landeten vor einem kleinen Häuschen. Dort fühlte ich mich gleich wohler, denn ich erkannte das kleine Dorf wieder, in dem ich zuvor mit meiner Rakete gelandet war. Er ging mit mir zu seinem Haus, klingelte und zwei kleine Kinder machten auf. Er nahm sie auf den Arm und ich sah ihn zum ersten Mal lachen. Vielleicht war er ja doch nicht so schlimm, wie ich vermutet hatte. Aber warum hatte er mich nicht ausgeliefert? Vielleicht wollte er vorher noch den Seinen von seinem Glücksfang erzählen?

Er machte die Gartentür auf und ließ mich hinaus. Ich erhielt Essen und Trinken und bald kamen die Kinder, um mit mir zu spielen. Wäre da nicht der Gedanke gewesen, dass ich wegen dieser Familie sterben würde, hätte ich mich richtig wohlfühlen können. Ich sah im Wohnzimmer den Mann – er hieß Dietmus – mit seiner Frau reden. Was war Dietmus eigentlich für ein Name? Ich kannte wohl Dietmar, aber Dietmus? Auf jeden Fall gefiel mir sein Blick nicht, während er mit seiner Frau redete. Es war ein besorgter Blick und er sah immer wieder zu mir herüber. Langsam wurde es Abend. Für mich hatten sie ein Körbchen mit einer Kuscheldecke vorbereitet. Darin schlief es sich wunderbar. Ich fragte mich jedoch, warum sie all das für mich taten. Vielleicht wollten sie mir ja helfen?

Am nächsten Morgen wachte ich spät auf. Meine Flöhe war ich nun wohl los! Ich war allein im Haus und fand auch gleich mein Frühstück. Als ich gegessen hatte, beschloss ich, mich im Haus umzusehen. Ich ging die Treppen hinauf und schlich in das erste Zimmer, in dem der Fernseher noch an war. Die hatten wohl noch nie was von Energiesparen gehört! Da ich die Sprache dieses Planeten nicht beherrschte, interessierte mich auch das Fernsehprogramm nicht. In einer Ecke fand ich einen bunten, mit Antennen versehenen Hut. Der sah lustig aus! Es war wohl ein Faschingshut!

Ich setzte ihn auf und da war mir für einen Moment ziemlich komisch zumute. Ich betrachtete mich von allen Seiten im Spiegel und fand, dass er mir richtig gut stand.

Auf einmal hörte ich Stimmen. Das Komische daran war, dass ich sie verstand. Doch woher kamen diese Stimmen? Sie kamen aus dem Fernseher. Plötzlich konnte ich alles verstehen, was sie in den Nachrichten erzählten. Das musste der Hut gewesen sein. Ich hatte auf diesem Planeten ja schon so manches gesehen, aber das war das Verrückteste von allem. Also lauschte ich den Nachrichten, da ich wissen wollte worum es ging.

Da erkannte ich Dietmus wieder. Er war im Fernsehen, genauso wie ich vor Kurzem. Natürlich interessierte es mich jetzt noch mehr, was dort gesagt wurde.

Dietmus stand vor einem großen Pult und sprach wie folgt: „Wir dürfen dieses außerirdische Wesen nicht töten, nur weil es um seinen Besitz gekämpft hat. Dieses Wesen öffnet viele uns noch unbekannte Türen. Es wäre daher ein Fehler, es zu töten!“

Ich konnte es nicht glauben, dass er sich so für mich einsetzte. Doch nicht alle waren von seiner Rede begeistert. Das Publikum wurde wütend und mutmaßte, er würde zusammen mit mir teuflische Pläne aushecken.

Bald wurde ein Urteil gefällt, aber kein gutes. Sie ordneten an, Dietmus und mich zu töten. Ich galt immer noch als verschwunden, deswegen knöpften sie sich erst ihn vor. Als ich das hörte, schoss ich sofort nach draußen und suchte den Weg in die Stadt, um Dietmus zu helfen. Von Weitem sah ich schon die hohen Wolkenkratzer und musste ihnen nur noch folgen. Wie bei der ersten Ankunft in der Stadt, sah ich wieder eine Libelle. Es hätte mich zwar gereizt ihr hinterher zu jagen, doch Dietmus war jetzt wichtiger. Mir war schon klar, dass ich damit mein Leben aufs Spiel setzte, doch das war es mir wert. Dietmus hatte mir geholfen und ich war fest entschlossen, ihm nun auch zu helfen.

So schnell wie ich lief, dauerte es nicht sehr lange, bis ich die Stadt erreichte. Auf dem Marktplatz sah ich schon einen Scheiterhaufen, zu dem sie Dietmus gerade führten. Für eine Großstadt war ein Scheiterhaufen reichlich altmodisch, doch es zu sehen tat trotzdem weh. Ich lief auf die Menschenmenge zu und bellte und knurrte was das Zeug hielt. Alle erschraken. Ich dachte, es würde klappen. Aber sie beruhigten sich bald wieder, nachdem mich zwei Männer eingefangen hatten.

Das war jetzt wohl das Ende. Ich kuschelte mich an Dietmus und der streichelte noch einmal über meinen Kopf. Ein dicker Mann war gerade dabei, die Fackel anzuzünden, als ein schmächtigerer Mann vortrat. Da ich den Hut noch aufhatte, konnte ich ihn genau verstehen.

Er sprach mit lauter Stimme: „Wollt ihr ernsthaft diese beiden Wesen verbrennen? Diese beiden haben höchsten Mut und Zusammenhalt bewiesen. Sie haben ihr Leben für einander eingesetzt und ihr wollt sie töten?"

Da herrschte großes Schweigen, das bald von leisem Murmeln abgelöst wurde.

Ein anderer Mann stellte sich neben den ersten und sagte: „Er hat recht! Das verdienen sie nicht!"

Bald brüllten alle Menschen auf dem großen Platz: „Stimmt! Sie sollen leben!"

Der Bürgermeister, dem die ganze Sache eigentlich egal war, beschloss also uns frei zu lassen. Dietmus strahlte vor Erleichterung, hob mich hoch und drückte mich. Alle konnten sehen, dass ich alles andere als gefährlich war und alle jubelten.

Heute wohne ich bei Dietmus und seiner Familie. Hier ist es wunderschön: Die Kinder aus dem ganzen Dorf spielen mit mir und unser Nachbar hat einen Teich im Garten, in dem ich baden darf. Ich habe fast nie mehr Heimweh nach der Erde, denn ich bin nun hier zu Hause.

Der geheime Gang

Lioba Listl - 6. Klasse

Leo wäre am liebsten wieder umgekehrt. Doch es zog ihn magisch dorthin. Wohin eigentlich? Das wusste Leo auch nicht so genau. Genervt trottete er den langen, dunklen Gang entlang. Es war ein Geheimgang, der von der Burg, die er gerade mit seinen Eltern besichtigt hatte, wahrscheinlich zu einem der umliegenden Häuser führte. Er hatte den Drang verspürt in den Keller hinab zu steigen, das alte verrostete Schloss der Holztür mit seinem Taschenmesser zu knacken und in diesen Tunnel hineinzugehen.

Jetzt stand er hier. Was sollte er tun? Wieder zurückgehen? Nein, das würde er nicht tun. Was dann? „Weitergehen." Diese elf Buchstaben sagte er sich ungefähr hundert Mal, zumindest kam es ihm so vor, und dann stand er wieder vor einer großen, massiven Holztür. Sollte er sie öffnen? Aber wenn dort hinter der Tür ein Monster auf ihn wartete, nur um ihn zu verspeisen?

„Ausgeschlossen." Jetzt dachte er ja schon fast wie seine Eltern, die auch immer nur das Schlechte sahen. Was nun, sollte er die Tür öffnen oder nicht? Womöglich war sie sogar verschlossen und nicht mit einem Taschenmesser zu bezwingen? Das waren viele Fragen. Zu viele.

Doch Leo war einfach furchtbar neugierig. Er wollte die Tür öffnen, zumindest sein Körper.

Sein Gehirn aber sagte: „Leo, Leo, vielleicht ist es ja gefährlich?"

Er konnte sich nicht entscheiden. Sollte sein Gehirn doch sagen was es wollte, er würde die Tür öffnen.

„Basta!" Entschlossen drückte er die Klinke. Die Tür war offen! Mit zögernden Schritten lief er langsam in einen Raum hinein, in einen Raum, der nichts enthielt. Und auch Leo konnte nur schätzen, dass es ein Raum war, weil er diesen durch eine Tür betreten hatte. Wahrhaftig, in diesem riesigen, endlosen Raum war nichts. Er sah nicht einmal das Ende des Raumes.

Leos Herz pochte laut, fast so wie ein Presslufthammer. Wie immer, wenn er nicht wusste wo er war, hatte er große Angst. Das war halt so. Er konnte es nicht verhindern. So kroch ihm in diesem Augenblick ein leichter Schauer über den Rücken. Leo ahnte nicht, worauf er sich hier einließ und das war für ihn immer ein schlechtes Zeichen.

Er spielte mit dem Gedanken, wieder umzukehren. Er war sich schon fast sicher dies zu tun, als er ein leises Geräusch hörte. Wie eine Statue stand er da, unfähig sich zu bewegen. Leo erinnerte sich an einen Gruselfilm, den er sich einmal angeguckt hatte. Dort war die Hauptperson von einem Ork angegriffen worden, der sich vorher durch ein leises Grunzen angekündigt hatte.

Genauso hörte sich dieses Geräusch an. Er drehte sich um und wollte durch die Tür weglaufen, doch die Tür war verschwunden.

„Moment mal“, fragte er sich, „seit wann verschwinden Türen denn einfach?“

Schon wieder eine Frage, die er sich nicht beantworten konnte. Erneut hörte er ein Geräusch, dieses Mal von der Seite. Sein Hals wurde trocken und seine Kehle war wie zugeschnürt. Langsam drehte er sich um. Was er da erblickte, ließ ihm das Blut in den Adern gefrieren.

Er schaute direkt in das Gesicht eines Roboters. Modernste Technik. Leo wollte wegrennen, doch seine Füße rührten sich nicht von der Stelle. Dieser Roboter sah grauenhaft aus. Sein Kopf war mit Tausenden von Nägeln gespickt. Aus den Löchern quoll eine dunkelrote Flüssigkeit. Sie wirkte wie eine Mischung aus Maschinenöl und Blut, menschlichem Blut. Der Rest des Körpers bestand aus Eisenteilen, die durch Scharniere miteinander verbunden waren. Nur im Brustbereich pumpte ein Herz Blut durch die Adern. Es war ein menschliches Herz.

Offensichtlich hatte sich schon einmal vor langer Zeit ein Mensch hierher verirrt und war von diesem Roboter getötet worden. Das vermutete Leo deshalb, weil das Herz alt und verschrumpelt wirkte. Er würde auch so enden, wenn er sich nicht bald etwas einfallen ließ. Das war logisch. Doch bevor er überhaupt einen klaren Gedanken in seinem Kopf bilden konnte, sprach der Roboter zu ihm.

Seine Stimme war rau und dröhnte Leo in den Ohren: „Komm her, mein Kleiner. Gleich haben wir dich. Wie du siehst, brauche ich ein neues Herz und der König auch. Das wird ein Spaß. Ha ha ha ha ha!“

Das Lachen des Roboters wirkte hohl. Leo bekam eine Gänsehaut, mit der er es bestimmt ins Guinness Buch der Rekorde geschafft hätte. Doch hier bemerkte es keiner. Jetzt kapierte er, dass er in einer anderen Welt war. Jenseits von der der Menschen. Er war in der Welt der Roboter. Leo hatte verloren. Er würde als Herz eines Roboters enden, wenn er sich nicht beeilte. Aber der Roboter war schneller und schnappte sich seine Hand, zog ihn fort.

Wohin? Leo wusste es nicht. Die Umgebung hatte sich inzwischen verändert. Aus dem Nichts war eine öde Berglandschaft geworden, die nur spärlich bewachsen war. Der Roboter hielt sich seinen Fingerring an den Mund und sprach leise hinein.

„Alle Achtung“, dachte sich Leo, „das ist wahrscheinlich ein Handy aus der Zukunft.“

Endlos lang zog sich die Berglandschaft dahin, doch plötzlich, wie aus dem Nichts, tauchte eine große Maschine vor ihnen auf. Es war ein grauer Kasten mit einer Tür und einem Hebel daneben. Der Roboter betätigte den Hebel und die Tür glitt lautlos auf. Leo stolperte hinein.

Die Tür schloss sich wieder und er wurde auf ein Fließband gerissen. Unsanft landete er darauf. Sofort setzte es sich in Bewegung, um ihn in eine lange, dunkle Röhre zu werfen. Leo stöhnte vor Schmerz. Das hier war zwar echt modernste Technik, doch auf die Verletzlichkeit der Menschen hatten sie wenig geachtet.

Plötzlich stieß sein Kopf auf etwas Hartes. Die spärlich beleuchtete Röhre war nicht besonders hoch, aber sie schien ihm endlos lang.

„Mist!“ Wo war er denn hier gelandet?

Leo zwickte sich in den Arm, um sich zu vergewissern, dass er nicht träumte. Ausgeschlossen, das hier war die Wirklichkeit! Wie gern läge er jetzt zu Hause in seinem Bett und erwachte aus einem Albtraum. Doch dieses Nachdenken hatte keinen Sinn, er musste hier raus.

Ziellos stolperte er vorwärts. Waren da nicht Stimmen? Ja, jetzt hörte er sie klarer. Es waren die Stimmen von Robotern, die sich deutlich von denen der Menschen unterschieden. Er suchte verzweifelt ein geeignetes Versteck, um sich vor den anscheinend näher kommenden Robotern zu verstecken. Aber was war das an seinem Ärmel? Wahrscheinlich ein GPS-Sender, um ihm unauffällig zu folgen und ihn dann im geeigneten Augenblick zu töten. Er fragte sich, warum der Roboter und die Maschine ihn nicht gleich getötet hatten.

Aber er lebte noch und musste dies ausnutzen. Das war wahrscheinlich seine letzte Chance. Er entfernte den Sender mit seinem Taschenmesser von seinem T-Shirt und warf ihn gegen die Wand. Das hätte er sich sparen können, wie er ein paar Sekunden später bemerkte, denn er war gespickt mit diesen Dingern. Sie würden ihn finden und danach sein Herz einem Roboter einpflanzen. Eine schauderliche Vorstellung! Nein, so weit wollte er es nicht kommen lassen. Er würde bis zur letzten Sekunde kämpfen.

Die Stimmen wurden lauter und lauter, sie kamen immer näher. Er drängte sich aus Angst an die kalte Wand und fiel mit einem schrillen Schmerzensschrei zu Boden. Ihm war schwindlig und schwarz vor Augen.

„Da ist er", sagte einer der Roboter und stolperte beinahe über ihn. „Ich hätte nicht gedacht, dass er uns so buchstäblich vor die Füße fällt!"

Erfreut hoben sie ihn auf und trugen ihn durch ein Labyrinth aus Röhren, Drähten und Monitoren. Es waren Computer und Maschinen, die fast alles konnten und diese Welt der Technik beherrschten. Für viele Menschen wäre dieser Anblick sicher faszinierend gewesen! Die Maschinenwesen trugen Leo in einen Raum, der wie ein Operationssaal in einem Krankenhaus aussah. Hier wollten die Roboter bestimmt Leos Herz herausnehmen, damit das Überleben des Königs gesichert werden konnte.

Leo war immer noch wie betäubt und ließ alles über sich ergehen. Er wurde auf einen Metalltisch gelegt. Durch die Kälte dieser Metallplatte wachte er aber langsam auf. Allerdings zeigte er nach außen keine Regung, damit die Roboter nichts merkten. Sie schlossen ihn an eine Maschine an. Fieberhaft überlegte er, wie er das alles noch stoppen konnte.

Computer und Maschinen waren doch auf Strom angewiesen. Diese Wesen hier womöglich auch? Es war einen Versuch wert. Im Liegen spähte er vorsichtig durch seine Lider, ob er einen auffälligen großen Hebel entdecken konnte. Ja, dort drüben war einer!

Wenn er es schaffen könnte, ihn zu erwischen, wäre vielleicht die Stromversorgung dieser sonderbaren technischen Welt abgeschaltet. Blitzschnell stand er auf und riss am Hebel. Doch… Nichts passierte!

Kraftlos ließ er sich fallen, da er jetzt keine Chance mehr für sich sah. Beim Zurückfallen erwischte er aus Versehen einen anderen, kleinen und unscheinbaren Hebel. Wie durch Zauberhand fielen alle Roboter zu Boden und die Monitore erloschen. Das war also der richtige Hebel für die Stromversorgung gewesen! Noch bevor er sich weitere Gedanken machen konnte, gab die Metallplatte auf der er lag nach, und er fiel und fiel und fiel.

Die Landung war hart, er lag nun mitten auf einem Schrottplatz. Das wäre also seine Endstation nach der Herzentnahme gewesen. So fand man die leblosen Körper selten in der Menschenwelt. Leo sprang hoch und rannte so schnell er konnte. Nur weg von hier! Den Ausgang zu finden war kein Problem und er rannte weiter.

In der Ferne sah er die Burg, seine Eltern würde er hoffentlich dort wieder finden. Er rannte und rannte. Im Burghof sah er sie, offensichtlich hatten sie noch nicht einmal nach ihm gesucht – die Welt der Roboter schien sich wohl außerhalb aller menschlichen Zeitdimensionen zu befinden.

V.I.R.U.S

Paul Palm - 9. Klasse

Kara hörte ein Geräusch. Ein ganz leises Kratzen und doch wurde sie aufmerksam. Gerade noch hatte sie über ihren Hausaufgaben gebrütet, schon stand sie auf und lauschte aufmerksam. Als Nächstes vernahm sie ein Schleifen wie von einer Tür, dann einen Fluch, als hätte sich jemand gestoßen und dann ... nichts mehr.

Langsam und vorsichtig, da der Einbrecher, falls es denn einer war, ja bewaffnet sein könnte, schlich sie die Treppe hinunter. Am Absatz im ersten Stock angekommen hielt sie inne und sperrte ein weiteres Mal die Ohren auf. Nun waren deutlich ein Surren und leises Klicken zu hören. Sie schlich ins Erdgeschoss, weil sie wusste, dass diese Geräusche nur aus dem Büro ihres Vaters kommen konnten. Als sie, darüber unschlüssig was sie jetzt tun sollte, im Wohnzimmer stand, fing sie an nachzudenken.

„Wie war der Einbrecher ins Haus gekommen?" Sie fand nur eine Antwort: Er musste ihren Vater überwältigt haben und ihm entweder den Schlüssel entwendet oder das Auge herausgeschnitten haben. Das mit dem Auge hörte sich vielleicht komisch an, doch ihr Vater hatte vor dem Haus einen Retina-Scanner aufgebaut, mit dem man alternativ zum Schlüssel ins Haus kam. Doch sie glaubte nicht, dass jemand zu so etwas fähig war. Bevor sie sich dazu entschlossen hatte, irgendetwas zu tun, hörte sie, wie sich Schritte entfernten und die Haustür zuschlug. Schnell stürmte sie den Flur entlang zum Zimmer ihres Vaters. Sie wusste, dass es keinen Zweck hatte, dem Räuber hinterherzujagen. Dieser hatte bestimmt schon einen beträchtlichen Vorsprung, und Kara war nicht gerade sportlich.

Die Tür stand offen. Manchmal kam es vor, dass ihr Vater sich in seinem OFFICE, wie er es liebevoll nannte, einsperrte. Ihr Vater hatte eine Vorliebe für Akronyme. O.F.F.I.C.E bedeutete beispielsweise: ordentlich, futuristisch, fantastisch, intelligente Computereinrichtung. Sein Büro – ihr Vater wurde immer ganz ärgerlich, wenn man seinen Lieblingsplatz so nannte – war der Ort seines Schaffens. Die geheime Bastion, die er manchmal tagelang nur aufgrund der dringendsten menschlichen Bedürfnisse verließ.

Ihr Vater war, wie man an dem Namen seines Arbeitsplatzes unschwer erahnen konnte, ein Computerspezialist. Er hatte die Fähigkeit, gleichzeitig an zwei Computern zu schreiben und sich mit jemandem, der sich entweder auf der anderen Seite der Welt oder vor der Tür befand, zu unterhalten. Benjamin oder Benji, wie Kara ihn nannte, wobei die Betonung auf dem i lag und mit dessen übermäßiger Streckung sie ihrem Vater schon manches Schmunzeln entlockt hatte, war ein Ethical Hacker.

Wie er ihr einmal erklärt hatte, waren das Leute, die mit Erlaubnis von großen oder mittelständischen Unternehmen deren Netzwerke hackten und dann die Fehler in der Schutzsoftware oder der Firewall ausbesserten. Dafür hatte er ein Programm entwickelt, das es ermöglichte, in jedes Netzwerk einzudringen und das jeden geheimen Eingang in der Sicherheitshülle ausprobierte, dokumentierte, analysierte und ausbesserte. Er hatte ihr jedoch gesagt, dass dieses Programm sehr gefährlich sei und dass, falls es in falsche und sachkundige Hände gelangte, großen Schaden anrichten konnte. Zwar hätte er die Möglichkeit, den Virus zu zerstören, aber falls Profis am Werk wären, könnten sie selbst das verhindern. Dieser Umstand, so überlegte Kara, war wahrscheinlich auch der Grund, warum niemand außer Benji und ihrer Mutter Sarah das OFFICE betreten durfte.

Nachdem sie zwei Minuten lang untätig vor der offenen Tür herumgestanden und auf ein Geräusch gelauscht hatte, vernahm sie im riesigen Stadthaus der Familie Alu nur Stille. Da war nichts. Nicht das leiseste Knirschen, Knacken oder Klicken war zu hören. Sie überlegte noch kurz, dann entschied sie sich dafür, Benjis Büro

zu erforschen. Langsam und vorsichtig, ihr Vater könnte ja irgendwelche Sicherheitsmaßnamen getroffen haben, öffnete sie die Tür
und schlich in den Raum. Nachdem kein Alarm ausgelöst wurde
– sie erinnerte sich an den Retina-Scanner vor der Haustür, der
immer gerne für eine Fehlentscheidung zu haben war – schaltete
sie das Licht an.

Im Dämmerschein der Neonröhren, von denen Sarah immer
meinte, sie würden Benjamins Augen kaputt machen, sah sie sich
um. Sie entdeckte drei Recheneinheiten und unzählige Kabel. Sofort fragte sie sich, wie es ihr Vater schaffte, sich in diesem Chaos
zurechtzufinden. Jedoch sah es nicht so aus, als hätte es jemand
durchwühlt. Ohne sich von dieser Tatsache beeindrucken zu lassen, ging sie hinter den Schreibtisch. Sie hielt den Atem an, immer
in Erwartung, dass etwas passieren würde. Doch nichts geschah.
Dann sah sie es: Eine magneto-optische Diskette ragte aus dem
Laufwerk eines Computers. Sie betrachtete das Gehäuse und die
kleine Scheibe mit Argwohn. Schon hatte sie sich gefragt, was der
Einbrecher gewollt haben könnte. Doch eine MOD, die einfach
aus dem Computer ragte, schien ihn nicht weiter zu interessieren.

Der Dieb hatte anscheinend nicht gewusst, was er damit anfangen sollte und hatte sie einfach so in den Computer gescho-
ben. Unwillkürlich fragte sie sich noch einmal, ob mit ihrem Vater
alles in Ordnung sei. Dann kam sie zu dem Schluss, dass nichts
Schlimmes passiert sein konnte, denn sonst hätte sich schon längst
jemand gemeldet. Trotzdem machte sie die Beschriftung stutzig.
Sie las ein, zwei, drei Mal, was auf der Oberfläche stand. VIRUS.
Sicher wieder ein Akronym, so etwas wie: Verfressenes Internet-,
Rechner- und Sicherheitstestprogramm.

Das was sie da vor sich hatte, da war sie ganz sicher, war das
Ergebnis der langjährigen Forschungs- und Entwicklungsarbeit
ihres Vaters. Er selber hatte ihr einmal erzählt, er bewahre sein
Programm in der hintersten Ecke seines büroeigenen Tresors auf.

Warum also lag die MOD dann hier draußen, zugänglich für (fast) jeden. Natürlich musste man erst mal den Türwächter RETE überwinden. RETE war das lateinische Wort für Netz und da sich der Wächter eines Retina- oder Netzhautscanners zur Überprüfung bediente, lag die Assoziation nahe. Des Weiteren war auch dieses Wort wieder ein Akronym, ihr elektronischer Pfortenwächter nannte sich auch: RäuberErTappungs- und Entledigungssystem. Da es jedoch viel zu oft Fehlalarm schlug, hatte ihr Vater die Entledigungsfunktion – Gitter herunterlassen und Polizei alarmieren – deaktiviert.

Nachdem Kara sich ein wenig umgesehen hatte, entschloss sie sich dazu, die MOD mitzunehmen. Sie ging in ihr Zimmer und bootete ihren Rechner. Da sie einen technikverrückten Vater hatte, bekam sie immer die neuesten technischen Errungenschaften. Ihr Vater meinte, sie sollte ihn in seinem Metier beerben. Er meinte, das sei schon im Familiennamen Alu, was in der Fachsprache für arithmetic-logic-unit und somit für die zentrale Recheneinheit des Computers stand, als ihre Bestimmung verankert.

Kara konnte darüber nur lächeln. Sie kannte sich zwar mit elektronischen Geräten besser aus als die meisten Erwachsenen und konnte schneller tippen als jede Sekretärin. Doch sie dachte gar nicht daran, ihrem Vater zu folgen, lieber wollte sie Bilder malen. Kara war eine begeisterte Künstlerin und hatte auch schon einige Jugendpreise für ihre Bilder gewonnen, mit deren Preisgeld sie ihre Farben finanzierte.

Inzwischen war ihr gescanntes Meisterwerk von Chips und Platinen gebootet und der Startbildschirm erschienen. Sie wählte die Option „STARTUP UP(0)" und bekam nun ein weiteres Auswahlfenster zu sehen. Sie wählte „ELECTRICAL MAIN" und dann „READ MOD". Bevor sie jedoch die letzte Option wählte, schob sie die Diskette in den dafür vorgesehenen Schlitz. Nun fing das System fieberhaft zu arbeiten an, wie man an den leisen Surrgeräuschen hören konnte.

Als nun endlich der Auswahlbildschirm der MOD vor ihr auftauchte, wählte sie „SHOW SOURCE" und gelangte so in eine wirre Welt von Zahlen und Buchstaben – eben der Quellcode der Datei im Speicher. Schnell merkte sie, dass das Programm in einer ihr vollkommen unbekannten Programmiersprache geschrieben war und ging wieder in das Menü zurück. Dort angekommen, wählte sie nun die Option „START(VIRUS)". Doch kaum hatte sie den Tastendruck ausgeführt, kam eine Warnung.

Da Kara Warnungen grundsätzlich ignorierte, drückte sie Enter und die Mitteilung verschwand. An ihrer Stelle tauchte das Bild eines Wurmes auf, wahrscheinlich der gestaltgewordene Virus. Dieser tummelte sich nun auf dem Bildschirm. Nachdem er einige Menüs durchsucht hatte, fand er die Option, um den Browser zu öffnen. Fasziniert sah Kara zu, wie sich ein Fenster öffnete und der Wurm scheinbar den Bildschirm nach hinten durchbrach und verschwand. Sie wischte sich über die Augen. Der Wurm war wirklich durch den Bildschirmhintergrund entkommen und hatte dabei sogar deutliche Spuren hinterlassen. Im Gesicht ihres Hintergrund-Monsters klaffte ein breites, gezahntes Loch, ganz so, als hätte der Wurm das Bild demoliert.

Bevor sie etwas unternehmen konnte, kam wieder eine Warnmeldung auf sie zugeflogen. Diesmal ignorierte sie diese nicht wie üblich, sondern las sie zwei, drei Mal langsam durch. Was dort in klaren, schwarzen Buchstaben stand, schockierte sie zutiefst.

„Ihre Festplatte ist möglicherweise beschädigt. Wollen sie den Grund dafür suchen und entfernen?", stand auf dem Bildschirm.

Sie bestätigte mit „YES" und sofort fing ein Balken an zu laden. Der Computer suchte zwei Minuten. Plötzlich kam die Mitteilung, es sei ein bösartiger Virus gefunden und sofort in Quarantäne gestellt worden. Sie stellte sich vor, wie der Wurm in seinem

Gefängnis aus Daten saß und nicht mehr ein noch aus wusste. Ein weiteres Mal war sie stolz auf ihren Vater, der ihre Antivirussoftware programmiert hatte.

Doch kaum zehn Sekunden später verflog ihre Freude, denn schlagartig und ohne ersichtlichen Grund wurde der Bildschirm schwarz wie die Nacht. Kara versuchte den Computer neu zu booten, er blieb jedoch dunkel und still. Schnell zog sie die MOD aus dem Laufwerk, doch sie bezweifelte, dass außer ihrem Vater im Moment jemand oder etwas in der Lage war, den Virus aufzuhalten. Sie dachte scharf nach und kam zu dem Schluss, dass der Wurm über das Home-Netzwerk in ihrer Wohnung entkommen sein musste und möglicherweise schon in diesem Moment einen der Computer ihres Vaters befiel. Diese liefen ständig, um ihrem Vater über sein Netbook Zugang zum Netzwerk zu gewähren.

Schnell lief sie wieder ins OFFICE und drückte hastig alle Aus-Schalter, die sie erreichen konnte. Hoffentlich war sie schneller als der Wurm. Erst nachdem sie auch noch den Verteiler, der die Rechner verband, ausgeschaltet hatte, gönnte sie sich eine Pause und setzte sich aufs Sofa. Später, wenn ihr Vater heimkäme, würde sie ihm alles beichten müssen.

Etwa eine halbe Stunde später, als sie ein heftiges Fluchen und einen Schwall von Beschimpfungen gegen RETE hörte, fasste sie sich ein Herz und öffnete. Sie sah, dass ihrem Vater wenigstens nichts fehlte, er jedoch vor einem völlig demolierten RETE stand. Erstaunt blickte Benji ihr von außerhalb der Tür entgegen. Es kam selten vor, dass seine Tochter ihm die Tür öffnete.

Da Kara diese immens wichtige Angelegenheit nicht zwischen Tür und Angel besprechen wollte, sagte sie schnell: „Hallo Benji, komm mal in die Küche, ich muss dir etwas erzählen.“

Danach verschwand sie eben dorthin, um Tee zu kochen. Kurz darauf saßen beide mit einer dampfenden Tasse Tee mit Honig in der Hand da, und Kara begann von Anfang an zu erzählen.

„Was zum Teufel war hier los?“, hatte ihr Vater gefragt, sobald er die Küche betreten hatte.

„Also“, fing sie an zu erklären, „erst habe ich einige seltsame Geräusche gehört und bin daraufhin nach unten gegangen. Da deine Bürotür offen stand, vermutete ich, dass der Einbrecher, der hier war, wie du ja unschwer an RETE erkennen konntest, in deinem Büro war. Dann bin ich rein gegangen und habe mich umgesehen.“

Schon bei diesen Worten gab ihr Vater ein heftiges Stöhnen von sich und sie fragte sich was passieren würde, wenn sie fertig war.

„Dort habe ich mir dann die Diskette mit deinem Virus mitgenommen, weil ich endlich einmal wissen wollte, was dahinter steckt.“

„Du hast was? Meinen Virus mitgehen lassen?“

„Ja, ich habe ihn mitgenommen und in meinen Computer gesteckt. Danach habe ich das Programm gestartet und plötzlich klaffte da ein Loch in meinem Bildschirm, aus dem ein Wurm lämisch hervor grinste.“

Ihr Vater sah zornig aus, sehr zornig. Doch er schien sich im Zaum zu halten. Vorsichtshalber rückte sie außerhalb seiner Reichweite und wartete ab. Ihr Vater schien jedoch nicht vorgehabt haben, sie zu schlagen, sondern sah mit einem Mal verblüfft drein.

„Du bist sicher, dass die Disk nicht auf meinem Schreibtisch lag und mein drittes Terminal an war?“

„Ganz sicher“, sagte sie von der augenscheinlichen Milde ihres Vaters etwas verunsichert.

„Kara, vielleicht hast du der Welt mit deiner Tat einen großen Dienst erwiesen.“

Was sollte das jetzt schon wieder heißen? Wollte ihr Vater sie ärgern? Dieser jedoch erklärte ihr, dass er die MOD, bevor er aufgebrochen war, auf seinen Schreibtisch gelegt hatte. Sein dritter Rechner sei normalerweise aus, da er ihn für seine mobile

Datenübertragung nicht brauche. Also müsse der Einbrecher sein Programm gestartet haben, was verheerende Folgen haben könnte. Nun erzählte sie ihm ihre Vermutung, der Virus könnte noch im Heimnetzwerk herumspuken, da sie die Verbindungen gekappt habe und fragte außerdem, warum der Virus ein Wurm sei. Ihr Vater, nun vollkommen ruhig, erklärte es ihr.

„Eins nach dem anderen, um deinen Wurm kümmern wir uns gleich. Die Erscheinung rührt daher, dass der Virus im Prinzip genau das ist, ein Wurm. Er gräbt sich geheime Tunnel in andere Netzwerke und bleibt dabei winzig und unentdeckt. Wie er es jedoch geschafft hat sich zu visualisieren, also als eben das in Erscheinung zu treten, kann ich dir auch nicht sagen."

Da Benji ihr erklärte sie solle warten, während er seinen Laptop und alles andere aufbaute, machte sich Kara daran, in der Küche eine weitere Kanne Tee zu kochen. Sie hatte die Befürchtung, die ganze Aktion könne noch bis spät in die Nacht dauern. Dies sollte sich im Laufe der nächsten Stunden bewahrheiten. Als der Esstisch nun ebenfalls mit verschiedensten Modems, Antennen und Kabeln gespickt war, startete ihr Vater seinen Laptop und fuhr, sobald etwas zu sehen war, durch das Drücken zweier Tasten seine Virensoftware hoch. Als das geschehen war, klinkte er sich in das Netzwerk ein und scannte es ebenfalls in wenigen Sekunden nach Viren ab. Kara staunte, wie die Hände ihres Vaters über die Tastatur flogen und auf dem Bildschirm die Menüs wild umeinander tanzten. Völlig unerwartet schrie ihr Vater auf.

„Das gibt es doch nicht! Es ist nicht mehr da und in der Netzwerkchronik ist kein Datenverkehr verzeichnet, der auf ein Programm wie den Wurm hinweist!"

Kara, die sich vor lauter Schreck aufgesetzt hatte, war erstaunt. Dann jedoch kam ihr ein Geistesblitz. Vorhin, als sie durch den Flur gelaufen war, hatte sie etwas gesehen. Mit den Worten „Bin gleich wieder da", stand sie hastig auf und rannte in die Diele.

Dort angekommen sah sie es. Aus dem Faxgerät ragte ein Blatt Papier, auf dem das stilisierte Bild eines Käfers zu sehen war. Schnell brachte sie das Blatt in die Küche. Karas Vater sah zu ihr hoch und nahm ihr das Blatt ruckartig aus der Hand. Er sah sich die Zeichnung genau an.

„Ich glaube, wir haben hier ein ernstes Problem!"

„Was ist denn los?", fragte Kara.

„Der Virus hat entweder Humor oder er will uns an der Nase herumführen."

Als er die Fragezeichen in Karas Augen sah, holte er tief Luft, wie um zu einer langen Erklärung anzuheben, doch Kara unterbrach ihn.

„Ich glaube, ich weiß, was du meinst. Du denkst, der Wurm hat sich gefaxt."

„Fast richtig", meinte Benjamin mit ernstem Blick, „Ich denke, der Wurm hat sich in einen Käfer verwandelt und ist durch die Faxleitung geflogen."

„Das meinst du doch nicht im Ernst", widersprach Kara.

„Doch, Käfer heißt auf Englisch Bug und das ist der Ausdruck für einen Computerfehler." Kara ging ein Licht auf.

„Ach so, du meinst wie die Motte, die damals in einem Relais des Mark II Aiken Relay Calculators saß. Also brauchst du nur nach Spuren eines solchen Käfers zu suchen und diesen zu folgen."

„Genau", sagte ihr Vater nun mit Stolz in der Stimme, „Du bist wirklich ein aufgewecktes Mädchen."

Nun folgte wieder eine schier endlose Tirade von klappernden Tasten und Seiten voller Text, die Kara nicht verstand.

„Fertig!", rief ihr Vater.

Kara wachte so ruckartig auf, dass sie sich fast den Kopf an der Tischkante stieß. Komischerweise erinnerte sie sich nicht einmal mehr daran, eingeschlafen zu sein. Das Einzige was sie noch wusste, waren die monotonen Geräusche, die ihr Vater bei seiner

Arbeit erzeugte. Sie fragt ihn, was los sei und er erzählte ihr, er sei der Spur des Käfers gefolgt und habe ihn in einem Netzwerk der Staatsregierung gefunden.

„Steh auf, wir fahren jetzt dorthin."

Von ihrem Haus in der Sankt-Anna-Straße war es nur ein Katzensprung bis zum Gebäude der Regierung von Oberbayern in der Maximilianstraße 39. Als sie das alte Gebäude betreten hatten, wandten sie sich zum Auskunftsschalter. Dort sahen sie eine Frau an ihrem PC herum nesteln.

„Also war er schon hier", murmelte Benjamin und ging direkt auf die Frau zu. Diese machte ihnen unbewusst den Ernst der Lage deutlich.

„Wir haben ein Problem mit unseren Computern. Es funktioniert gar nichts mehr. Bitte kommen sie später noch einmal."

„Genau deshalb sind wir hier", entgegnete Benji, „ihre Chefs haben uns nach dem Absturz der Computer sofort gerufen, um das Problem zu beheben."

Kara wunderte sich, wie leicht ihrem Vater diese Lüge über die Lippen gekommen war, störte sich jedoch nicht weiter daran. Die Empfangsdame bat sie in ihr kleines Reich hinter dem Schalter, und Benjamin baute, nun mit Unterstützung Karas seine Ausrüstung auf. Einige Minuten später hatte er auch diesmal wieder eine Spur gefunden. Sie bauten die Elektronik ab und eilten hinaus.

„Wo geht es jetzt hin?"

Die Antwort ihres Vaters war ziemlich einsilbig: „Schule."

Kurz darauf, eigentlich genau in dem Moment, als sie den Campus der Technischen Universität betraten, wurde ihr der Sinn dieses Ausdrucks klar. Da die Technische Universität im Allgemeinen auch TU genannt wurde, pflegte ihr Vater auch diese Abkürzung zu missbrauchen. Er ersetzte den eigentlichen Sinn durch seine Assoziation Tolle Urlaubsstätte. Dies war, wie Kara eines Tages festgestellt hatte, natürlich nur ironisch, da die Gebäude, die den Campus am Olympiapark schmückten, ziemlich hässlich waren. Weil es schon nach acht Uhr abends war, befand sich jedoch niemand mehr auf dem Hof und sie konnten ihn ungestört überqueren.

Im Hauptgebäude angekommen, schlenderten sie langsam in Richtung des Sekretariats, wobei ihr Vater augenscheinlich in Erinnerungen an seine eigene Zeit in diesen Mauern schwelgte. Als sie das Zimmer betraten, fanden sie eine ähnliche Szene vor wie an ihrer letzten Station – eine Frau und ein Mann über Computer gebeugt und mit diesen herum hantierend. Nachdem ihr Vater sich diesmal mit der Ausrede, sie hätten gesehen wie die Laptops ausgefallen seien und wollten helfen, Zugang zum System verschafft hatte, fing er an zu suchen. Nach einer ganzen Weile hatte er jedoch immer noch nicht die kleinste Spur gefunden.

„Warum waren dann aber die Computer ausgefallen", fragte er sich. Plötzlich, wie ein Greifvogel, der auf seine Beute herabstürzt, stieß er auf die Tasten hernieder und begann sie fast zu zerfleischen, so schnell tippte er. Schließlich ließ er einen Triumph-Schrei los, der allen Anwesenden durch Mark und Bein ging.

„Ich hab's!", rief er aus. „Es ist fast, als hätte er dazugelernt. Als wüsste er, dass wir ihm folgen."

„Das kann aber nicht sein", entgegnete Kara bestürzt. „Wie können einfache Bits und Bytes denn denken?"

Nach einem Seufzer erklärte Benjamin, dass das Programm sämtliche Fehler dokumentiere, analysiere und schließlich Konsequenzen daraus ziehen könne. Diese Technik wurde jetzt anscheinend gegen die beiden Verfolger angewandt.

Nachdem er dies festgestellt hatte, begann eine wilde Jagd durch München. Von der TU zum Prinzregententheater, wo sämtlicher Strom sowie die Ticketcomputer ausgefallen waren. Von dort aus zum Bahnhof, dann in die zentrale Stromversorgung des deutschen Museums und in verschiedene Kaufhäuser. Es lief immer nach dem gleichen Schema ab. Menschen mit kaputten Computern, ihr

Vater ließ sich eine Ausrede einfallen, sie fanden eine Spur und fuhren weiter. Kara wurde immer klarer, wie wichtig Computer inzwischen für die Menschheit geworden waren, nachdem sie das Netzwerk des Bahnhofs repariert hatten. Nur um ein Haar konnten zwei schwere Zugunglücke verhindert werden. Sie überlegte sich was passieren würde, wenn der Virus die ganze Welt befallen würde. Die Erde zurück im finsteren Mittelalter, Kriege um Nahrung vielleicht?

Auf allen bisherigen Fahrten hatte ihr Vater eisern geschwiegen, doch als sie dann Richtung Flughafen fuhren, um den nächsten Hinweis zu finden, fing Benjamin an ihr zu erklären, wonach sie ihn in der Küche gefragt hatte. Nämlich warum es sein konnte, dass sie der Welt einen großen Dienst erwiesen hatte, als sie den Virus frei ließ.

Er erläuterte, dass er bei einer Netzwerküberprüfung dieses vorher vollkommen von der Umwelt abkapseln müsse. Danach speise er die erste Stufe des Virus` in das Netzwerk ein, und diese verrichte dann seine Arbeit. Um den Virus zu vernichten, bevor er ernsthaften Schaden verursachen könne, aktiviere er die zweite Stufe, eben die, die Kara gestartet hatte. Diese zweite Stufe jage nun der Verwüstungsspur des Virus nach, um ihn zu stellen. Das, so erklärte er, würden sie sich zunutze machen, wenn sie nur schnell genug wären.

Am Flughafen herrschte auch um diese Zeit noch reger Betrieb, doch so schnell wie Benjamin und seine Tochter war niemand. Insbesondere vor den Verkaufsschaltern und den Kontrollstellen befanden sich lange Schlangen. Das lag wahrscheinlich daran, dass auch hier sämtliche Terminals schwarz waren. Durch Benjis überzeugende Reden und aufgrund der Tatsache, dass selbst der eigens für das Problem herangezogene Spezialist das System nicht starten konnte, wurden sie schnell ins Kontrollzentrum gebracht.

Dort standen noch mehr Computer als im OFFICE, jedoch war alles ein wenig ordentlicher. Nach kurzer, größtenteils gespielter Arbeit am System verkündete Benjamin laut, man müsse sämtliche Datenwege nach außen blockieren, um noch irgendetwas tun zu können. Auf diese Worte folgte erst ungläubiges Schweigen und dann betriebsame Hektik. Nachdem alle Kommunikationsmittel und -wege gesperrt worden waren, ließ Benjamin einmal mehr sein Suchprogramm laufen und siehe da – es schlug an.

Von seinem Erfolg ganz irritiert, saß er eine Minute lang da und fing dann an, das gesamte Zimmer auf den Kopf zu stellen. Kara verstand fast keine der Anweisungen, die ihr Vater den Anwesenden zurief und die alles ins Chaos zu stürzten, wie sie meinte. Nachdem wieder ein wenig Ruhe eingekehrt war, fand sie ihren Vater vor einem Tisch mit einem Joystick wieder.

Laut seiner Aussage werde er sich nun in die zweite Version, die sich anscheinend gerade in einem erbitterten Kampf mit der ersten Version befand, einhacken und diese steuern. So werde er nur mit Joystick und Tastatur bewaffnet gegen den Virus antreten. Um dies bildlich darzustellen, programmierte er flugs eine einfache zweidimensionale Spieloberfläche und bannte die beiden Kontrahenten in die Mitte der Arena. Nun begann ein Kampf wie ihn Kara in keinem ihrer Spiele je gesehen hatte. Der Wurm – er hatte wieder diese anfängliche Gestalt angenommen – schien über ein unendliches Angriffsrepertoire zu verfügen. Ihr Vater jedoch, der sich sehr in der Defensive hielt, blockte mit dem Virenfilter sämtliche Angriffe der Kreatur ab. Nach kurzer Zeit war zu erkennen, dass der Mutanten-Wurm-Virus immer größer und stärker wurde. Sämtliche Mitarbeiter im Raum waren damit beschäftigt, immer bessere Schilde gegen neue Angriffe zu schreiben oder aber sich Waffen auszudenken, mit denen man den Virus vernichten konnte.

Auf dem Bildschirm ging das Gefecht von Trojanern, Prependern und ähnlichen Dingen weiter. Aber Kara sah, wie ihr Vater immer weiter an den Rand gedrängt wurde und ihr war klar: Wenn sein Gegner ihn vollends zurückgedrängt haben würde, könnte er erneut ins Netz vorstoßen und die Datenbestände der Welt bedrohen. Nachdem auch die neuen Waffen nichts ausrichten konnten und Benjis Schutz bereits bröckelte, begann in Kara eine Idee zu reifen. In vielen ihrer Spiele bestand eine wesentliche Taktik in der Verwirrung des Gegners. Also sprach sie kurz mit ihrem Vater und dann mit den restlichen Programmierern. Diese erklärten sich mit Karas Idee, ständig die Welten zu wechseln, damit der Wurm nicht auf die neue Umgebung vorbereitet sei, ihr Vater hingegen schon, einverstanden. Sofort begannen sie, dies in die Tat umzusetzen.

Nun wechselten sich von ihrer Fantasie erschaffene und von vielen Händen umgesetzte Umgebungen ab. Raumschiffe, Wiesen, Meere und Eislandschaften zogen an den Kämpfenden vorbei. Und tatsächlich: Der Wurm wurde immer schwächer und torkelte herum, soweit Kara es beurteilen konnte. Schließlich ging ihr Vater in die Offensive. Benjamin schlug und boxte den Wurm, bis sich dieser direkt vor einer Tür befand, die aussah, als könnte sie zu den Kerkern führen. Mit einem Mausklick, der auf dem Bildschirm durch einen Speerwurf angezeigt wurde, öffnete er die Tür.

Wie von einem Tornado erfasst, wirbelte der Wurm hindurch und den Gang hinunter. Benji atmete lautstark aus. Auch Kara und die anderen gaben Laute der Erleichterung von sich. Ihr Vater war jedoch bereits damit beschäftigt, den Virus wieder auf eine MOD zu bannen und ihm damit endgültig alle Fluchtmöglichkeiten zu entziehen. Plötzlich läutete Karas Mobiltelefon. Alle waren ganz still, während sie abnahm.

„Hallo", sprach sie vorsichtig in das kleine Mikrofon. „Hier ist Kara."

„Gott sei Dank, dass ich dich erreiche. Wo steckt ihr?", antwortete eine Stimme, die stark nach ihrer Mutter klang.

„Hallo Mum, es gab gewisse Komplikationen heute Abend. Wir sind gleich da." Sie legte auf.

„Das war Mama, sie will, dass wir nach Hause kommen", sagte sie nun an ihren Vater gewandt.

Plötzlich hatte sie das Gefühl, dass sie nichts lieber wollte als das. Nach Hause gehen und schlafen. Doch sie wusste, dass aufgrund ihrer aufgewühlten Mutter daran noch lange nicht zu denken war. Sie packten mit tatkräftiger Unterstützung des Flughafenpersonals alles ein und mussten erst mehreren Leuten ihre Geschichte erzählen. Nachdem das erledigt war, kämpften sie sich durch die überfüllte Eingangshalle und fuhren zurück nach Hause.

Als sie endlich dort ankamen, war es viertel vor drei. Vollkommen entkräftet stützte sich Kara auf ihren Vater und wankte mit ihm so zur Tür. Ihr Vater öffnete die Tür und sie konnten ungehindert bis ins Wohnzimmer vordringen. Dort jedoch wartete eine Furie in Gestalt von Sarah.

„Sieht noch gefährlicher aus als der Wurm", dachte sich Kara und ließ sich auf das Sofa fallen.

Als sich auch ihr Vater gesetzt hatte, brach der brodelnde Vulkan, in den sich ihre sonst so sanfte Mutter verwandelt zu haben schien, endgültig aus.

„Was hast du mit unserer Tochter gemacht!", schrie sie ihn an. „Warum kommt ihr um drei Uhr nachts nach Hause?"

„Jetzt beruhige dich erst mal, ich werde dir alles er..."

Weiter kam er nicht, denn Sarah dröhnte schon wieder wie aus riesigen Lautsprechern.

„Du sagst, ich soll mich beruhigen? Du hast vielleicht Nerven!"

Trotzdem wurde sie ein wenig entspannter. Nun begann Benjamin, die ganze Geschichte zu erzählen, von Anfang bis Ende. Als er fertig war, war Sarah ganz kleinlaut.

„Entschuldigt, dass ich euch angeschrien habe, ich wusste ja nicht, was passiert ist."

Bevor sie schlafen gingen, telefonierte Karas Vater noch mit der Polizei, um den Einbruch zu melden und die MOD auf Spuren untersuchen zu lassen.

Im Schlaf träumte Kara von Würmern, die sich durch die Erde zwischen Server-Städten bohrten und in denen sich verängstigte User-Anwohner aneinander drängten. Nach diesem ereignisreichen Tag hörte Kara nie mehr etwas von dem Virusangriff. Auch am nächsten Morgen, als die drei die Zeitung durchforsteten und durch die Fernsehkanäle zappten, wurde dieser Vorfall nicht erwähnt. Anscheinend wollten die Leute die Angelegenheit vertuschen. Nur für die Verspätungen bei Bahnen und Flugzeugen wurden noch Erklärungen gesucht.

Nachdem Kara gemerkt hatte wie leicht es sein konnte, die auf Computern gespeicherten Daten zu löschen, entschloss sie sich, weniger am Computer zu spielen und damit anzufangen, ein handschriftliches Tagebuch zu führen.

Wer rechnet schon mit Neurotechnologie?

Konstantin Pelz - 7. Klasse

Er kam aus dem Gebäude und ging vorsichtig die Stufen hinunter. Plötzlich ging alles sehr schnell. Jemand zerrte ihn in ein Auto und ein anderer drückte ihm ein Tuch auf das Gesicht. Jetzt wurde alles schwarz...

„Wo bekommt man Soquatium? Rede!", raunte eine tiefe Stimme.

„Ich, ich..."

„REDE!" Jetzt schrie die Stimme.

„Ich weiß es nicht. Aber..."

„Du weißt es! Rede oder du erlebst was!"

„Ich..."

Es folgte ein ohrenbetäubender Knall. Dann war Stille.

„Er ist erledigt. Jetzt müssen wir es anders versuchen."

Am Morgen danach ging David Weber zu Lukas Obermüller, dem Leiter der Universität, und sagte, dass Professor Friedrich Waldenfeld nicht gekommen sei.

„Dabei ist er doch sonst immer der Erste! Auch die Tür seines Arbeitszimmers ist noch verschlossen."

Sie gingen zu der besagten Tür und Lukas sperrte auf. Da lag er nun. Arme und Kopf auf der Tischplatte und sehr ruhig. David rannte zu ihm. Tätschelte ihm den Kopf.

„Aufwachen, Herr Professor."

Nichts. Dann bemerkte er es. Ein Loch. Im Kopf des Professors und eine Kugel darin. Ein Rinnsal getrockneten Blutes klebte noch an der Wunde. David griff zum Telefon und rief Kommissar Lunter an, den berühmtesten Ermittler der Kleinstadt. Dieser erklärte sich bereit sofort zu kommen. Nach einer Viertelstunde war der kleine und kräftig gebaute Mann da. Er sah sich den Leichnam von allen Seiten an.

„Wie ich sehe, war das kein natürlicher Tod.“ Dann griff er zum Telefon und tippte eine Nummer ein. „Hallo, hier Lunter. Ich brauche die SpuSi im Labor von Professor Friedrich Waldenfeld in der Universität. Danke!“

Anschließend wandte er sich Weber und Obermüller zu und teilte ihnen mit, dass die Spurensicherung gleich kommen würde und sie nichts anfassen sollten. Kurze Zeit später kamen die Spurensicherungsexperten mit dem Gerichtsmediziner und überprüften das Labor. Danach teilte der Arzt Lunter seinen Befund mit.

„Sieht mir ganz nach einer Einschusswunde aus. Der Tod erfolgte zwischen 22 und 24 Uhr am gestrigen Tag. Außerdem lag ein Zierknopf unter der Leiche. Wahrscheinlich war es ein Team von Profis, da wir keine Fingerabdrücke gefunden haben.“

Kommissar Lunter bedankte sich und wandte sich wieder den beiden Vertretern der Universität zu.

„Ich übernehme den Fall. Jetzt müsste ich Sie erst mal befragen. Welches Verhältnis hatten Sie zu dem Professor?“

Lukas antwortete, dass der Professor der beste Forschungsleiter der Universität gewesen und mit David, seinem Assistenten, befreundet gewesen war.

„Hatte er irgendwelche Feinde?“

Diesmal ergriff David das Wort. „Feinde hatte er jetzt nicht, aber es gab Konkurrenten, die bestimmt neidisch waren. Als ich ihn das letzte Mal sah, arbeiteten wir bis spät abends. Als ich ging, wollte er noch ein bisschen weiterforschen. Also verabschiedete ich mich und verließ die Universität.“

Nun sprach der Ermittler beide an und fragte sie, wo sie am vorherigen Tag zwischen 22 und 24 Uhr gewesen waren. Der Universitätsleiter regte sich schrecklich auf.

„Sie wollen mir doch nicht unterstellen, Herrn Waldenfeld umgebracht zu haben?!“

Lunter beruhigte ihn.

„Bis wir den Fall aufgeklärt haben, dürfen wir niemandem vertrauen. Haben Sie denn ein Alibi?"

„Ich habe ferngesehen und bin gegen 23 Uhr zu Bett gegangen. Meine Frau kann es bezeugen."

Jetzt wandte sich der Kommissar an David. „Wo waren Sie?"

Der Angesprochene erwiderte: „Ich habe ihn nicht umgebracht. Ich war in meiner Stammkneipe ‚Zum schwankenden Krug‘ und der Wirt sowie andere können Ihnen das bestätigen."

„Könnten Sie mir die Namen und Adressen von seinen größten Konkurrenten geben?"

Eine halbe Stunde später saß Lunter in seinem Auto auf dem Weg zum ersten Verdächtigen.

„Franz Huber, was für ein altmodischer Name", murmelte er. Als er ankam, klingelte er. Ein älterer Herr öffnete ihm die Tür.

„Entschuldigung, sind Sie Franz Huber?"

„Nein, ich bin sein Vater. Wollen Sie herein kommen?"

Als Lunter das Haus betrat, bereute er es schon. Es roch nach Zigaretten und Alkohol.

„FRANZ!" rief der Mann.

Ein kleiner, schlanker Mann von etwa 30 Jahren kam die Treppe herunter und fragte den Alten: „Was ist, Paps?"

„Dieser Herr will dich sprechen."

Franz Huber blickte in die Richtung, in die der Vater zeigte und fragte: „Was ist denn?"

„Entschuldigung, ich bin Hauptkommissar Lunter von der Kriminalpolizei. Was hatten Sie für ein Verhältnis zu Friedrich Waldenfeld?"

„Was hat das..."

Der Ermittler unterbrach ihn: „Beantworten Sie meine Frage!"

Huber Junior stotterte verwirrt: „Ich mag ihn nicht. Er gibt immer mit seinen Erfolgen an! Wieso?"

„Er wurde ermordet. Wo waren Sie gestern Abend von 22 bis 24 Uhr?“

„Ich bitte Sie! Okay, ich habe mit meinem Paps ‚UNO‘ gespielt. Kann er Ihnen bestätigen“, erwiderte er und zeigte auf seinen Vater.

„Hat er das?“

„Ja, hat er.“

Nun saß der Kommissar schon wieder im Auto und fuhr zum zweiten Verdächtigen, Herbert Schleif. Er kam zu einer dreckigen, kleinen und stinkenden Wohnung. Auf dem Klingelschild stand: "Schleif, Herbert“. Lunter dachte sich, dass dieser arme Herr Schleif nie ein solches Profiteam hätte engagieren können, welches wohl bei dem Mord beteiligt gewesen war. Er klingelte trotzdem und ein schlaksiger Mann öffnete ihm.

„Hallo, ich bin Herr Schleif. Was ist?“

„Hallo, ich bin Hauptkommissar Lunter und ich hätte ein paar Fragen an Sie. Welche Beziehung hatten Sie zu Friedrich Waldenfeld?“

„Was geht Sie das an?“ erwiderte der Angesprochene.

„Ich bin von der Polizei. Ich wiederhole mich nur ungern: Also, welches Verhältnis hatten Sie zu Friedrich Waldenfeld?“

Schleif schlug die Tür zu.

„AUFMACHEN, POLIZEI!“ schrie Lunter.

Er wiederholte es noch ein Mal, dann trat er die Tür ein und ging in die Wohnung. Die Balkontür war offen und er bewegte sich auf den Balkon zu. Dort hing ein improvisiertes Seil aus Wäsche. Ein Brummen ließ seinen Kopf nach rechts schwenken und er sah einen schwarzen Ford Focus aus der Ausfahrt rasen. Er schrie dem Fahrer des Autos noch nach, er solle anhalten, aber es half nichts.

Der Motor lief auf Hochtouren. Der Kommissar verfolgte das Fahrzeug des Flüchtigen schon seit längerer Zeit, aber es fuhr einfach zu schnell.

„An alle Einsatzkräfte: Verfolgen Sie den schwarzen Ford mit dem Kennzeichen B X132. Wichtig! Ende.“

Die beiden Wagen fuhren auf eine sich hebende Faltbrücke zu. Schleif gab Gas und bretterte über die Brücke. Lunter bremste ab.

„Das schafft er nicht.“

Einen Moment lang flog der Ford, dann setzte er auf der anderen Seite auf und Schleif stieg aus.

„Ihr kriegt mich nie. NIE. NIE. NIE.“

„Da bin ich andere Meinung“, sagte eine Stimme und eine Hand legte sich auf seine Schulter. Wie ein Schraubstock hielt er den Arm fest. Herbert Schleif versuchte noch sich loszureißen, aber es war hoffnungslos.

„Wieso haben Sie ihn umgebracht?“

Aufgebracht antwortete eine andere Stimme: „Zum tausendsten Mal, ich habe ihn nicht umgebracht.“

Schleif sah die Miene auf dem Gesicht des Kommissars.

„Ich bin geflohen, weil ich über ein im Internet kostenlos heruntergeladenes Programm den Inhalt von ein paar Sparkassenkonten auf mein eigenes überwiesen habe.“

„Wir haben das überprüft. Es gab keine verdächtigen Kontobewegungen. Sie bleiben hier in Untersuchungshaft.“

Schleif protestierte, doch es half ihm nichts.

Auf dem Weg zum dritten und letzten Verdächtigten, Sigmael Wagner, rief die Spurensicherung an. Der Beamte sagte dem Kommissar, dass er den Mann, zu dem er gerade unterwegs war, zum Polizeipräsidium bringen solle. Es waren Fingerabdrücke auf der Kugel sichergestellt worden. Lunter kam zu einem Haus, das weder neu noch alt war, und drückte die Klingel. Nichts geschah. Er klingelte noch ein Mal. Nichts. Er schaute am Haus vorbei in den Garten. Dort hantierte ein circa 1,70 Meter großer Mann mit einer Harke.

„Entschuldigung, sind Sie Sigmael Wagner?“

„Ja, das bin ich. Was ist?"

Der Kommissar antwortete: „Könnten Sie bitte mit in das Polizeipräsidium kommen."

„Gerne, aber … "

„Kommen Sie mit."

Als sie dort angekommen waren, überlegte sich Lunter, wie er den Täter überführen könne. Lügendetektor? Zu ungenau. Vielleicht Neurotechnologie? Ja, das wäre gut. Er hatte letztens etwas darüber in der Zeitung gelesen. Seinem Wissen nach hatten sie einen Neurowissenschaftler hier im Präsidium, also ließ er ihn holen.

Der Wissenschaftler nahm sich zuerst Herbert Schleif vor. Er griff nach einer EEG-Kappe, also eine weiße Haube, die die Aktivitäten im Gehirn misst, und befeuchtete alle 64 Elektroden mit Kontaktgel. Dann setzte er diese dem Verdächtigen auf und beobachtete den Computer. Er erklärte dem Polizisten, dass man mit neuester Neurotechnologie einen sogenannten „Aha-Effekt" feststellen könne. Das bedeute, dass man sehen könne, ob jemand ein Bild oder einen Bildausschnitt erkennt.

Auf dem Bildschirm gingen rote Wellen auf und ab. Der Kommissar zeigte Schleif ein Bild vom toten Professor. Der Neurowissenschaftler zeigte Lunter, wie eine Stelle im Gehirn aufleuchtete. Dann zeigte er dem Verdächtigen den gefundenen Zierknopf. Nichts.

„Er erkennt ihn nicht. Schlussfolgerung: Der Knopf gehört ihm nicht."

Die gleiche Prozedur geschah mit Wagner. Beim Bild des Professors war es die gleiche Reaktion wie bei Schleif. Aber beim Bild des Zierknopfes leuchtete dieselbe Stelle abermals auf.

„Herr Wagner, Sie sind überführt."

Sigmael Wagner rutschte vom Stuhl und brach in Tränen aus.

„Ja, ich habe ihn umgebracht", sagte er niedergeschlagen. „Ich wollte endlich wissen, woher man Soquatium bekommt, welches ich für mein neues Projekt brauche. Soquatium ist ein Kraut, das relativ selten ist. Ich hatte vor ein paar Wochen mit Waldenfelc damit experimentiert. Dabei habe ich gemerkt, wie wichtig es ist. Ich habe dieses Profiteam unten am Hafen ausgesucht. Sie haben den Professor überfallen und zu mir gebracht, mir die Pistole besorgt und mir hinterher geholfen, den Leichnam auf den Schreibtisch im Labor zu legen. Ich kann Ihnen die Namen und Adressen geben. Obwohl ich alle Spuren verwischt habe, haben Sie mich überführt. Woher sollte ich auch wissen, dass Sie mit Neurotechnologie arbeiten. Ich wollte ihn nicht umbringen, aber ich war so wütend."

Sigmael wurde von zwei Polizisten abgeführt und Lunter entschuldigte sich bei Schleif.

„Es tut mir leid, dass ich Sie verdächtigt habe, aber ich muss bis zum Ende des Falles von allen denken, dass sie es waren."

Am Schluss dachte Kommissar Lunter noch: „Wozu die Wissenschaft alles gut ist."

Triumph in Gefahr

Max Marschalek - 5. Klasse

„Papa, was ist denn das da?", fragte ich meinen Vater.

Er war ein großer Erfinder. Heute durften nicht nur er, sondern auch andere Tüftler ihre Erfindungen des letzten Jahres vorführen. Wie jedes Jahr war es eine tolle Messe.

„Ach, Tom, das ist nur so ein komischer Staubsauger, der gleichzeitig Wäsche waschen und telefonieren kann", erklärte mir mein Vater.

„Aber jetzt müssen wir uns beeilen. Meine Maschine ‚X' muss jetzt aus ihrem Versteck geholt werden", murmelte er so leise, dass es wahrscheinlich nicht einmal die Erfindung von Dr. Taub hätte hören können. Der schrullige Doktor hatte eine Super-Hörmaschine erfunden.

Schnell flitzten mein Papa und ich die Treppe des Messegebäudes hinunter und liefen einen langen Gang entlang. Unten im Keller war es eiskalt. Ich fand, es roch ein bisschen nach Öl. Am Ende des Ganges betrat mein Vater voller Freude sein Forschungszimmer. Doch plötzlich schrie er auf. Sein Gesicht wurde immer weißer, bis es die Farbe eines Eisblocks angenommen hatte. Wie versteinert blickte er in sein Büro. Jetzt lugte auch ich durch die Tür. Was ich sah, raubte selbst mir den Atem.

„Sie…sie ist weg. Die…die Zeitmaschine, meine größte Er-, Erfindung ist weg. Jemand muss sie gestohlen haben!", stotterte mein Vater.

Doch ich besann mich schnell. „Komm, Papa! Vielleicht finden wir die Diebe. Sie sind bestimmt noch nicht weit", rief ich ihm zu.

Tatsächlich sahen wir hinter uns gerade noch zwei Gestalten verschwinden, die beide auffallend blonde Haare hatten, sonst aber ganz in schwarz gekleidet waren. Wir liefen ihnen hinterher und versuchten, sie einzuholen.

Doch kein Erfolg. Die beiden Männer entwischten uns durch die Hintertür und brausten kurz darauf mit einem braunen Sportwagen davon.

„Verdammt! Sie sind uns entwischt", schimpfte mein Vater.

„Hm, aber es ist etwas seltsam. Deine Zeitmaschine, mit der man in die Vergangenheit oder in die Zukunft reisen kann, ist doch viel zu groß, um sie in einem so kleinen Kofferraum zu verstauen. Der Sportwagen besteht doch fast nur aus Motor und zwei Sitzen. Sie müssen die Zeitmaschine irgendwie ganz schnell versteckt haben", erklärte ich meinem Vater.

Nun wurde auch er misstrauisch. Wir fingen an, den ganzen Parkplatz rund um die Stelle, an der der Sportwagen gestanden hatte, zu durchsuchen. Ich schaute überall nach. Selbst lockere Steine zerrte ich auf der Suche nach einem Geheimschalter oder sonstigen verdächtigen Sachen weg. Doch die Suche blieb erfolglos.

„Ne, Papa. Hier ist nichts", meinte ich enttäuscht.

„Schade", seufzte mein Vater, „den ersten Platz bei der Erfindermesse können wir vergessen. Ohne die Zeitmaschine bin ich aufgeschmissen. Und welchen Schaden die beiden erst damit anrichten können."

Niedergeschlagen trotteten wir zurück ins Messehaus. Plötzlich sah sich mein Vater noch einmal um. Er lief zurück zum Parkplatz und öffnete einen Gullideckel.

„Da haben wir noch gar nicht nachgeschaut", rief er mir mit einem kleinen Hoffnungsschimmer zu.

Gemeinsam schlichen wir die glitschigen Leitersprossen hinunter. Unten angekommen, sahen wir einen langen, braunen Abwasserkanal, der fürchterlich roch. So schnell, aber gleichzeitig so vorsichtig wie möglich, liefen wir kreuz und quer. Nach einiger Zeit sah ich eine Flussbiegung. Kurz darauf folgte eine Kreuzung.

„Wo gehen wir jetzt hin? Links? Rechts? Geradeaus?", fragte mich mein Vater.

„Gute Frage“, meinte ich. „Wie wäre es, wenn, wenn wir rechts, nein geradeaus oder vielleicht doch links gehen? Ach, es ist zum Verzweifeln.“

Schließlich einigten wir uns auf rechts. Es war ein schmaler und rutschiger Weg. Je weiter wir gingen, desto dunkler und kälter wurde es. Plötzlich stoppte mich mein Vater.

„Schau mal, Tom. Hier ist eine kleine Tür. Jetzt haben wir das Versteck der Diebe bestimmt gefunden“, meinte er aufmunternd.

Langsam, ganz langsam öffnete er die Tür. Es quietschte. Was mein Vater und ich nun sahen, erleichterte uns ein bisschen.

Vor uns stand die Zeitmaschine meines Vaters. Sie war unverändert. Es war ein großer, gelber Kasten mit vielen Schaltern, Hebeln und Knöpfen. An den Seiten ragten Stangen heraus. Um entweder in die Vergangenheit oder in die Zukunft reisen zu können, musste man die gewünschte Zeit und die Koordinaten eingeben und sich dann auf die Stangen legen. Dann musste man nur noch den roten Knopf drücken und würde in weniger als einer Sekunde am Ziel sein. Das Beste war, dass man sich auch noch in jede beliebige Person verwandeln konnte, zum Beispiel in einen Fußballprofi. Vielleicht in Thomas Müller? Oder doch lieber Miroslav Klose?

„Komm, Tom. Bringen wir diese fantastische Maschine nach draußen“, rief mein Vater voller Freude.

Gerade wollten wir uns an die Arbeit machen, als plötzlich ein Gitterkäfig von der Decke auf uns herabfiel. Wir waren gefangen. Verzweifelt rüttelte ich an den Gitterstäben, doch sie bewegten sich keinen Millimeter.

„Oh nein Papa! Diese hinterhältigen Halunken“, schimpfte ich.

Mein Vater fluchte. „Zeitmaschine weg. Der erste Preis bei der Erfindermesse weg. Und wer weiß, wie lang wir noch leben. Vielleicht werden wir jetzt Sklaven und müssen täglich und zu jeder Zeit für diese gemeinen Banditen schuften. Oder Sie töten uns sogar.“

Als mein Vater dieses schreckliche Wort aussprach, blieb mir glatt die Luft im Hals stecken. Meine Knie begannen zu zittern. Ich hatte das Gefühl, als würde ich ganz langsam in mich zusammenfallen. Alle Gebete die mir einfielen, betete ich voller Angst.

Auf einmal rief mein Vater: „Tom, sieh mal. Da! Auf der Zeitmaschine."

Ich erkannte im schwachen Licht der Kammer nur die Umrisse des kleinen Tiers. Es sah so aus, wie – ja, wie eine Maus! Alle Viere von sich gestreckt lag sie auf den Stangen, die an der Seite der Zeitmaschine herausragten.

„Vielleicht will sie flüchten, weil sie von einer Katze gejagt wird, und sich jetzt mit Hilfe der Zeitmaschine in etwas anderes verwandeln. Einen gefährlichen Tiger zum Beispiel oder in einen Eisbär. Dann würde die Katze bestimmt wegrennen und die Maus sich ins Fäustchen lachen", versuchte ich meinen Vater aufzumuntern.

Doch der starrte nur wie gebannt auf die offen stehende Tür. Da standen sie. Die beiden schwarzen Männer. Der eine hatte eine große Narbe auf der Wange. Und dem anderen fehlte ein Auge. Sie sahen schrecklich aus. Ich bekam eine Gänsehaut.

„Na, wen haben wir denn da? Den netten Erfinder dieser genialen Maschine und seinen mickrigen Sohn. Die zwei Dreikäsehochs wollten sich wohl die Zeitmaschine wieder zurückholen. Ne, ne, ne. Die gehört jetzt uns. Schließlich wollen wir die Lottozahlen von morgen wissen", spottete der Kleinere von beiden.

„Genau! Und niemand anderes. Außerdem werden wir die Kings am Aktienmarkt sein, wenn wir bald wissen, wie es den Firmen in ein paar Monaten gehen wird", bestätigte der Größere.

Nun verschwanden die beiden durch eine Tür hinter unserem Käfig. Der Kleinere fügte noch hinzu: „Genießt euer Leben, solange ihr noch könnt."

Mir lief es eiskalt den Rücken herunter. Mein Herz pochte nun um einiges schneller.

„Weißt du, was das bedeutet?“, fragte mich mein Vater.

„Ja, leider. Mit dem ‚Leben genießen‘ war gemeint, dass sie uns bald umbringen werden“, meinte ich mit dicken Schweißperlen auf der Stirn.

Das Gesicht meines Vaters hatte eine grüne Farbe angenommen.

„Wie soll ich meinen Vater und mich nur befreien?“, dachte ich verzweifelt. Ich fühlte mich schrecklich.

„Wir befinden uns in einer mehr als ausweglosen Lage“, sprach mein Vater sehr langsam und mit ernster Miene. Auch er war jetzt sichtlich angespannt. Auf einmal durchfuhr es mich. Ich hatte eine Idee.

„Papa, du hast doch immer diesen komischen Apparat dabei, mit dem man Sachen für kurze Zeit in Luft auflösen kann. So könnten wir doch mit Leichtigkeit hier herauskommen“, erklärte ich meinem Vater.

Gesagt, getan. Sofort hatte er das Ding aus seiner Jackentasche herausgeholt. Der Apparat sah sehr seltsam aus. Er hatte ungefähr die Größe eines Radiergummis. Hauptsächlich war er orange, aber an einigen Stellen war er braun. Als hätte mein Vater einen Zauberstab in der Hand, zeigte er mit seinem Gerät auf die Metallgitterstäbe. Gleichzeitig drückte er einen kleinen Knopf. Es blitzte und Funken flogen durch die Luft. Plötzlich waren die Gitterstäbe weg.

„Schnell, Tom! Jetzt ab nach draußen“, rief mir mein Vater zu.

„Aber Papa, die Zeitmaschine! Nehmen wir die nicht mit?“, fragte ich.

Mein Vater und ich hoben die Maschine hoch. Sie war sehr schwer. So schnell wir konnten, liefen wir mit der Zeitmaschine den braunen Fluss entlang.

Doch plötzlich rief jemand hinter uns: „Wartet! Gebt die Zeitmaschine wieder her!“

Die beiden Gangster hatten unsere Flucht entdeckt. Wir dachten aber nicht daran, die Zeitmaschine zurückzugeben, wir rannten nur noch schneller. An der Flusskreuzung aber stolperte ich und blieb stehen.

„Papa, ich kann nicht mehr. Die Zeitmaschine ist zu schwer", stöhnte ich.

„Warte, ich nehme sie dir ab", ächzte mein Vater.

Selbst er war knallrot im Gesicht. Gemeinsam liefen wir weiter. Vorbei an der Flussbiegung und dann immer geradeaus. Doch plötzlich versperrten uns die zwei Männer den Weg.

„Überraschung! Praktisch, wenn man in der Kanalisation alle Abkürzungen kennt, was?", konterte der eine Gauner.

„Tja, das tut mir aber Leid für euch. Jetzt verliert ihr die Zeitmaschine schon wieder, obwohl ihr euch so angestrengt habt, um sie euch zurückzuholen", spottete der andere.

Das Schlimmste war jedoch, das jetzt auch noch einer der beiden eine Pistole herausholte.

„Die kann nicht nur schießen", erklärte er stolz, „sondern auch noch die Gesichter eines Menschen oder Tieres verändern."

In mir stieg eine gewaltige Angst hoch. Meine Zähne fingen an zu klappern. Ich dachte an das Gesicht von Michael Jackson.

„So will ich nie im Leben ausschauen", dachte ich ängstlich.

„Die Gangster zielen schon auf uns. Jetzt ist es vorbei", sagte mein Vater.

„Papa, dein Gerät zum in die Luft auflösen", flüsterte ich.

Mein Vater verstand sofort. Schnell zog er seine Erfindung heraus und drückte sie in Richtung der Diebe ab. Es blitzte und Funken flogen durch die Luft. Es dauerte etwas länger als vorhin und es roch auch etwas angebrannt, aber die beiden lösten sich tatsächlich in Luft auf. Die Chance ließen wir uns nicht entgehen. Wie auf Kommando rannten wir los. Nach einiger Zeit erreichten wir schnaufend den offenen Gullideckel. Wir kletterten blitzschnell die matschigen Leitersprossen nach oben. Draußen angekommen, schnappten wir beide erstmal nach Luft.

„Ah! Endlich muss man keine stickige und stinkende Luft mehr einatmen", seufzte ich erleichtert.

Mein Vater war so froh, dass er seine Zeitmaschine wieder hatte, dass er alles um sich herum vergaß.

„Komm, Tom. Jetzt wo wir mein Zauberwerk wieder haben, ist uns auch der erste Preis sicher", rief er mir glücklich zu.

Kurz darauf standen wir auf der großen Bühne des Messegeländes. Voller Stolz erklärte mein Vater den interessierten Zuschauern sein Wunderwerk.

„Das Einzige, was man tun muss, ist die Zeit und die Koordinaten einzugeben und sich auf die Stangen zu legen. Und schon geht´s los. Das Beste ist, man kann sich in eine andere Person verwandeln. Wie wär´s zum Beispiel mit dem reichsten Mann der Welt? Oder dem Chef von VW? Wenn man will, auch König Ludwig."

Alle jubelten. Begeistert rief das Publikum meinem Vater zu:

***

„Der erste Preis, der erste Preis,
Wem der gehört, das ist jetzt klar.
Bei ihm, da tobt die ganze Schar.
Der erste Preis, der erste Preis, der gehört nur einem,
nämlich unserem Doktor Reimen.
Niemand wird es auf dieser Welt mehr geben,
der diesem Tüftler wäre eben."

***

Die beiden Diebe haben wir übrigens Gott sei Dank nie wieder gesehen.

Prisoner of Dreams

Victoria Graml - 9. Klasse

Die Flamme der Kerze flackerte leicht, bewegt durch den Luftzug menschlichen Atems. Die Schatten, die sie auf den sterilen Labortisch warf, spielten verrückt, schienen einander regelrecht zu jagen. Ein Glas wurde abgestellt, jemand seufzte. Erneut zuckte die Flamme, diesmal heftiger.

„Dass die Roboter so auf dem Markt einschlagen, hätte ich beim besten Willen nicht gedacht", durchschnitt die dunkle Stimme eines Mannes die Stille. „Sogar in Asien werden die Teile jetzt gekauft..."

Der Mann hob das Glas mit der bräunlichen Flüssigkeit wieder zum Mund. Er nahm einen Schluck, was ihn zum Schaudern brachte.

„Hab dieses Zeug noch nie wirklich gemocht", nuschelte er, das Glas hart auf den Tisch stellend. Der Whisky schwappte in seinem Behälter hin und her, ein Tropfen der Flüssigkeit lief an dessen Rand hinunter auf die Tischplatte.

Solange der Mann auch auf eine Antwort wartete, er würde keine bekommen. Schließlich saß er allein in dem düsteren Labor, das nur durch diese einzige Kerze erhellt wurde, die vor ihm auf dem Tisch stand. Im Grunde war er nicht einmal alleine, nur war er die einzige menschliche Existenz in diesem Raum.

Genügend Roboter standen um ihn herum, deaktiviert an die Wand gelehnt. Er hätte nur einen von ihnen aktivieren müssen, schon hätte er einen Gesprächspartner gehabt. Doch James Kit wollte nicht mit einem seiner Kit-Roboter reden. Diese Dinger hatten keine Gefühle, waren einzig und allein dafür hergestellt worden, um bei der Hausarbeit zu dienen. Eigentlich hatte Kit die Roboter für seine Frau Mary erfunden.

Sie hatte früher immer darüber geklagt, was für ein Umstand es doch sei, im Haushalt alles allein machen zu müssen, wenn ihr Mann ihr nicht zur Hand ging. Die gemeinsame Tochter Claire war einfach noch zu klein gewesen, um ihr so etwas abzuverlangen. Als Erfinder und IT-Spezialist wollte Kit seiner Mary eine Freude machen, so hatte er sich unermüdlich Tag und Nacht daran gemacht, diese komplexen Geräte ins Leben zu rufen. Zwar hatte dies noch öfter zu Klagen ihrerseits geführt, aber damals hatte Kit dies nur mit einem Lächeln zur Kenntnis genommen.

Nun vermisste er das Klagen seiner Ehefrau schmerzlich, er vermisste alles an ihr. Am meisten vermisste er mit ihr zu reden, ihre sanfte beruhigende Stimme zu hören, wenn er sich aufregte, weil erneut ein Schaltkreis der neuen Roboter durchgebrannt war. Es war das, was Kit am meisten begehrte: Mit seiner Frau zu reden, mit ihr zu streiten, seine kleine Tochter abends ins Bett und am Morgen in den Kindergarten zu bringen. Eigentlich war es das Alltäglichste, was sich der Wissenschaftler wünschte, aber für ihn war es nicht mehr möglich. Wieder nahm er einen Schluck Whisky. Das Glas in seiner Hand zitterte, als er sich an den Unfall vor zwei Jahren erinnerte.

Am 18. September 2032 waren beide, seine Frau Mary und seine Tochter Claire, bei einem furchtbaren Laborunfall ums Leben gekommen. Er erinnerte sich daran, wie er sich gegen die Arme des Feuerwehrmannes gestemmt hatte, wie er um sich geschlagen und getreten hatte, weil er zurück wollte, zurück in das brennende Labor, in dem noch Mary und Claire waren.

Er war damals wütend gewesen, dass er gerettet worden war und sie nicht. Seine Versuche, sich das Leben zu nehmen, waren verhindert worden. Er hatte jeden Menschen gehasst, der ihm gesagt hatte, wie schön das Leben war. Sein Leben war nicht mehr schön, er hatte das Wichtigste im Leben verloren. Er hatte den Sinn des Lebens verloren.

Das Glas fiel, traf nicht auf der Tischplatte auf, sondern landete auf dem Linoleum-Boden, wo es in tausend Stücke zersplitterte. Genau wie Kits Herz. Die Erinnerung an diesen Tag des Grauens, an diese Tragödie, brach ihm immer wieder aufs Neue das Herz und machte es ihm schwer, neu anzufangen, es zurückzulassen und zu vergessen.

Manchmal wünschte James, er wäre einer der Roboter, deren Speicher man ändern und löschen konnte. Wenn es nötig war, konnte man sie deaktivieren und an die Wand lehnen, dann würden sie nie wieder aufwachen und es nicht einmal mitbekommen.

Kit zitterte, er hatte die Zähne gefletscht, die Finger in seinem kurzen, grauen Haar vergraben. Dicke, stumme Tränen liefen über seine Wange und ein Schrei stieg in ihm auf. Noch immer am ganzen Leib zitternd, war er auf einmal auf den Beinen. Er konnte sich nicht daran erinnern, aufgestanden zu sein und die Wut, der Hass und die Trauer drohten aus ihm herauszubrechen. In diesem Raum, diesem Labor hatte seine Familie den Tod gefunden, war sie durch dieses Feuer damals ausgelöscht worden wie alles andere auch. Alle Prototypen der Roboter, die er gebaut hatte, waren zerstört worden und nur die Pläne, die er immer bei sich trug, sollten es ihm später ermöglichen, diese nachzubauen.

Tatsächlich war es der Tag gewesen, an dem er Mary diese seine neuste Erfindung vorführen wollte. Claire hatte Angst vor den mannsgroßen Blechhaufen gehabt, die dazu noch sprechen konnten. Er erinnere sich, dass sie sich hinter seinen Beinen versteckt hatte, als er PROX2708, den ersten fertiggestellten Roboter, in Betrieb nahm. Der Prototyp hatte nur abgehackte Bewegungen vollbringen und nur stotternd sprechen können, aber Mary war begeistert gewesen.

Die Programmierung war nahezu perfekt gelungen. Der Roboter konnte gehen und rennen, selbst sprechen, schreiben was ihm diktiert wurde, durch einen Vodokoder hören und Stimmen erkennen. Zwar fehlte es noch an Bewegungs- und Sprechfluss, um ihn wirklich perfekt zu nennen, aber es war ein Geniestreich auf diesem Bereich der Technik.

Mary war ihm um den Hals gefallen, sie war gerührt gewesen, dass ihr Mann etwas für sie erfunden hatte, nur um ihr im Haushalt zu helfen. Sie hatte ihn geküsst.

Jetzt brach es aus Kit heraus, aus leisem Schluchzen und stummen Tränen war ein Schrei aus Wut und Verzweiflung geworden. Er schrie alles aus sich heraus, fegte mit dem Handrücken eines der Roboterteile von Tisch. Er bemerkte nicht, dass es gegen die Wand geschleudert wurde und zerbrach. In seiner Wut war er für so etwas blind geworden.

Die Explosion war plötzlich gekommen und hatte sie alle drei überrascht. Ihm fehlten teilweise Erinnerungen an diese Momente im Labor, er kannte sie nur aus Erzählungen und aus dem zusammengestellten Unfallbericht der zuständigen Behörde. Doch reichte, das, an was er sich erinnerte, um ihn durch die Hölle gehen zu lassen. Die Unfallursache war bis zu diesem Tage unbekannt und Kit hatte keinen Grund, diese herauszufinden, es würde seine Familie ja doch nicht zurückbringen. Damals hatte er nicht nur seine Familie und sein Labor, sondern auch sein linkes Bein verloren. Es hatte ihn nicht geschert und tat es immer noch nicht. Der körperliche Schmerz war nichts gegen den gewesen, den er in seinem Geiste erfahren hatte.

Das Labor war wieder aufgebaut, die zerstörten Roboter erneut produziert und sein Bein durch eine der neumodischen Prothesen ersetzt worden. Es sah aus wie das eines seiner Roboter, er spürte darin auch nichts, aber es war perfekt. Er konnte so gehen wie früher, es war nicht einmal ein Humpeln zurückgeblieben, auch wenn Kit wünschte, das wäre es. Wenn da wenigstens noch Schmerzen wären, körperliche Schmerzen, dann hätte er vielleicht akzeptieren können, was geschehen war. Doch so wirkte es so unwirklich, es war für ihn so ungreifbar wie die Luft selbst. Es war nichts zurückgeblieben, das materiell an den Unfall erinnerte. Nur Kits Erinnerungen und sein metallenes Bein.

Oft hatte er damals jemanden angefleht, er möge ihm doch seine Familie zurückgeben. Jetzt schrie er diese Worte. Kit stand da, rüttelte einen der deaktivierten Roboter an den Schultern und schrie ihn an. Er schlug auf das Blech, bis seine Hand so sehr schmerzte, dass er sie kaum mehr heben konnte. Doch er schlug weiter zu. Der Schmerz, den er nun körperlich fühlte, machte die Sache greifbarer für ihn, es war nun einfacher zu verstehen. Es war eine Entschuldigung, wieso er so ausrastete. Noch immer liefen ihm Tränen über die Wangen, Rotz war über seine Oberlippe verteilt, Schweiß sammelte sich auf seiner Stirn und lief an den Schläfen hinunter.

Für Kit stand seine Welt in Flammen, er befand sich wieder in dem brennenden Labor, blutend und benommen. Wieder lag er da, nicht verstehend, woher dieser unglaubliche Schmerz rührte, den er verspürte. War es sein abgetrenntes Bein gewesen oder sein Geist, der schon von dem Tod seiner beiden Liebsten gewusst hatte. Noch immer wusste er es nicht.

Damals war es ihm gleich gewesen. Er hatte nur Mary und Claire aus dem Labor hinaus schaffen wollen. Kit hatte sich aufraffen wollen, doch kaum war er gestanden, war er auch schon wieder gefallen. Er hatte versucht, sich vorwärts zu schieben oder zu ziehen, aber es hatte nichts gebracht. Ein Feuerwehrmann hatte ihn gerettet, ihm aufgeholfen und ihn mit hinaus genommen. Dort hatte man ihn auf eine Trage packen wollen, doch Kit hatte, den Schmerz nicht spürend, um sich getreten, geschlagen und geschrien.

„Mary!"

Immer wieder rief er den Namen seiner Frau. Er war auf die Knie gesunken und starrte die Wand an. Seine Unterlippe zitterte und Tränen fielen zu Boden. Er war schwach, hatte der Wut nachgegeben. Sein Labor war fast zerstört, er hatte es zerstört.

Die Kraft ging dem Wissenschaftler nach und nach aus, er sank in sich zusammen. Einem Häufchen Elend gleich saß er da, das Gesicht in den Händen verborgen und über das weinend, was er verloren hatte. Noch immer konnte er nicht fassen, was ihm widerfahren war. Es war so unfair. Eigentlich wollte er doch nur ein einfaches Familienleben führen, wollte so sein wie jeder andere.

Kit hatte immer Ruhm und Ehre in seinen Erfindungen gesucht, auf die höchsten Verkaufszahlen spekuliert und sich immer bemüht, auf dem Zweig der Technik, den er gewählt hatte, zur Koryphäe zu werden. Viel zu spät erst hatte er erkannt, was es wert war, so zu sein wie jeder andere. Es war wundervoll eine Familie zu haben, jemanden zu haben, der für einen da war, egal, was geschah.

Berühmtheit konnte das nicht ersetzen, nicht im Geringsten. Manchmal dachte James, es wäre ein grausamer Handel mit ihm getrieben worden. Er hatte das bekommen, was er am meisten begehrt hatte. Berühmt war er geworden, hatte Geld, war der Erfinder der KIT-Roboter, der besten Haushaltshilfen auf dem Globus, weltweit gekauft und geliebt. Sogar für den Nobelpreis war er nominiert worden. Für all das hatte er seine Familie hergeben müssen, seine Frau, die er so sehr geliebt hatte und seine Tochter, seinen Engel, sein eigen Fleisch und Blut.

James wäre einen Pakt mit dem Teufel eingegangen, wenn er dies rückgängig machen könnte. Er hätte wirklich alles gegeben, nur um das zurückzubekommen, was er verloren hatte. Der Wind ruckelte an den undichten Fenstern des Labors und der Regen prasselte an die Scheiben, es war unbeschreiblich kalt und finster.

Unwillkürlich schlang Kit die Arme um seinen Oberkörper, begann sich leicht vor- und zurückzuwiegen. Oft war er in dieser Position eingeschlafen, hatte sich so in den Schlaf gewiegt. Doch diesmal sollte ihm keine Gnade zuteilwerden, auch wenn er die

Augen fest schloss und sich irgendwo hindachte, wo all das nicht war, was ihn umgab. All dieses Leid.

Irgendwann öffnete Kit die Augen und er sah in seinen Schoß hinab. Der Kopf eines kleinen Roboters lag dort. Es sollte die nächste große Erneuerung werden. Die Haushaltsgeräte sollte es nun auch in unterschiedlichen Größen und Formen geben. Erstaunen machte sich auf dem Gesicht des Mannes breit. Für ihn lag dort nicht der Kopf eines Roboters, sondern die Lösung, die Rettung aus seiner Einsamkeit.

Er würde seine Familie zurückholen. Wofür war er James Kit, wofür hatte er die Roboter erfunden? Es gab nur eine Antwort: Um seine Frau und seine Tochter wieder zu ihm zurück zu bringen.

Kit lächelte. Gerade schubste er in Gedanken seine kleine Claire auf der Schaukel an, hörte, wie sie vor Glück kreischte. Bald würde er sie wieder zurückhaben, bald würden sie wieder bei ihm sein.

Spiel der Scheinwelt

Anna Theresa Gürteler - 7. Klasse

Wir schrieben das Jahr 2247. Ich stand gerade oben am Mast und hielt Ausschau nach feindlichen Schiffen der Armee. Die kühle, salzige Meeresbrise streifte mein Gesicht, als ich es entdeckte: Weit hinten am Horizont, wo gerade die Sonne ihre letzten Strahlen vergoss, tauchte ein Schiff auf. Mit bloßem Auge erkannte ich nicht viel, doch als ich das Fernrohr des letzen Raubzuges herausholte, sah ich es. Ein heruntergekommenes Schiff, das noch Lecke hatte, die gerichtet werden mussten. Doch etwas anderes beunruhigte mich, es thronte oben am Masttopp: eine Flagge, rot, auf ihr ein Totenkopf.

Ich erschreckte mich so, dass ich fast vom Mast fiel. Denn nicht das Schiff und die Tatsache, dass Piraten darauf weilten, waren beängstigend. Schließlich waren wir das auch. Nein, eher, dass sich dort unser Ende näherte. Die rote Flagge gebührte nur einem Schiff, auf dem schon so viel Blut vergossen wurde, dass man die halbe See damit füllen könnte. Seit zehn Jahren gab es nur ein Schiff, das diese Flagge hisste.

„Die Old Blood", sagte ich voller Ehrfurcht. „Schiff in Sicht! Keine Angst Männer, wir haben nichts zu befürchten, es ist nur die ‚Old Blood', die in unserem Gewässer ihr Unwesen treibt!", rief ich nun meiner Crew zu.

Ich – Elisabeth Bloom oder besser gesagt Captain Elisabeth Bloom – nannte die „Intable", das schnellste Schiff der Karibik mein Eigen.

Gerade eben war das Schiff noch laut und voller Leben, doch jetzt hätte man einen Vogel fliegen hören können, so ungewöhnlich still war es. Langsam kehrte die Farbe in die Gesichter meiner Leute zurück und während da unten alle zu flüstern begannen, schwang ich mich vom Mast hinunter.

„Keine Angst, ihr alten Landratten! Wer sagt denn hier, dass sie uns angreifen wollen?", rief ich in die Runde. Als Antwort hörte ich, wie die meisten ihre Messer zogen und in Richtung der Kanonen sahen.

„Wir sind bereit, egal was kommt, wir werden für unser Überleben kämpfen", hörte ich die raue Stimme meines Beraters.

Inzwischen war die „Old Blood" schon beachtlich näher gekommen. Nur noch drei Meter und wir boten ein perfektes Ziel. Doch sie schossen nicht und plötzlich waren sie da. Alles ging ganz schnell und ehe wir uns versahen, hatten sie ihre Enterhaken ausgeworfen.

„An die Kanonen, greift eure Schwerter! Feuer!", konnte ich gerade noch rufen.

Schon flogen uns die Kanonen um die Ohren. Dann ging es los. Ich schwärzte schnell mein Gesicht und steckte meinen Pferdeschwanz unter den Kapitänshut, da griff mich jemand an. Mit einem gekonnten Schlag stach ich ihm mit meinem Schwert direkt ins Herz und als ich es wieder herauszog, fiel er tot um. Ich lief weiter, um mich zu den Enterhaken zu schlagen und wechselte das Schiff, denn auf der „Old Blood" war deutlich weniger los. Doch trotzdem wurde ich gebührend empfangen. Klar, ich war der Captain.

Vor mir stand ein junger Mann, etwa in meinem Alter, geschätzte 17 Jahre. Er hatte schwarze längere Haare, die er wie ich zu einem Pferdeschwanz gebunden hatte. Mit seinen blauen Augen wirkte er so geheimnisvoll, dass ich mich kaum traute, mit ihm zu reden.

„Woher kommst du? Ich kenne dich nicht. Bist du neu bei der „Old Blood"? , fragte ich denjenigen höflich, den ich zuvor noch umbringen wollte.

„Warum sollte ich auf diese Frage antworten, Junge? Ich kenne dich nicht!", entgegnete er in einem spöttischen Tonfall.

„Weil ich wissen will, wen ich umbringe!“, konterte ich.

„O.k. Du kannst es wissen, aber nur, damit du zufrieden stirbst“, antwortete er und setzte zu einem gekonnten Hieb an. „Ja, ich bin neu bei der ‚Old Blood‘ und ich wohne seit einer Woche in Braxton, das ist in der Nähe von Bearn-City“.

Ich zuckte zusammen, denn diesen Ort kannte ich ganz genau.

„Ja...äh... ich weiß...“, stotterte ich und ließ sein Schwert aus den Augen. Keine gute Idee, denn schon lag es an meiner Kehle.

„Na, Captain, immer noch so frech?“, fragte er mich mit einer säuerlichen Stimme.

„Ja, bring mich schon um, aber lass dir Zeit“, dachte ich mir.

Doch komischerweise tat er das nicht. Stattdessen rief er:

„Phil, Jake, helft mir mal, wir haben einen neuen Gast!“

Da kamen sie. Phil und Jake, zwei Muskelprotze, mit denen ich es ohne Schwert nie aufnehmen könnte.

„So, du kommst jetzt mit“, sagte einer der beiden.

Ich vermutete, es war Jake mit einer rauen Stimme. Sie steckten mich in eine alte vermooste Zelle.

„Willkommen auf der ‚Old Blood‘!“

Der Neue drehte sich gerade weg, um wieder auf das Schlachtfeld zu gehen, als ich fragte: „Warum hast du mich nicht umgebracht?“

Einen Augenblick lang spiegelte sich Wut in seinen Augen, doch dann schien er sich wieder beruhigt zu haben. „Ich glaube, wir können dich noch gebrauchen!“

„Mike! Kommst du? Die Schlacht wartet nicht, wir brauchen dich!“, rief der, den ich als Phil vermutete.

„Mike, schöner Name“, dachte ich „Warum hat er es nicht einfach getan? Nicht einfach meine Kehle durch.....“

Doch weiter kam ich nicht, denn gerade hatte sich eine Stimme in meinen Kopf geschmuggelt.

„Elisabeth Bloom, ich glaub ich spinne, acht Stunden, ACHT STUNDEN! Wenn du jetzt nicht sofort aufhörst, dann gibt es eine Woche Spielverbot!" – meine Mum.

Plötzlich war alles schwarz. Klar, sie hatte den Stecker gezogen. Vorsichtig tastete ich mich zur Türe des Spielomaten vor. Der Spielomat war eine Erfindung des 23. Jahrhunderts. Er erstellte eine täuschend echte Scheinwelt, in der alle Sinneseindrücke beachtet wurden. Meine bevorzugte Welt war die der Piraten, denn da war man einfach frei. In jeder Welt gab es einen Avatar, der auf dein Aussehen und deine Stimme programmiert war.

In den einzelnen Welten konnte man andere Leute von überall her treffen und mit ihnen sprechen, kämpfen usw. Doch wenn man getötet wurde, musste man mit einem anderen Avatar neu anfangen. Während man nicht im Spiel war, blieb der Avatar in einer Art Ruhezustand. Um so wenig wie möglich zu verpassen, stand ich meistens vor fünf Uhr auf. Nach der Schule war ich bis zum Abendessen und danach im Spiel, sehr zum Leidwesen meiner Mum. Meine Mum hatte dunkelblondes langes Haar, das ihr in einem geflochtenen Pferdeschwanz über die Schulter hing, genau wie bei mir. Nur in der Augenfarbe unterschieden wir uns. Während sie mich mit ihren smaragdgrünen Augen wütend anstarrte, versuchte ich mit meinen kastanienbraunen Augen so unschuldig wie möglich auszusehen.

„Acht Stunden, ACHT STUNDEN! Sag mal, willst du mich verarschen?", schrie sie mich an. „So mir reicht es jetzt! Wenn du noch einmal so lange spielst, verschenke ich den Spielomaten. Aus, basta, Schluss!".

„Aber Mum, das kannst du nicht machen!", stotterte ich.

„Doch, das kann ich! Ich bin deine Mutter."

Nach dem Abendessen machte ich meine Hausaufgaben und ging ins Bett, um morgen beim ersten Sonnenstrahl wieder ins Spiel zu gehen. Normalerweise weckte mich um halb vier mein

Wecker. Doch diesmal blieb er aus. Mum – war ja klar. Also wachte ich um sieben auf, zu spät, um noch zu spielen. Ich machte mich schnell fertig und schlüpfte aus dem Haus.

Ich lief zum ICE-Bahnhof. Meiner stand schon da. Rasch stellte ich mich in die Reihe vor dem schlichten, schwebenden Zug. Als ich einstieg, suchte ich meinen Platz, der jeden Tag für mich freistand. Ein Massagestuhl mit Sitzheizung und Fernseher, ein einfaches und billiges Exemplar, aber für mich reichte es. Da meine Schule einhundert Kilometer von unserem kleinen Dorf entfernt lag, dauerte es eine viertel Stunde, bis ich dort war. Meine Schule lag in Bearn-City, das aus dem früheren Las Vegas entstanden war. Mit mir stiegen zehn andere Kinder aus und zusammen rannten wir Richtung Schule. Kurz davor wurden wir langsamer.

Zur Identitätskontrolle stellten wir uns auf eine ein Meter große Metallplatte, von der aus unser Körper erkannt wurde. Ich ging durch die Schiebetüre, die mich in die Schule ließ und kam in einen großen Flur, in dem unsere Spinde hingen. Das waren Spinde aus Glas, in ihnen waren zwei Computer eingearbeitet. Der eine öffnete den Spint durch meine Stimme und meinen Fingerabdruck. Zusätzlich erkannte er meine Stimmung und färbte sich dann in der passenden Farbe. Auf dem zweiten Computer konnte ich per Gedankten meine Hausaufgaben und Notizen, sowie Fotos, Musik und Tweets speichern. Außerdem war dort mein Stundenplan eingespeichert.

Ich hatte „Historik“ oder auch „Geschichte“, was ich äußerst interessant fand, da wir gerade über Piraten redeten. Ich stieg in den Lift, der mich hoch in mein Klassenzimmer brachte, das über den Spinden schwebte. Unsere Lehrerin Frau Buster war schon vor mir da und bereitete den Unterricht an dem Hologramm vor, das als Tafel diente. Ich setzte mich auf den Sessel neben meine beste Freundin. Sie war die Einzige, die mich so richtig verstand, denn sie war genauso wie ich. Wir trafen uns nach der Schule fast nie im realen Leben, aber in der Scheinwelt sahen wir uns regelmäßig.

In dem Tisch vor meinem Sessel war ein Computer eingebaut, mit dem ich per Gedanken Hefteinträge schrieb oder besser gesagt, dachte.

„Hi“, sagte ich, „na wie geht’s so? Wo ruhst du grade?“.

„Hab mir ´ne Unterkunft in Jamaika gesucht, du weißt schon, mein Schiff ist kaputt gegangen... und du?“, flüsterte Milla.

„Ich liege gerade in der Zelle von ‚Old Blood‘, hab ´nen Kampf verloren und wurde von so einem süßen Typ aus deren Mannschaft gerettet. Hab mitgekriegt, dass er Mike heißt und in Braxton wohnt, aber bis jetzt hab´ ich ihn noch nicht getroffen!“, erzählte ich begeistert.

„Wow, krass, die „Old Blood“, Mike ...“

„Seid Ihr jetzt vielleicht endlich mal fertig?“, motzte uns Frau Buster an. „Also“, fuhr sie fort, „heute begrüßen wir einen neuen Schüler. Er ist vor einer Woche nach Braxton gezogen. Darf ich vorstellen: Mike Connor.“

„Warte einen Moment. Mike, Braxton?!“, flüsterte Milla überrascht.

Aber ja – sie hatte recht, denn im selben Moment kam er in den Raum. Seine Haare trug er im Gegensatz zu unserer ersten Begegnung offen, ansonsten war alles außer seiner Kleidung gleich. Mir rutschte das Herz in die Hose, nein, das konnte nicht sein.

„Ich muss hier weg!“, flüsterte ich und sprang auf. Als ich aus dem Zimmer rannte, konnte ich gerade noch hören, wie sie sagte, sie gebe mir Deckung. Ich rannte den Gang entlang zum Mädchenklo und sperrte mich ein. „Nein, das konnte nicht sein. Wenn er herausfindet, wie ich heiße, ist es aus. Dann kann ich mich ja gleich selbst umbringen“, fluchte ich vor mich hin.

Den Rest des Unterrichts verbrachte ich eingeschlossen in der Kabine. Als ich zum Zug lief, versuchte ich Mike so gut wie möglich aus dem Weg zu gehen, doch dann war eine Begegnung nicht mehr zu vermeiden. Denn es musste ja so kommen. Sein Sitzplatz im ICE war natürlich der einzig freie und der war neben meinem. Um ihm nicht in die Augen schauen zu müssen, drehte ich mich weg. Doch nach fünf Minuten sprach er mich schließlich doch an.

„Hi!" sagte er, „dich kenne ich noch nicht. Dir wurde ja plötzlich übel. Also ich bin Mike Connor und du?"

Langsam drehte ich mich um und schaute in seine unglaublichen Augen. „Elisabeth", antwortete ich

„Und weiter?", fragte er.

„Ach... ist doch nicht so wichtig, oder?", entgegnete ich rasch.

„Ja, stimmt!", sagte er.

Als der ICE nach einer langen und qualvollen Fahrt endlich ankam, rannte ich so rasch wie möglich nach Hause. Ich wollte schneller als er im Spiel sein. Schnell zog ich den Anzug an, der meinen Tastsinn beeinflusste und verkabelte mich. Zum Schluss noch die Brille und voilà, ich war fertig. Per Stimmerkennung loggte ich mich ein und zog mir eine Mütze über den Kopf, auf der noch der Ausschalter prangte. Nun war der Ladevorgang beendet und ich fand mich natürlich genau dort wieder, wo ich mich hinterlassen hatte.

Draußen hörte ich viele Stimmen. Wir mussten den Kampf verloren haben, denn sonst würde da draußen eine Siegesparty steigen.

„Ob sie mich hier unten vergessen haben?", fragte ich mich.

Doch dann entdeckte ich das vergammelte Brot, das sie mir hingeschmissen hatten. Als ich reinbiss, schmeckte ich nichts, wie bei jedem Essen aus der Scheinwelt. Aber wenigstens befriedigte es den Hunger für kurze Zeit. Plötzlich hörte ich, wie die Holzlatten unter mir knirschten. Es kam jemand. Schnell legte ich mich in meine Ausgangsposition und tat so, als würde ich schlafen.

Zwei Männer tauchten vor meiner Zelle auf. Es waren Mike und noch jemand, den ich nicht gleich erkannte. Doch dem rauen und befehlerischen Unterton seiner Stimme nach zu urteilen, war es der berüchtigte Captain der ‚Old Blood‘, Mr. Sumb.

„Na, was sagen Sie, Captain Sumb, können wir ihn noch gebrauchen?“, fragte Mike vorsichtig.

„Ich weiß nicht, was denken Sie, Mr. Connor?“, antwortete er.

„Ich? Ich meine, wir sollten ihn vors Ehrengericht stellen!“, sagte Mike entschlossen.

Das Ehrengericht wurde bei den Piraten nur äußerst selten befragt. Es bestand aus den sechs wichtigsten Personen des Schiffes: Dem Captain, seinem Berater und vier anderen Piraten, die dem Schiff besondere Ehre erwiesen hatten.

Als ich schließlich ‚aufwachte‘, versuchte ich mich so unwissend wie möglich zu verhalten. Denn, wenn sie wüssten, dass ich alles mitgekriegt hatte, lief ich Gefahr, Ärger zu bekommen. Ich brauchte nicht lange zu warten, da kamen schon Phil und Jake, um mir die Nachricht zu überbringen und mir frische Sachen und einen Kübel voll Wasser zu reichen.

Klar, denn bevor man dem Ehrengericht gegenübertritt, musste man seine alten Kleider gegen die eines anderen, der in einer Schlacht gefallen war, tauschen. Für mich hieß das aber auch, dass meine Tarnung als Mann auffliegen könnte. Denn der Hut, der meine langen Haare versteckte, musste weg und genauso der Dreck in meinem Gesicht.

Die Kleider gehörten dem Piraten, den ich zu Beginn des Kampfes getötet hatte. Eine braune, zerfetzte Hose und ein viel zu großes weißes Hemd. Doch hatte ich Glück und fand in dem Kleiderknäuel ein Kopftuch, mit dem ich es schaffte, mein wahres Ich noch einmal zu verstecken. Plötzlich wurde es ganz still. Mein Magen drehte sich um, denn der Geruch von moderndem Fisch drang in meine Nase. Festtagsduft. Ich hasste ihn.

Langsam näherten sich Schritte. Sie kamen, um mich zu holen. Als ich daran dachte, dass mein Schicksal nun besiegelt war und ich dort nun nicht mehr lebend rauskommen würde, fing ich an zu zittern und zu schwitzen. Die Schritte kamen näher und trotz der Dunkelheit bildeten sich riesige schwarze Schatten an der schimmligen Wand. Langsam hörte ich Stimmen näher kommen, die die furchtbare Stille übertönten. Mit einem lauten Knarren öffnete sich die hölzerne Tür. Zwei schwarze Gestalten erschienen, sie waren mir unbekannt. Ich wurde von ihnen aufs Deck gebracht, dort wartete bereits das Ehrengericht auf mich.

An vorderster Stelle saß Mr. Sumb. Neben ihm saßen Mike und Phil. Die restlichen Personen kannte ich noch nicht. Plötzlich spürte ich Mikes Blick auf mir. Warum starrte er mich so an?

„Er konnte mich doch dank des Tuches nicht erkennen", dachte ich. Doch dann wusste ich, dass es ja nicht nur die Haare waren, er kannte ja auch mein Gesicht. Ich sah, wie er plötzlich unruhig wurde. Er musste mich erkannt haben.

„Elisabeth", flüsterte er leise, doch nicht leise genug. Denn der Captain hatte ihn gehört.

„Mr. Connor, Sie kennen diese Person?", fragte er Mike.

„Ja, in gewisser Weise schon...", stotterte Mike.

„Na, auf welche Seite gehörst Du, auf Ihre oder auf Unsere?", zischte Mr. Sumb. Plötzlich huschte ein Lächeln über Mikes Gesicht, als hätte er eine Idee oder einen Geistesblitz.

„Natürlich auf Eure, Mr. Sumb. Ich habe sogar einen guten Vorschlag, was wir mit ihr anstellen können, denn jeder weiß, eine Frau an Deck bringt Unglück. Wir werfen sie den Haien vor", erwiderte Mike.

Ich zuckte zusammen. „Was hatte er vor?", fragte ich mich, doch das sollte ich noch früh genug erfahren.

Seine Idee wurde in die Tat umgesetzt und fünf Minuten später war alles vorbereitet. Grob schubste mich Jake zum Bug des

Schiffes, wo schon alle gespannt auf meinen Untergang warteten. Bevor sie mich in die eiskalten Wellen schubsten, legten sie mir noch Fesseln an.

„So, Mike, wenn du wirklich einen Plan hast, dann wäre das genau der richtige Zeitpunkt dafür", dachte ich, während ich ihn ansah.

Doch er wirkte ganz gelassen. Ich spürte einen Stoß im Rücken und schon stürzte ich in das stürmische Gewässer. Langsam zogen mich die nassen Kleider nach unten. Gerade noch konnte ich entdecken, wie Mike mir hinterher sprang. Ich versuchte, nicht darüber nachzudenken, was passieren würde, wenn ich jetzt sterben würde. Dazu blieb mir auch keine Zeit, denn plötzlich spürte ich eine Klinge an meinem Arm. Mike! Er befreite mich von meinen Fesseln und zog mich nach oben.

„Elisabeth Bloom! Hörst du mir überhaupt zu?", rief Mrs. Buster.

Ich war so in meinen Erinnerungen an die letzten Tage versunken, dass ich gar nicht wahrgenommen hatte, dass sie mich angesprochen hatte.

Mike und ich hatten es rechtzeitig geschafft, uns auf eine Insel zu retten. Seitdem waren wir beide nicht mehr im Spiel. Wir trafen uns lieber im echten Leben und sind richtig gute Freunde geworden. Doch manchmal glaube ich, es ist mehr als eine Freundschaft…

Mit dir in die Zukunft

Patricia Walter - 9. Klasse

Der junge Mann spazierte durch sein kleines Café. Er war müde und die schwarzen Haare klebten ihm im Gesicht, aber er strahlte. Wie lange hatte er sich das Café schon gewünscht. Eigentlich schon immer und nun hatte er ihn endlich: seinen eigenen kleinen Laden. Ganz nach seinen Vorstellungen. Es war sein eigenes Paradies und eines für jeden Kuchen- und Nachspeisen-Liebhaber, wie sich in diesem Monat gezeigt hatte. So lange war sein Café schon auf und Tag für Tag war es bis zum letzten Platz gefüllt.

Es war viel Arbeit, sehr viel Arbeit, aber er war glücklich und das war das Wichtigste. Allerdings musste er sich eingestehen, dass sein Traum nicht lange halten würde, wenn er die Buchhaltung nicht endlich in den Griff bekam. Er mochte einer der besten Bäcker auf Gottes Erden sein, aber Mathematik war noch nie seine Stärke gewesen.

Der Mann namens Simon blieb in der Mitte des Raumes stehen, um seinen Laden zu betrachteten. Einfach hier zu stehen und seinen Traum sehen, fühlen und sogar riechen zu können, ließ sein Herz schneller schlagen. Er atmete noch einmal den Geruch von Mehl, frischen Backwaren und Parfum, das so viele seiner Kundinnen zu tragen pflegten, ein und tat dann etwas, was er jeden Tag tat: er zwickte sich selbst einmal in den Oberarm. Er spürte einen kurzen Schmerz, aber er nahm ihn gar nicht wahr, denn sein Traum war nicht geplatzt. Simon war nicht einfach in seinem Bett aufgeschreckt und hatte feststellen müssen, dass er nur träumte. Zufrieden seufzte er und ging dann schnellen Schrittes zur Tür. Er öffnete sie und warf einen letzten Blick auf seinen wahr gewordenen Traum, bevor er sie hinter sich schloss.

Es war ein herrlicher Herbsttag und die Sonne strahlte ihm ins Gesicht. Der perfekte Tag, um endlich das „Buchhaltungsproblem" aus der Welt zu schaffen. Er schritt über den Marktplatz, beobachtete die Kinder beim Spielen und sah wie sich ein Pärchen mittleren Alters küsste. Vor allem aber widmete er seine Aufmerksamkeit denjenigen, die sein Problem schon bald lösen würden: den Computerpuppen. Zumindest versuchte er, die Computer zu erkennen. Aber er vermutete, dass es sich bei den Frauen, die die Kinder beobachteten, um Wallys, die menschlich aussehenden Puppen, handelte. Schließlich ließ fast jede Mutter inzwischen einen Computer für ihre Kinder sorgen.

Es war unglaublich, wie die Wallys auf den Markt eingeschlagen hatten. Im Mai des Jahres 2031 — vor 50 Jahren - hatte es Jonathan Willmor endlich geschafft, einen Computer mit menschlichem Aussehen zu entwickeln. Das Modell hatte zwar noch Schwierigkeiten beim Laufen und Sprechen, aber es war ein Fortschritt und zwar ein gewaltiger, denn seitdem waren jährlich ganz neue Modelle auf den Markt gekommen. Die anfänglichen Schwierigkeiten waren inzwischen behoben und man konnte sie in allen Größen und Formen kaufen.

Die Medien berichteten neuerdings von nichts anderem mehr als von den technischen Fortschritten und dem ersten Film, bei dem ausschließlich Computer mitspielen sollten. Es hatte schon zuvor Filme mit den neuen Computern als Darstellern gegeben, aber noch nie ausschließlich. Es war klar gewesen, dass es früher oder später dazu kommen würde. Die Computer waren billiger und sofort durch ein neues Modell mit dem gleichen Aussehen ersetzbar, ganz im Gegensatz zu „echten" Schauspielern. Wirklich eine verdammt harte Konkurrenz für die Menschen.

Egal wie praktisch diese Computer auch waren, man durfte sie nicht Menschen ersetzen lassen! Sonst würde noch genau das passieren, was in Filmen geschah: die Eroberung der Welt durch die Computer und die Unterwerfung der Menschheit.

In diesen Gedanken gefangen kam er endlich bei „Willys – das Geschäft für ihren Computer" an. Das Werbeschild log nicht. Hier fand man tatsächlich alles, was auch nur im Entferntesten mit einem Computer zu tun hatte. Simon betrat das Geschäft. Sofort wurde er von einer jungen Dame begrüßt, die fragte, ob sie etwas für ihn tun könne. Er nickte und bat sie, ihm die Computer zu zeigen.

„Darf ich fragen, welche Funktionen das Gerät erfüllen sollte?"

„Es muss meine Buchhaltung übernehmen", antwortete Simon wahrheitsgemäß. „Und es wäre nicht schlecht, wenn man dem Computer Rezepte für Nachspeisen und Kuchen beibringen könnte."

„Sehr wohl", antwortete die Dame und führte ihn zu einem langen Gang, in dem ausschließlich eine Computerpuppe nach der anderen platziert war.

„Hatten sie schon einmal einen Wally?", fragte die Frau weiter.

„Nein", gab er zu.

„Wenn dem so ist, dann empfehle ich Ihnen das neuste Modell. Es ist einfach zu handhaben und sehr gut für Anfänger geeignet", meinte sie.

Simon lächelte. Wieso war es so klar, dass sie ihm das neuste und wahrscheinlich auch teuerste Modell zeigen wollte?

Die Dame führte ihn zu den besagten Wallys. Es war das erste Mal, dass der junge Mann eine Computerpuppe genauer betrachtete. Als er noch kleiner gewesen war, hatte er sich vor diesen Maschinen, die sich merkwürdig bewegten und so künstlich klangen, gefürchtet. Deshalb hatte er generell einen großen Bogen um sie gemacht. Inzwischen redeten und bewegten sich die Wallys ganz normal, was sie nur noch merkwürdiger machte.

„Sagen Sie, wird man bei genauerem Betrachten erkennen, dass es sich bei ihr um eine Wally handelt?"

„Mein Herr, echte Experten können das. Es gibt einige Merkmale, die uns von den Menschen unterscheiden, aber der Mehrheit wird es nicht auffallen“, antwortete die Dame.

Simon nickte verständnisvoll, als er plötzlich inne hielt. Hatte sie etwa gerade „uns von den Menschen unterscheiden“ gesagt? Das bedeutete, dass sie selbst eine Wally war?!? Er schaute die Frau perplex an. Das hätte er nicht gedacht. Schnell widmete sich Simon wieder den ausgestellten Modellen.

Zum größten Teil waren es weibliche Wallys. Laut einer neuen Statistik waren männliche Wallys nicht so beliebt. Warum eigentlich? Er begutachtete jeden Wally einzeln, aber keiner sprach ihn an, bis er plötzlich fasziniert vor einem weiblichen Modell stehen blieb. Sie hatte kurzes, gelocktes, schwarzes Haar und ein hübsches, offenes Gesicht, dem man am liebsten gleich sein ganzes Herz ausschütten würde. Sie war eher kleiner und zierlich gebaut, war aber trotzdem überaus weiblich. Auch sah sie so aus, als wäre sie ein klein wenig jünger als er selbst. Irgendwie hatte er sich immer schon so das Mädchen vom Märchen „die Schöne und das Biest“ vorgestellt. Er hatte sich entschieden.

Tausende Papiere, Unterschriften und ein dicke Anleitung später, drückte er endlich auf den „ON“ Knopf, der sich hinter ihrem linken Ohr befand. Die Wally öffnete die Augen und sah Simon mit ihren grünen Augen direkt an.

„Hallo, wie geht’s?“, fragte sie freundlich.

„Hallo, gut, danke! Mein Name ist Simon und dein Name ist Ani.“

„Der Name ist echt schön“, antwortete sie.

Es war tatsächlich haargenau so, wie es in der Anleitung stand. Irgendwie gruselig! Nach dieser kleinen Vorstellung standen beide auf und Simon führte seinen neuen Wally in ihre Aufgaben ein. Ani schaute sich alles ganz genau an und verstand sofort.

„Es ist wirklich schön hier“, sagte sie am Schluss.

Simon sah sie erstaunt an. Er hatte so eine Aussage nicht von einem Wally erwartet. „Ja, du hast Recht.“

Am nächsten Morgen, es war Montag, machte er wie immer um neun Uhr auf. So wie immer war sein Geschäft bereits nach wenigen Minuten randvoll. Simon und Ani nahmen die Bestellungen auf, servierten und räumten das leere Geschirr ab. Hierbei ließ er den Computer keinen Moment aus den Augen. Simon fand, dass sie das schon sehr professionell machte, was ihn wirklich freute. Am Abend bereiteten er und Ani die Kuchen für den nächsten Tag vor.

„Ähm, Simon...warum sind deine Kuchenpreise so niedrig?“

„Wie meinst du das?“, fragte der Ladenbesitzer.

„Ich habe die Preise mit allen anderen Läden im Umkreis von 30 km verglichen, deine sind eindeutig die niedrigsten“, klärte der Computer ihn auf.

„Kommen durch die niedrigen Preise nicht mehr Kunden?“

„Ja schon, aber ich habe alle deine privaten wie auch geschäftliche Ausgaben addiert und von deinen durchschnittlichen Einnahmen abgezogen. Es kommt eine negative Zahl heraus. Wenn du die Preise nicht erhöhst, wird dein Laden pleitegehen.“

Simon überlegte kurz. „Ich werde darüber nachdenken“, sagte er nur.

Ein Jahr später stand Simons Laden in voller Blüte. Die Erhöhung der Preise hatte dem Café kein bisschen geschadet. Ganz im Gegenteil! Dadurch hatte sich der Besitzer erst so viele Geräte und neue Kochbücher anschaffen können. Ganz zu schweigen von der Stromrechnung, die Ani jeden Tag verursachte. Sie war einfach unglaublich! Ani gab Simon die neusten Informationen durch, diente als Kommunikationsmittel und sorgte sich sowohl um die Unterhaltung, als auch um die Buchhaltung. Einfach fantastisch. Außerdem hatte sie ihm ganz neue Wege eröffnet.

Simon hatte sich in diesem einen Jahr intensiv mit der Buchhaltung und mit den Wallys beschäftigt. Mit ihrem Bau, ihrer Entwicklung und ihren Möglichkeiten. Er war zum Schluss gekommen, dass diese Wallys immer perfekter wurden. Was einerseits sehr verlockend, und andererseits einfach erschreckend war. Dank „Charakterdateien" war der Besitzer des Wallys in der Lage, den Charakter des Computers zu ändern. Je nach Belieben konnten die Computerpuppen das tun, wofür der Besitzer sie brauchte. Simon persönlich hatte es nicht übers Herz gebracht, Anis Charakter zu ändern, aber sein Freund Jakob, der selbst Computer baute, tat so etwas ständig.

Jeder Computer war durch die vielfältigen Möglichkeiten der Charakterdatei einzigartig. Es war aber natürlich auch möglich, genau denselben Charakter bei einem zweiten Wally zu erschaffen, aber das wollte niemand. Jeder Besitzer wollte einen einzigartigen Computer, der zu ihm passte. So, wie Ani zu Simon perfekt passte. Simon hatte, wie gesagt, nichts an der Charakterdatei von Ani geändert und beide kannten sich inzwischen richtig gut. Und der junge Mann hatte Ani ins Herz geschlossen. Nein! Noch mehr, er hatte sich in sie verliebt. Er wusste, dank seinen Nachforschungen, dass jeder Wally darauf angewiesen war, einen Menschen zu finden, der den jeweiligen Wally brauchte. So wurde verhindert, dass die Computer möglicherweise einen Aufstand gegen die Menschen verursachten, so wie in manchen Filmen.

Jedenfalls musste Ani auch so einen Menschen haben und mit etwas Glück war er dieser ganz besondere Mensch. Sollte das stimmen, würde sie zustimmen ihn zu heiraten. Bei dem bloßen Gedanken musste er lächeln. Es war nicht unüblich, dass Menschen und Wallys heirateten, doch war die Vorstellung bizarr. Zumindest für Simon, aber er würde es trotzdem machen. Noch am Abend würde er ihr den Antrag machen!

So kam es, dass Simon den ganzen Tag über nicht richtig bei der Sache war und Ani ihn mehr als einmal auf seine Fehler hinwies. Dabei schmunzelte sie jedes Mal, was Simons Herz höher schlagen ließ. Es waren nur Kleinigkeiten, die sie ausmachten, aber sie fielen ihm immer wieder aufs Neue auf. Als dann der letzte Kunde verschwunden war, wurde er noch aufgeregter. Er ließ beim sauber machen zwei Teller fallen, schmiss aus Versehen zwei ganze Kuchen in den Müll und verlor auf einem der vielen Tische 100 €, die Ani durch Zufall wieder fand.

„Was ist nur los mit dir?", fragte sie ihn.

„Nichts, nichts... Ich bin ...ach egal!", sagte er.

„Du lügst", stellte der Wally fest.

„Nein."

„Doch."

„Nein!"

„Warum lügst du mich an?"

„Weil ich dir verdammt noch mal einen Antrag machen will und nicht weiß wie!", platzte es aus ihm hinaus.

„Was?", fragte sie schockiert.

Er atmete tief durch und kniete sich dann hin. „Ani, ich...ich liebe dich und will immer mit dir zusammen sein."

Jetzt hatte er es gesagt! Er hatte es wirklich gesagt. Und es wurde noch besser! Er hatte ihr extra einen Ring gekauft, den er jetzt herausholte und ihr entgegen hielt.

„Willst du?"

Es war soweit. Ani musste ihm jetzt antworten, doch sie sagte nichts. Kein einziges Wort. Simon fing an zu zweifeln. Was wenn er nicht dieser Mensch war? Was wenn sie ihm einen Korb gab. Das wäre furchtbar! Oh Gott! Er hätte sie niemals fragen dürfen. Da kniete sie sich zu ihm hinunter und sah ihm in die Augen.

„Ja, ich will", murmelte sie und küsste ihn.

Einige Monate später fand die Hochzeit statt. Sein Café war geschmückt und ein kleiner Altar war auf der Bühne aufgebaut worden. Es war der schönste Moment in Simons Leben. All seine Freunde kamen und es wurde gefeiert, getrunken und gelacht. Simon aber hatte an diesem Tag nur Augen für Ani, die ein richtiges Hochzeitskleid trug. Wie schön sie doch war. Und so zog ein weiteres Jahr ins Land.

Simons Café war inzwischen das angesehenste in der ganzen Stadt und weltweit bekannt. Manchmal bekam er Aufträge, die ihm mehrere Millionen einbrachten und oftmals wurde er interviewt. Sein Freund Jakob musste darüber häufig den Kopf schütteln und konnte sich nicht verkneifen zu sagen:

„In der Welt passiert echt nichts interessanteres als der Alltag eines jungen Mannes, der eine Konditorei besitzt. Mann, ist unsere Welt langweilig!"

Simon und Ani brachen jedes Mal darüber in schallendes Gelächter aus. Solche Momente waren Simons kostbarster Schatz. Schöne Momente, die er mit Ani zusammen verbrachte. Solch ein Moment war auch dieser, als er und Ani im Wohnzimmer saßen und lasen.

„Weißt du was? Wir sollten in der Konditorei in Zukunft auch kleine Kuchenstücke anbieten", sagte Simon nachdenklich. „Was meinst du?"

Doch er erhielt keine Antwort. Verwundert schaute er zu Ani. Sie saß in einem Sessel mit einem aufgeschlagenen Buch im Schoß.

„Ani?" Er stand auf und ging zu ihr. Vorsichtig berührte er sie an der Schulter. Sie war merkwürdig heiß.

„Ani? Oh Gott! Ani! Hey! Sag doch was!"

Als sie nichts dergleichen tat, rannte Simon zum Telefon.

Es klingelte dreimal bevor Jakob abhob.

„Hallo?"

„Jakob! Ani! Sie bewegt sich nicht mehr!"

„Meine Computer bewegen sich auch nicht! Sie reagieren nicht!"
„Was soll ich jetzt tun?"
„Mach den Fernseher an!"
„Was?"
„Mach ihn an!"
Simon tat wie ihm geheißen wurde. Dort berichtete gerade eine Frau:

„Heute Morgen ging im Wally-Center ein Video ein. In diesem drohte ein Mann, die Wallys auszulöschen. Das Center nahm die Warnung nicht wirklich ernst, ließ jedoch sicherheitshalber nach dem Mann suchen. Man fand ihn, allerdings zu spät. Er hatte bereits einen mächtigen Virus losgeschickt, der sich innerhalb von Sekunden per Internetverbindung verbreitete. Momentan sind alle Wallys ausgefallen. Die Produktion kann jedoch reibungslos fortfahren. Das Center hat jedem Kunden versprochen, den Wally zu ersetzen, da es laut Center unmöglich ist, die Wallys zu reparieren. Der Virus habe die Festplatten so stark beschädigt, dass eine Reparatur unmöglich sei, so Heinz Baker, der Vorsitzende des Wally-Centers. Der Mann...."

Simon machte den Fernseher aus. Es war ihm egal, was das Center versprach und noch weniger interessierte es ihn, was mit einem daher-gelaufenem Wally-hassenden-Mann geschah. Er wollte nur Ani wieder haben. Simon ging wieder ins Wohnzimmer. Sie saß immer noch auf dem Sessel. Ani sah so aus wie immer. Ihr Gesicht umspielte ein Lächeln. Man hätte meinen können, sie schliefe, aber sie schlief nie. Sie war schließlich eine Wally. Ja, eine Wally, aber nicht irgendeine. Nein, sie war Ani, die ihm immer beiseite stand, die ihn immer aufheitern konnte. Diejenige, die er über alles liebte: Seine über alles geliebte Frau Ani. Langsam näherte er sich ihr. Vorsichtig berührte er sie am Oberarm.

„Ani... Ani... Du musst aufstehen... Bitte...", murmelte er.

„Wir müssen morgen wieder pünktlich das Café öffnen, um nachmittags schneller zu schließen. Damit wir noch in die Stadt können, das hattest du dir doch gewünscht. Das war doch dein Wunsch. Ani, ich hab doch Recht oder? Ani, bitte... Antworte mir! Bitte! Ani, sag doch etwas", flehte er sie an, während langsam eine einzelne Träne seine Wange hinunter lief und auf den Lippen der Wally landete.

Am nächsten Tag war Simons Café geschlossen, wie Jakob feststellte. Es wunderte ihn nicht, aber Simon ging weder ans Telefon, noch war er zu Hause. Jakob hatte seinen Freund nach dem gestrigen Tag aufheitern wollen. Das mit Ani musste ihn schwer getroffen haben. Für ihn persönlich war es auch hart, aber er hatte für solche Fälle für jeden einzelnen seiner Computer eine exakte Kopie angefertigt. Außerdem hatte er keinen seiner Computer geliebt, ganz im Gegensatz zu Simon. Der hatte Ani über alles verehrt und geliebt. Sogar ein Blinder hätte diese Liebe sehen können, auch Ani hatte ihn auf ihre Art und Weise geliebt. Eben so weit, wie es ihr möglich war zu „lieben".

Jakob sah sich noch einmal um und entschloss, bei Simon zuhause zu klingeln. Wenige Minuten später war er angekommen. Der junge Mann klingelte und wartete kurz. Er hatte nicht erwartet, jemanden vorzufinden, umso überraschter war er, als Simon ihm die Tür öffnete.

„Hallo", sagte der Hausherr matt.

„Hi, wie geht es dir?" Simon schwieg kurz.

„Ich habe gestern Abend das ‚Willys' aufgesucht und Ani noch einmal untersuchen lassen. Der Mann, der sie untersuchte, erklärte mir, dass ihre Festplatte fast vollständig geschädigt wäre. Er meinte, man könne eine neue einsetzen. Ani würde sich zwar an nichts erinnern, ihre Stimme wäre anders und natürlich auch ihr Charakter, aber das Modell sei das Gleiche."

Simon sah Jakob finster an.

„Verstehst du? Dieser Mann... Er meinte, nur das Modell sei wichtig, nicht sie. Nicht ihr Charakter und auch nicht ihre Gestiken. Das was sie ausmachte, war ihm total unwichtig. Er hat sie behandelt, als wäre sie nichts weiter als ein Gegenstand! Aber das war sie nicht! Sie war meine Frau!“

Simon brach in Tränen aus. Er weinte bitterlich wegen seinem Frust und seinem ganzen Ärger, aber vor allem wegen seiner ganzen Trauer über seine verlorene Frau. Er weinte um Ani.

Einen Monat später wurde das Café wieder geöffnet. Jakob rechnete es Simon sehr hoch an, dass er bereits wieder auf den Beinen war. Er hatte erwartet, dass sein Freund eine halbe Ewigkeit brauchen würde, um sich wenigstens halbwegs zu erholen. Da hatte er sich anscheinend geirrt. Für Simon war es nicht leicht. Nein, es war das Schlimmste, was ihm je passiert war und die größte Herausforderung gleichzeitig.

„Was kann ich ihnen bringen?“, fragte Simon eine junge Dame, die in einer Zeitung schmökerte.

Nach Simons Worten legte sie die Zeitung auf den Schoß und schaute ihm direkt in die Augen. Simon blieb der Atem weg. Sie... Sie sah genauso aus wie Ani. Zwar waren ihre Augen blau und die Haare stimmten auch nicht, aber die Gesten und der Blick, dass was Ani ausgemacht hatte, stimmte.

„Einen Tee bitte und... oh, Sie sind Simon, oder? Herzliches Beileid. Möchten Sie sich kurz setzen?“, fragte sie ihn freundlich und mit einem offenem Lächeln.

Simon war so fasziniert von der Ähnlichkeit, dass er sich ohne ein Wort neben sie setzte.

„Mein Name ist Theresa. Wie geht es Ihnen?“

„Nicht so gut… Ich habe gerade meine Frau verloren.“

„Ja, ich habe eben meinen kleinen Bruder verloren. Er war auch ein Wally.“

„Verstehe.“

„Schon merkwürdig, oder? Es sind nur Computer, aber wir…
wir haben sie trotzdem ins Herz geschlossen."

„Ja, das ist der Unterschied zwischen den Wallys und uns. Wir
sind Lebewesen und haben diese eine Fähigkeit, die keine Maschine jemals erlernen kann."

„Und genau das macht uns so verletzlich und einzigartig. Aber
er hatte sich angestrengt, dieses Gefühl nachzuempfinden. Ich
meine, mein Bruder."

„Sie haben Recht. Und genau deshalb war es mir so wichtig,
dass sie ihre Erinnerungen beibehält", murmelte Simon.

„Wie bitte? Ich habe Sie nicht ganz verstanden."

„Ach, nicht so wichtig. Aber jetzt müssen Sie mich entschuldigen. Ich muss wieder an die Arbeit. Es würde mich freuen, Sie
wieder zu sehen Theresa."

„Hat mich auch gefreut. Sagen Sie, wie wäre es, wenn wir uns
morgen Abend bei ‚Frankfurts' treffen?"

Simon stimmte zu und beeilte sich, der Frau ihren Tee zu
bringen.

Das war der Beginn für etwas Neues. Das konnte er förmlich
spüren.

Fünf Jahre später heiratete Simon zum zweiten Mal. Natürlich
Theresa. Er hatte unglaublich lange gebraucht, um sich auf sie
einzulassen. Sie hatte ihn einfach zu sehr an Ani erinnert, aber so
ähnlich war sie dem Wally gar nicht. Theresa mochte Ani zwar ähnlich sehen und sogar die gleiche Stimme haben, aber Ani konnte
niemand ersetzen.

Theresa war ein ganz anderer Typ. Sie war viel sarkastischer und
fröhlicher. Es war das, was Theresa ausmachte, und sie so einzigartig machte. Doch er hatte unglaublich lange gebraucht, um Theresa
und nicht Ani zu sehen. Es hatte noch länger gedauert, bis er sich
so frei fühlte, dass er eine weitere Bindung eingehen konnte. Nun
war es endlich so weit, aber Theresa hatte auch verdammt lange

gebraucht. Sie hatte ihm gestanden, dass sie sich nicht binden wollte, weil sie auf keinen Fall so „perfekt“ wie Ani sein konnte. Als sie das sagte, hatte sie so niedlich ausgesehen.

Jedenfalls machte gerade dieses „perfekte Dasein“ der Computer die Wallys so fehlerhaft, denn genau das war der größte Unterschied zu den Menschen und schließlich wollte man sie doch so menschlich machen, wie es nur ging. Da hatten die Wissenschaftler anscheinend versagt.

Das, was einen Menschen an sich ausmacht, ist ganz einfach:

1. Sein Ehrgeiz

2. Sein Wissensdrang

3. Seine Seele und abschließend

4. Seine kein bisschen perfekte, sondern oftmals auch tollpatschige Art und Weise.

Genau diese Punkte machen den Menschen gleichzeitig so menschlich und perfekt.

Danksagung

Das Pilotprojekt *Die BuchBande - Band I* wäre ohne die Hilfe und Unterstützung vieler Wegbegleiter nicht zustande gekomen. Unser Dank gilt daher neben den jungen Autoren, ihren Eltern und Erziehungsberechtigten ebenso allen nachfolgend Genannten:

Alexandra Eberhardt, Martin Esterl, Gerhard Tikovsky, Henriette Muzyk, Anja Blum, Tanja Beetz, Petra Sladek, Christian Körger, Barbara Kreutzer, Ulrich Muzyk, Sigrid Iding, Sarah Muzyk, Christine Gantner-Zeller, Susanne Böhm, Sandra Pietzsch, Laura Austen, Christine Gerneth, Evelyn Ziogas, Petra Hehenberger, Caroline Buhr, Silvia Gröbmayr, Andrea Kolbeck und Bewohnern des Marienheim Glonn, Franziska Hirschmann, Karl-Alexander Groitl und Herrn Samir.

Im Zusammenhang mit der Prämierung der Sieger geht ein besonderer Dank an unsere Sponsoren:

Amazon
Gemeinde Glonn
Hama
Kodak
Pocketbook Reader GmbH
Spektrum der Wissenschaft Verlagsgesellschaft

Alice N. York
Richtungswechsel

Solar-Technik-Roman mit Insider-Story

Alex führt ein rundum zufriedenes Leben. Mit Sascha meint sie, den richtigen Mann an ihrer Seite zu haben, und der neue Berater-Job bei einem führenden Solarunternehmen ist genau auf sie zugeschnitten.

Innerhalb kurzer Zeit arbeitet sie sich in die Technik ein und baut ein vielschichtiges Netzwerk auf. Die Entwicklung von weitreichenden Strategien begeistert sie dabei genauso wie die taktische Umsetzung in innovative Kundenprojekte. Geschäftsreisen zu ihren international agierenden Kunden bieten Alex dabei zusätzlich Einblicke in andere Kulturen und führen sie zu faszinierenden Städten. Mit innovativen und erfolgreichen Lösungen gewinnt sie neue Projekte und verdient sich damit recht schnell den Respekt ihrer Vorgesetzten.

Doch nach einiger Zeit entwickelt sich ihr Leben zu einer dramatischen Achterbahnfahrt. Gravierende Ereignisse im Privatleben führen dazu, dass sie sich noch stärker in die Arbeit stürzt. Langsam aber sicher ziehen auch dort bedrohliche Wolken auf und immer wieder erzwingen die Geschehnisse einen Richtungswechsel.

Trotzdem setzt Alex alles daran, nicht die Kontrolle zu verlieren. Aber wie bei einem Pokerspiel werden die Karten stets neu gemischt und es ist bis zuletzt unklar, wer das entscheidende Ass im Ärmel hat.

***

„Bis zum bittersüßen Ende

…Eine Art Fallstudie zum Thema gleiche Chancen für alle - auch und besonders für Frauen. Einprägsame Charakterstudien und bewegende Erfahrungen „pflastern" die Seiten, ohne dass sie pathetisch oder gar gekünstelt wirken. Die Autorin beschreibt die Realität. Kein abgedroschenes Geschwafel, sondern raue Wirklichkeit. Der Wahl-Münchnerin Alice N. York ist eine außerordentlich gute Beschreibung des Klimas am Arbeitsplatz gelungen…." Ebersberger Zeitung

Leseprobe - Richtungswechsel

....Während sie sich ihren Besucherausweis ansteckte und wartete, bewunderte sie wieder den imposanten und modernen Eingangsraum, der vollkommen aus Glas zu sein schien. In Wirklichkeit bestand die komplette Außenfassade aus Solarmodulen, deren erzeugter Strom in das hauseigene Energienetzwerk der Firma eingespeist wurde. Gebäudeintegrierte Photovoltaik nannte man dieses Konzept, erinnerte sie sich. Dabei dienten die Solarmodule nicht nur der Energiegewinnung, sondern übernahmen ebenfalls noch die Funktion von Bauelementen.

Der Empfangsraum war ein etwa 100 qm großes Oval, in dessen Mitte die hohe Anmeldungstheke unter einer domartigen Kuppel lag. Das vorherrschende Tannengrün von PsoraComs Firmenfarbe stand in direktem Kontrast zu der luftigen Transparenz des Glases. Drei elegant gekleidete Damen in grüner Uniform kümmerten sich um die Besucher. Rechts neben der Theke standen in weitem Abstand einige dunkelgrüne Ohrensessel und kleine Tische mit schlichtem Chromgestell, eingebettet in eine Oase aus Palmen. Hinter der Theke, vor dem Durchgang in das Gebäude, stand ein Biometrie-Scanner, ähnlich denen vom Sicherheitscheck in Flughäfen. Auf der linken Seite standen weiträumig verteilt hohe Bistrotische, die jedoch nicht einfach nur Tische waren, sondern hochentwickelte Computer-Möbel, deren Oberfläche komplett aus einem Sensorbildschirm bestand. Besucher konnten während ihrer Wartezeit im Internet surfen oder sich die neuesten Informationen zu PsoraCom anzeigen lassen, die mittels holografischer Darstellung dreidimensional über dem Bistrotisch schwebten.

Thomas, ihr neuer Chef, holte Alex am Empfang ab. Er war gut einen Kopf größer als sie und wirkte wie aus dem Hochglanz-Prospekt eines Luxus-Herrenausstatters entsprungen. Sie schätzte ihn auf etwa Mitte vierzig und durch seine schwarzen Haare zog sich kein einziges silbernes Strähnchen. Sportlich elegant, in einem klassischen Zweireiher mit weißem Hemd und grauen Pullover gekleidet, ging er mit gemäßigtem Schritt auf sie zu.

«Guten Morgen. Hatten Sie eine gute Anreise?»
Trotz der höflichen Begrüßung empfand sie seine Miene wie schon bei dem Bewerbungsgespräch vor einigen Monaten als undurchsichtig. Er gehörte zu der Sorte Mensch, die schwer einzuschätzen war. Nicht dass er sie unfreundlich ansah, nur ernst und ohne eine erkennbare Regung.....

......Als Nächstes erstellten sie Alex' Firmenausweis, bei dem es sich nicht wie bei den vorläufigen Besucherausweisen einfach um Plastikkarten zum Anstecken handelte. PsoraCom setzte auf neueste Technik und man bekam einen Satz verschiedener Schmuckstücke - bestehend aus Uhr, Armband, Halskette und Ohrringen - ausgehändigt. Jeder dieser Gegenstände war eine Kombination aus schlichtem, aber edlen Leder und einem aufgefädelten Gold- oder Silberelement. In diesem Element war unsichtbar ein Mikrochip integriert, der alle persönlichen und biometrischen Daten beinhaltete. Missbrauch bei Verlust wurde über die Energieversorgung ausgeschlossen. Der Mikrochip bezog seinen Strom über die Körperwärme, vielmehr über einen Thermogenerator, der sich die Differenz zwischen Umgebungs- und Körpertemperatur zu Nutze machte. Wurde das Schmuckstück abgelegt, deaktivierte sich der Chip und konnte nur, sobald man es wieder anlegte, über einen integrierten Sprachsensor mit der eigenen Stimme reaktiviert werden. Ging es verloren, war es so für eine andere Person unbrauchbar und nichts weiter als ein schönes Schmuckstück.......